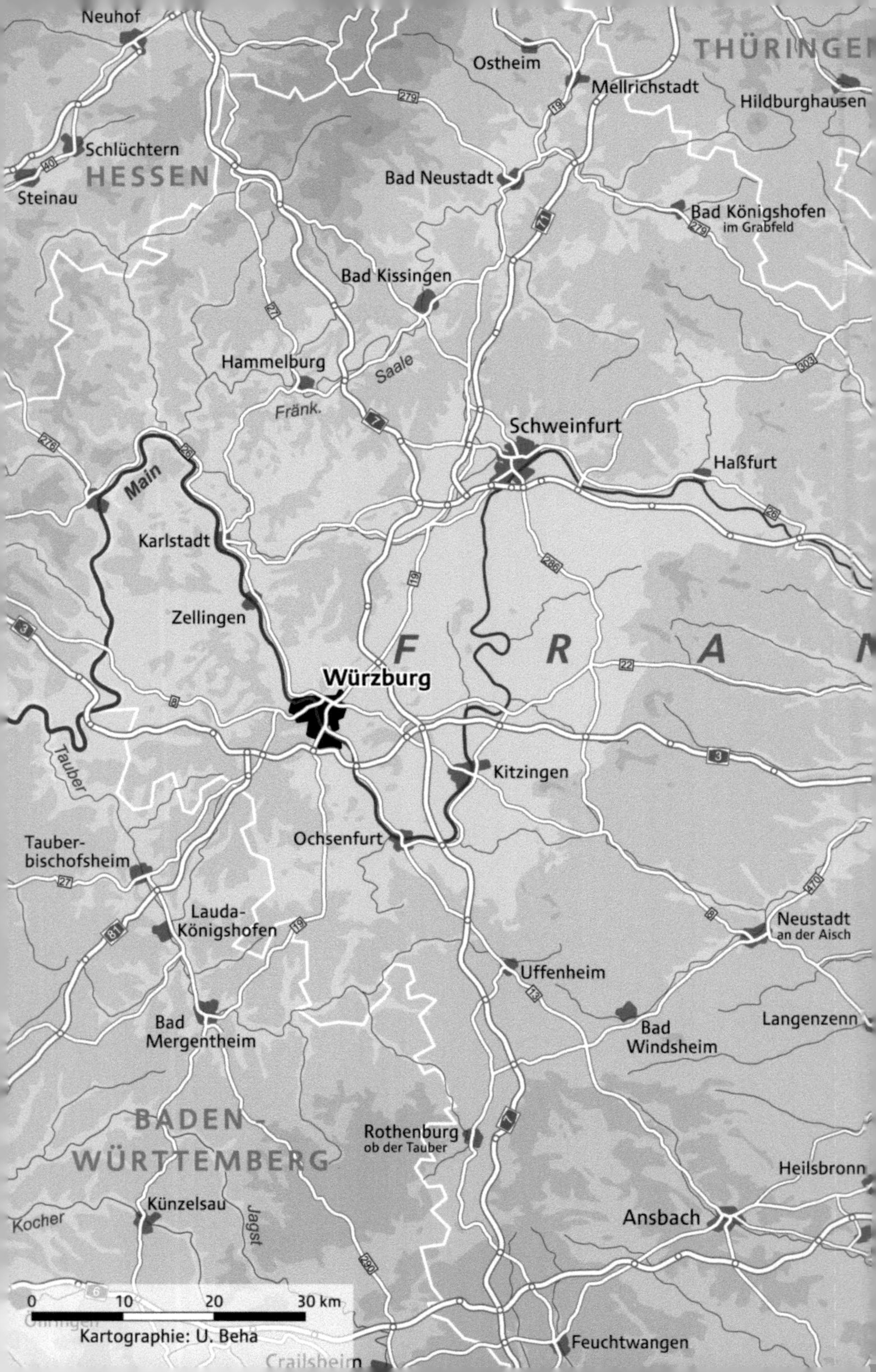

Neuhof
Ostheim
THÜRINGEN
Mellrichstadt
Hildburghausen
Schlüchtern
HESSEN
Steinau
Bad Neustadt
Bad Königshofen
im Grabfeld
Bad Kissingen
Hammelburg
Saale
Fränk.
Schweinfurt
Haßfurt
Main
Karlstadt
Zellingen
F R A N
Würzburg
Tauber
Kitzingen
Ochsenfurt
Tauber-
bischofsheim
Lauda-
Königshofen
Neustadt
an der Aisch
Uffenheim
Bad
Mergentheim
Bad
Windsheim
Langenzenn
BADEN-
WÜRTTEMBERG
Rothenburg
ob der Tauber
Heilsbronn
Künzelsau
Kocher
Jagst
Ansbach
0 10 20 30 km
Kartographie: U. Beha
Feuchtwangen
Crailsheim

Plauen
SACHSEN
Saale
Eisfeld
Sonneberg
Oelsnitz
Neustadt
bei Coburg
Naila
Coburg
Hof
Rehau
Oberkotzau
Helmbrechts
Kronach
Schwarzen-
bach
Michelau
Selb
Münchberg
Lichtenfels
Main
Bad
Staffelstein
Kulmbach
Wunsiedel
Marktredwitz
Bayreuth
Bamberg
K
E
N
Windisch-
eschenbach
Pegnitz
Grafenwöhr
Forchheim
Auerbach
i.d. Oberpfalz
Regnitz
Weiden
Erlangen
Vils
erzogen-
urach
Heroldsberg
Lauf
Hirschau
Fürth
Röthenbach
Sulzbach-
Rosenberg
Amberg
rndorf
NÜRNBERG
Roßtal
Schwarzen-
feld
Altdorf
Feucht
hwabach
Schwandorf
sau
Neumarkt
Roth
Georgs-
gmünd
Burglengenfeld
Naab
Hilpoltstein
Maxhüt
89
85
90
72
73
173
4
9
303
70
93
22
299
470
2
85
14
6
299
3

Volker Backert, 1962 in Coburg geboren, am Obermain aufgewachsen, studierte in München und Bayreuth. In Coburg arbeitet er als Abteilungsleiter für öffentliche Sicherheit seit Jahren eng mit der Polizei zusammen. »Das Haus vom Nikolaus« ist sein Krimi-Debüt.

Dieses Buch ist ein Roman. Handlungen und Personen sind frei erfunden. Ähnlichkeiten mit lebenden oder toten Personen sind nicht gewollt und rein zufällig.

VOLKER BACKERT

Das Haus vom Nikolaus

FRANKEN KRIMI

emons:

Bibliografische Information der Deutschen Nationalbibliothek
Die Deutsche Nationalbibliothek verzeichnet diese Publikation in der Deutschen Nationalbibliografie; detaillierte bibliografische Daten sind im Internet über http://dnb.d-nb.de abrufbar.

Cäcilienstraße 48, 50667 Köln
info@emons-verlag.de

Umschlagzeichnung: Heribert Stragholz
Umschlaggestaltung: Tobias Doetsch, Berlin
Druck und Bindung: Books on Demand GmbH, Norderstedt
Printed in Germany
Erstausgabe 2010
ISBN 978-3-89705-740-1
Franken Krimi
Originalausgabe

I know I've dreamed you a sin and a lie
I have my freedom but I don't have much time
Faith has been broken, tears must be cried
Let's do some living after we die
Wild wild horses
We'll ride them someday
»Wild Horses« – Rolling Stones 1971

Franken sind keine Bayern.
(Bundesjustizminister a. D. Thomas Dehler, 1966)

Freitag, 16:00 Uhr / Coburg

Der Sex mit dir war auch schon mal besser, dachte Kriminalkommissar Charly Herrmann. Langsam zog er seine Unterhose hoch. Vielleicht sollten wir uns eine Zeit lang nicht mehr treffen.

Er spürte ihren Blick in seinem Rücken und trat, nur mit schwarzem Slip und dünnem Goldkettchen bekleidet, auf den kleinen Balkon des Apartments hinaus.

Flirrende Julihitze lag über Coburg.

Die Luft stand bleiern-schwül in der Senke zwischen Festungsberg und Fachhochschule. Immer wieder wehten einzelne Klangfetzen aus der Innenstadt herauf; kurze, ekstatische Trommelwirbel, akustische Vorboten des Coburger Samba-Festivals, das in wenigen Stunden auf dem Schlossplatz beginnen würde.

Hundert Sambagruppen aus aller Welt; zweihundertfünfzigtausend Besucher in Coburg an den nächsten drei Tagen.

»Schauen Sie sich diese Relation an!«, quäkte der Samba-Pressesprecher aus dem kleinen blauen Plastikradio auf dem Fensterbrett. »Zweihundertfünfzigtausend Besucher bei zweiundvierzigtausend Einwohnern, da müssten zur Loveparade nach Berlin glatt vierundzwanzig Millionen kommen!«

Provinzielles PR-Gelaber, dachte Charly, kein Wort über die enorme Belastung der Polizei: Überstunden, Extraschichten, zusätzliche Bereitschaftspolizei; in Coburg herrscht wieder für zweiundsiebzig Stunden Ausnahmezustand. Aber das interessiert keinen Schwanz, für die Arschlöcher in den VIP-Pavillons ist Sicherheit genauso selbstverständlich wie das Gratisgläschen Caipirinha …

Er setzte sich. Sofort klebte der sommerlich aufgeheizte Plastikstuhl an seinen nackten Oberschenkeln. Angewidert erhob er sich, hielt inne und ließ sich mit einem mürrischen Seufzer wieder zurückfallen. Bloß nicht zurück ins Schlafzimmer, keine Diskussionen riskieren über »Zusammenziehen« oder »gemeinsame Zukunft«. Unwirsch griff er nach einem zerknitterten Lucky-Strike-

Päckchen, das neben dem Boulevardblatt »fz – Frankenzeitung« auf dem runden Tischchen vor ihm lag.

Nur ein paar Züge paffen, kein echter Rückfall.

Es kam, wie er erwartet hatte.

»Ich dachte, du hast aufgehört?«

Lautlos war sie hinter ihn getreten, stützte sich mit warmen Händen auf seine Schultern. Er spürte ihre schweren, nackten Brüste an seinem kurz geschorenen Hinterkopf. Ein letzter, gieriger Zug, dann drückte er die halb gerauchte Lucky in den verwitterten roten Plastikaschenbecher.

»Du solltest hier nicht so nackt herumlaufen.«

»Auf meinem Balkon?« Sie lachte, presste sich neckisch-provozierend noch enger an ihn. »Wer soll mich denn hier sehen?«

»Bis zum Block dort drüben sind es keine hundert Meter. Es gibt Ferngläser – und es gibt genügend Psychopathen, auch bei uns in Franken.« Charly hielt ihr die »Frankenzeitung« vor die Nase:

»Erlangen: Noch keine Spur von der ›Berch-Bestie‹.«

»Ach ... du meinst, wegen dem Mord auf der Berch-Kerwa neulich?«

Ihre Auffassungsgabe war deutlich schwächer entwickelt als ihre Oberweite, musste sich Charly, nicht zum ersten Mal, insgeheim eingestehen.

»Mord ist gut – der hat die Frau regelrecht zerfetzt, zwölf Messerstiche in Hals und Rücken!«

»Ach du Scheiße!« Schaudernd ging sie in die Knie, verbarg ihre Brüste hinter seiner Stuhllehne. Ihr Kinn wanderte auf seiner Schulter entlang.

Charly schwieg. Er spürte, wie ihre Wange immer näher kam. Gleich würde das Thema »Viertagebart« hochkochen. Lässig spielte er seinen letzten Trumpf aus: »Die war fei auch Bedienung – genau wie du!«

Ärgerlich riss sie sich los und stapfte zurück in die Wohnung.

Charly unterdrückte ein kurzes, heftiges Gähnen.

Noch drei Stunden bis zur Samba-Eröffnung.

18:10 Uhr / Bamberg

Der korpulente kleine Tankstellenkassierer ereiferte sich. In seinen grünen Overall gezwängt wie ein Presssack in die Pelle, trommelte er mit kurzen, dicken Wurstfingern ein Stakkato auf den wackligen weißen Bistrotisch. Schwitzend redete er auf sein Gegenüber ein, einen hageren, unrasierten Endfünfziger, dem die Beck's-Dose in der Hand klebte.

»Und das Schönste ist ja, da stellt sich die Polizei hin und erklärt öffentlich, öf – fent – lich!, dass sie sowieso für nix garantieren kann, solange der Typ nicht hinter Schloss und Riegel ist; gerade Frauen und Mädchen müssten halt jetzt besonders aufpassen! Besonders aufpassen! Meister! Heute Abend geht in Coburg Samba los, ich hab vier Töchter zwischen zwölf und zwanzig, die alle da hinwollen, soll ich die jetzt vielleicht das ganze Wochenende in den Keller sperren?«

Neugierig drehte ein Tankstellenkunde den Kopf, stellte den Playboy wieder ins Regal und kam erwartungsvoll näher. Geschickt nutzte er die kurze Atempause vor dem nächsten drohenden Wortschwall.

»Gibt's wohl was Neues von dem Mord in Erlangen?«

»Was Neues?« Verblüfft wandte sich der Kassierer dem Neuankömmling zu. »Von wegen, des is es ja! Da läuft so ein Geisteskranker frei herum, und die haben immer noch keine Spur von ihm!«

Zwei Schweißperlen rannen ihm über die puterrote Wange und den mächtigen Hals, versickerten in seinem schmuddelig-beigefarbenen Polokragen.

Ein schlecht unterdrücktes Aufstoßen des Beck's-Dosen-Halters. »Ist bestimmt wieder so ein Perverser, den sie vorzeitig entlassen haben.«

Nachdenklich nickte der Playboy-Leser. »Schätze auch, dass da eine Zeitbombe tickt. Die meisten haben das noch gar nicht realisiert; der schlägt bestimmt wieder zu.«

Geistesabwesend nestelte er in seiner Hosentasche herum.

»I just wannafeeeeeeelreeallooooove«, schmachtete Robbie Williams aus dem Deckenlautsprecher.

Der Tankwart war in seinem Element. »So einer schlägt freilich wieder zu! Und wenn sie ihn endlich haben, dann findet er schon den richtigen Gutachter: Kriegt lebenslänglich und ist nach zwölf Jahren wieder draußen; hört mir doch auf!«

Ärgerlich winkte er ab und walzte wieder hinter seine Kasse.

»Also bitte, Chef!« Der Playboy-Leser, der offenbar einen sehr kleinen Gegenstand in seiner Hosentasche suchte, schien brennend interessiert. »Das kann sich doch heutzutage kein Gutachter mehr leisten! Der Typ hat die Bedienung bei der Berch-Kerwa richtig abgeschlachtet! Die BILD-Zeitung sagt, er hat ihr sogar noch einen Ohrring herausgeschlitzt und mitgenommen. So einer ist brutal, eiskalt, hochintelligent – so einen darfst du doch nie wieder rauslassen!«

»Freilich, Meister! Genauso isses! Du warst an der Fünf? Vierundsiebzig einunddreißig ... Geheimzahl und bestätigen ... Den darfst du freilich nimmer rauslassen, der ist eine Gefahr für die Menschheit ...«

»Die Drecksau gehört gleich einen Kopf kürzer gemacht!« Beck's – impulsiv, prägnant und schlicht.

Der Playboy-Leser verstaute langsam und sorgfältig seine EC-Karte wieder. »Aber anscheinend ist er ja viel zu clever für unsere Polizei, oder? Na ja, vielleicht läuft er dafür mal einem von uns vor die Motorhaube, ich fahr jetzt auch nach Coburg hoch ... also servus, schönen Abend noch!«

Er grinste, als er sich in den Fahrersitz fallen ließ. Endlich schien er in seiner Hosentasche gefunden zu haben, wonach er die ganze Zeit gesucht hatte. Verstohlen musterte er auf der Handfläche das Objekt seiner Begierde.

Ein unscheinbares, kleines Schmuckstück.

Ein silberner Frauenohrring, bräunlich verkrustet.

Samstag, 20:32 Uhr / Coburg

Abendsonne tauchte die Türme und Giebel Coburgs in tiefes Orangerot. Erwartungsfroh schoben sich Menschenmassen über das Kopfsteinpflaster der Altstadt, magisch angezogen vom dumpfen Hämmern der Samba-Trommeln auf dem Schlossplatz und dem Markt. In den Engstellen der Theatergasse, der Herrngasse und der Großen Johannisgasse kam es immer wieder zum Stillstand. Zentimeterweise drückte man sich aneinander vorbei.

Was für ein Paradies für Frotteure und andere Kranke, dachte Charly. Direkt hinter dem Zeughaus wurde er heftig gegen den fülligen Po einer dauergewellten, blondierten Endvierzigerin, Typ Avon-Beraterin, gepresst. Als sie den Kopf drehte, hob er bedauernd die Brauen und mimte routiniert den leicht Verlegenen. Sie lachte aus einem unglaublich breiten, tiefrot angemalten Mund und setzte zu einer Erwiderung an, die sofort vom furiosen Intro der »Grupo Samba Total« verschluckt wurde, die wenige Schritte weiter eine spontane Session am Salzmarkt eröffnete.

Mit einem schnellen Sidestep nutzte Charly eine winzige Lücke und huschte über die Schwelle der »KostBar«. Er atmete tief durch, als er in das spärlich besetzte Lokal trat. Statt lauter, harter Samba-Rhythmen plötzlich Weichspülersound von Santana:

»Oye como va, mi vida, oye como va …«

Drei gelangweilte Muttis rund um einen Stehtisch; brave C&A-Blusen, eng gewordene Jeanshosen. Betont achtlos blickten sie sofort wieder an ihm vorbei, bliesen hingebungsvoll ihren Zigarettenrauch Richtung Zimmerdecke.

Am Tresen, direkt unter dem lautlos rotierenden Deckenventilator, ein südländischer Jungmacho, das pechschwarze Haar mit Gel gebändigt und zum Zopf gebunden. Leise, aber sichtlich erregt diskutierte er mit einem kleinen, untersetzten Bodybuildertyp: Ungesunde Blässe, breite Boxernase und hellgraues Muskelshirt mit schwarzem Puma-Aufdruck. Hohe Wangenknochen und auffallend schmale Augen, registrierte Charly. Typisch russisch.

»Hey, Charly, altes Haus!«

Bernhard Winter stand vor ihm, grinste übers ganze Gesicht.

»Servus, Bernie! Ewig nicht mehr gesehen!« Erfreut boxte ihn Charly auf den Oberarm.

Winter, ehemaliger Kriminaloberkommissar, war jahrelang im K1 auf demselben Flur wie Charly tätig gewesen. Vor vier Jahren hatte er dann, mit einundvierzig, überraschend den Dienst quittiert. Im Kollegenkreis war damals gemunkelt worden, Winter, dessen gute Kontakte ins Coburger Rotlichtmilieu schon sprichwörtlich waren, sei damit nur einem drohenden Disziplinarverfahren zuvorgekommen. Bei seinem »Ausstand«, einer legendären Party im »Hotel Festungshof« an der Veste Coburg mit einhundertfünfzig Gästen, Go-go-Girls und der Saragossa Band, hatte er sich öffentlich über »eine größere Erbschaft« seiner Frau gefreut: Sie ermögliche es ihm, künftig auf eigenen Füßen zu stehen. In den letzten vier Jahren hatte Winter dann den größten privaten Sicherheitsdienst der Region Coburg, »SeCOrity«, aufgebaut.

»Wie geht's, Alter? Laufen die Geschäfte?«

»Bestens, Junge, bestens!«, strahlte Winter. »Je mehr Polizisten München bei uns streicht, umso besser für uns Private!« Schneeweiße Jacketkronen, zerknitterte Turbobräune, frisch blondierte Strähnen.

»Du siehst langsam wirklich wie der Vater von Dieter Bohlen aus«, frotzelte Charly.

»Pass auf, wenn ich dich hier vorsingen lasse!«, konterte Winter in gespielter Entrüstung.

»Oye como va«, stimmte Charly ungeniert an, *»mi ritmo, oye como va!«*, fiel Winter sofort lauthals ein.

Indignierte Blicke aus der Damenecke.

»He, ihr Spaßbremsen da drüben! Kommt doch mal rüber!«

»Lass mal lieber«, beschwichtigte ihn Charly, »die sehen aus wie Elternbeiräte an der Grundschule, die brauchen noch zwei, drei Jahre, bis sie wieder richtig locker sind! Komm, wir gehen lieber mal rauf zum Schlossplatz!«

»Aye, aye, Sir!« Winter fingerte ein paar Münzen aus der Tasche und knallte sie auf den Tresen. *»Hasta la vista, señoritas!«*

Sie traten hinaus auf die abendschwüle Theatergasse, drängten sich an dem kleinen Caipirinha-Ausschank vorbei und ließen sich über den Salzmarkt treiben, wo die spontane Samba-Session ihrem atemlosen Höhepunkt entgegenjagte.

»Ey, nicht so hüftsteif, Alter!«

Ein gertenschlankes Girl mit endlos langen schwarzen Haaren, im orangefarbenen »Coburg SambaCity!«-Shirt und knallbunter Hippiehose, versperrte Charly tänzelnd den Weg. Ihre Pupillen waren merkwürdig groß und starr, in der Linken schwenkte sie eine halb leere Alcopopflasche.

»Wahnsinn, Lady!« Winter zwinkerte ihr verschmitzt von der Seite zu. »Du siehst ja aus wie Cher 1965!«

»Und sie ist voll wie Janis Joplin 1967«, unterbrach ihn Charly und zog ihn weiter. »Das war doch noch nie unsere Kragenweite, oder?«

Winter schüttelte amüsiert den Kopf und wandte sich bereitwillig neuen Zielen zu. »Mensch, schau dir das da drüben vor der Bühne an! Ausgelassene Lebensfreude, in unserem ehrbar-seriösen Coburg, bei steifen Residenzlern! Ich werd's nie begreifen!« Er zeigte auf einen grauhaarigen Brillenträger mit sorgfältig gestutztem Bart, der, wie etliche andere Festivalbesucher, stolz ein gelbes Brasilientrikot trug und, mit Gürteltäschchen, Zip-Hose und Trekkingsandalen, inmitten anderer tanzender Fans verzückt dem Samba-Takt zu folgen versuchte.

»Der sieht doch aus wie der alte Kripo-Geyer! Gibt's den eigentlich noch?«

»Längst pensioniert«, winkte Charly ab. »Den hat doch vor zwei Jahren der Löhlein beerbt.«

»Ausgerechnet Löhlein?«, feixte Winter ungläubig. »Unser Arschkriecher Heinz-Uwe ist jetzt Abteilungsleiter?«

Charly zuckte gelangweilt mit den Achseln. »Was hast du denn erwartet? Loyalität vor Qualität, du kennst doch den alten Führungsgrundsatz.«

»Hättest halt doch öfter mal deinen Mund halten sollen!« Winter klopfte ihm süffisant auf die Schulter. »Dann wärst du jetzt mit fünfundvierzig nicht bloß Kommissar! Wie hat der Alte immer gesagt? ›Kritik ist wichtig und erwünscht, aber bitte nicht jetzt und hier!‹«

»Hör bloß auf, die Zeiten sind Gott sei Dank vorbei! Und die große Reform der bayerischen Polizei hat man ja auch wieder zurückgenommen. – Da! Schau!«

Mit einer winzigen Handbewegung zeigte Charly in den atemberaubenden Ausschnitt einer Brasilianerin, die sich gerade gebückt hatte, um Steinchen aus ihren Schuhen zu schütteln. »Und das ist übrigens der wahre Grund, warum der Schlossplatz nie geteert wird und hier immer nur der Splittbelag erneuert wird!«

Winter ließ ein leises, anerkennendes Pfeifen hören.

»Du sagst, die alten Zeiten sind vorbei ... wie macht sich denn der neue Polizeichef?«

»Ritter? Passt schon«, nickte Charly. »Ein paar moderne Führungsmätzchen natürlich, schließlich ist er ja ein Studienfreund von Staatssekretär Vöhringer, unserem nächsten bayerischen Innenminister. Ritter will vor allem Ergebnisse sehen, schnelle und gute Ergebnisse.« Er grinste. »Aber damit komme ich besser klar als ein Reichsbedenkenträger wie unser Heinz-Uwe Löhlein.«

Sie hatten den schwarz-rot-goldenen »Leikeim«-Bierausschank vor der Ehrenburg erreicht und schlossen sich, in wortloser Übereinstimmung, der Warteschlange an. In der sanft herannahenden Abenddämmerung hatten alle Gastro-Zelte, Verkaufsstände und VIP-Pavillons mittlerweile ihre blauen, roten und gelben Lichterketten eingeschaltet. Am anderen Ende des Schlossplatzes, auf der taghell ausgeleuchteten Hauptbühne vor dem Landestheater, war der Moderator, ein kleinwüchsiger Berufsjugendlicher des Lokalradios, in seinem Element: In weißer Jeans, weißem Shirt und mit weißem Headset fegte er wie ein Irrwisch über die Bühne, um, mit heiser überkippender Stimme, den dreitausend Fans den Top-Act des Abends zu präsentieren: »Und hier sind sie; begrüßt mit mir, aus Pernambuco in Brasilien, *welcome to Coburg-Samba-City, welcome the one and only Ba-te-ria do Sam-ba Bra-sil!«*

23:03 Uhr

Letzte Zugabe der »Bateria do Samba Brasil«: Aufpeitschend hämmerten die Samba-Rhythmen durch die schwülwarme Vollmondnacht. Trommeln und Tamburine rasten wie entfesselt, trieben

Tänzerinnen und Zuschauer in einen infernalischen Wirbel purer Leidenschaft und Lebenslust; wie elektrisiert zuckten schweißnasse Leiber zum stampfenden Stakkato des Samba-Grooves – Ekstase ...!

... Ekstase! dachte Jasmin Keller fasziniert, Samba ist die absolute Ekstase! Der pure Sex. Unfassbar, was in Coburg heute Nacht wieder abgeht – wir sind der Nabel der Welt!

Die dunkelblonde Studentin saß zwei Steinwürfe weiter im Hofgarten, dem Landschaftspark, der sich über den Schlossplatz-Arkaden an die Hänge des Festungsbergs schmiegt. Hingerissen lauschte sie zum Schlossplatz hinunter, der unter den brasilianischen Perkussionskaskaden förmlich zu vibrieren schien ... oder war es nur der Caipirinha, der durch ihre Adern rauschte?

Entspannt ließ sie sich wieder ins warme Gras zurücksinken. Ihre Lippen schmeckten immer noch leicht salzig. Was für ein geiler Tag: von Alex im »Carrera« abgeholt, den ganzen Abend Samba-Party und jetzt den coolen Porschefahrer endlich mal ganz privat ins Schwitzen gebracht ...

This ... could be the first ... day of my life ...!

Wo Alex bloß so lang blieb?

»Muss mal kurz austreten«, hatte er ihr vorhin ins Ohr gewispert und war ein Stück weiter hinter den großen, dunklen Büschen verschwunden.

Jasmin blickte sich suchend um.

Das Wiesenstück, das sie von ihrem Platz aus überblicken konnte, hatte sich geleert. Auch das Hippiepärchen, das dort drüben unter der Douglasie gelegen und sich unter seiner Decke stundenlang wie in Zeitlupe bewegt hatte, war nicht mehr da. Weiter oben, wo die Milchgesichter in ihren Skatershorts und Basecaps zusammengesessen hatten, steckten jetzt nur noch leere Flaschen – auf Stöcken, die in den Rasen gespießt waren. Sogar Bocksbeutel waren dabei. Im blassen Mondlicht erinnerten sie Jasmin plötzlich an ein längst vergessen und verdrängt geglaubtes Bild: »Aufgespießte Schrumpfköpfe bei Indianern im Amazonasgebiet«.

Vor keinem anderen Bild im Lexikon ihres Großvaters hatte sie sich als kleines Mädchen so gefürchtet. Sie sah sich wieder auf seinen Knien sitzen, mit ihm das Lexikon durchblättern, hörte sein tiefes, gespielt überraschtes Lachen, wenn die Seite mit den Schrumpfköpfen kam und sie sich die Händchen vor die Augen schlug und trotzdem immer wieder wie gebannt durch ihre Finger linsen musste …

Aufgespießte Schrumpfköpfe – und aus dem Hintergrund der dumpfe Sound der Sambatrommeln … sie schauderte kurz und ärgerte sich gleich darauf über ihre absurden Assoziationen.

Mit einem Ruck setzte sie sich auf. Auch ihre Blase machte sich jetzt bemerkbar.

Sie schlüpfte in ihre nagelneuen, strassbesetzten Pantoletten – »Dolle Schläbble, Marke ›Boxenluder‹?«, hatte Alex gefeixt – und erhob sich. Vom Festungsberg zog eine kühle Brise herab. Jasmin warf die lange blonde Mähne in perfekt einstudierter Pose nach hinten. Mit verschränkten Armen, die gläsernen Schrumpfköpfe keines Blickes würdigend, stakste sie vorsichtig über den Rasen, lugte um die große Buschreihe herum.

Nichts.

Kein Alex.

Weit und breit keine Menschenseele.

Irritiert und leicht verärgert blickte sie sich um.

Hatte sich Alex allen Ernstes aus dem Staub gemacht? Unten, auf dem Schlossplatz, tobte das Leben. Hier oben, hinter diesen großen, dunklen Büschen, schien alles düster, still und seltsam fremd.

Müsste dort hinten nicht eigentlich ein Spielplatz sein? Ich kenne mich hier einfach zu wenig aus, dachte Jasmin. Seit ihrem Studienbeginn in Coburg im letzten Wintersemester war sie nur ein einziges Mal im Hofgarten gewesen. Egal! Ihre Blase meldete sich immer heftiger. Sie kehrte dem Buschwerk den Rücken zu, knöpfte ihre Jeans auf, zog mit geübtem Griff Hose und Tanga unter die Knie herab und ging in die Hocke.

Urplötzlich ein scharfes, krachendes Knacken – direkt hinter ihr.

Zu Tode erschrocken fuhr Jasmin in die Höhe, stolperte fast, fing sich wieder, drehte sich entsetzt herum, versuchte, Slip und Hose nach oben zu reißen.

»Alex?? Bist du des? … Mach kan Blödsinn!«

Sie starrte angstvoll in das dunkle Gebüsch.

War ihnen doch der merkwürdige Russe vorhin gefolgt, hatte sich hier versteckt – und sie die ganze Zeit beobachtet?

Mit zitternden Fingern zerrte sie an ihren Jeans, den Blick atemlos auf das unheildrohend schwarze Buschwerk gerichtet.

Scheiß auf die Knöpfe, scheiß auf die Schläppchen, nichts wie rüber, dort drüben muss doch der Fußweg …

Zu spät!

Der ganze Busch krachte und zersplitterte.

Wie ein riesenhafter Panther sprang der Schatten sie an, warf sie wuchtig zu Boden. Brutal presste sich eine Hand auf ihren Mund, erstickte erbarmungslos ihren entsetzten Schrei. Voll wilder Todesangst bäumte Jasmin sich auf – und hatte doch nicht den Hauch einer Chance. Blitzartig, siedend heiß bohrte sich wahnsinniger Schmerz tief in ihren Brustkorb, immer wieder, immer heftiger; raubte jäh die Kraft zum Luftholen, die Kraft zum Schreien. Nur noch ein ängstliches Röcheln, ein schwaches, reflexartiges Zucken von Händen und Füßen. Blutige Schaumbläschen gurgelten hervor, als ein grauenhafter Schmerz ihr Kehle und Luftröhre spaltete. Sie spürte nicht mehr, was mit ihrem Unterleib geschah.

Zwei Steinwürfe weiter verabschiedete eine tobende, alkoholbefeuerte Menge die »Bateria do Samba Brasil« frenetisch von der Schlossplatzbühne.

Sonntag, 07:13 Uhr / Coburger Hofgarten

»Macht endlich die Scheißabsperrung dicht!«, brüllte Kommissar Charly Herrmann heiser. »Bei St. Augustin muss noch was offen sein, da trampelt doch schon der erste Pressefuzzi über den Rasen!«

Eilig setzte sich ein beleibter Polizeihauptmeister in Bewegung und querte beflissenen Schrittes die Wiese im Hofgarten. Charlys Blick wanderte wieder hinüber zu den weiß gewandeten Spurensicherern der K2, die jeden Quadratzentimeter am Fundort penibel durchkämmten.

Wird schwierig werden, Kollegen, dachte er. Die Männer vom städtischen Grünflächenamt haben ganze Arbeit geleistet. Wie jeden Morgen während des Samba-Festivals große Hofgartensäuberung seit sechs Uhr dreißig; da dürfte nicht mehr viel zu finden sein.

Hinter seinen Schläfen dröhnte und pochte es wie auf der Großbaustelle der Coburger Stadthalle. Nach nicht einmal vier Stunden Schlaf hatte ihn die Zentrale um sechs Uhr neununddreißig zu Hause aus dem Bett gerissen. »Komm sofort raus, im Hofgarten haben sie eine abgeschlachtet!«

Kopf unter die eiskalte Brause, trocken rubbeln, Deo, ein doppelter Espresso – Punkt sieben war er an der Südseite des Hofgartens, hinter dem endlos langen Marstallgebäude des Vermessungsamtes, aus seinem schwarzen 78er Alfa Spider gestiegen.

Die Glocke von St. Augustin schlug einmal, dicht gefolgt von ihren Kolleginnen Schloss Ehrenburg und Morizkirche. Klänge wie aus ferner Kindheit: geborgen und behütet, vertraut und unvergänglich …

»Charly, hier wartet immer noch der Mann, der die Leiche entdeckt hat! Kommst du endlich rüber?«

Löhlein. Erwartungsgemäß verfiel er wieder als Erster in hektischen Aktionismus. Egal.

»Gleich, Heinz-Uwe, gleich …«

Charly dachte nicht im Traum daran, sich von seiner ureigenen Vorgehensweise abbringen zu lassen.

Bewusst langsame Annäherung an den Tatort.
Keine vorschnelle Fokussierung.
Den Blick weit lassen.
Für Tat- und Täterperspektiven offen bleiben.

Bedächtig drehte er sich einmal um die eigene Achse. Die weiträumige Absperrung war jetzt geschlossen. Polizeihauptmeister Welsch, genannt »Fässla«, hatte den unwillig gestikulierenden Pressevertreter hinter das gelbe Flatterband komplimentiert.

Weiter unten der Schlossplatz, am Sonntagmorgen ein vornehmverschlafenes Vakuum zwischen dem neoklassizistischen Schloss Ehrenburg, dem Landestheater und der malerischen Altstadtkulisse mit Salzmarkt und Grafengasse. Ein einsames Radfahrerlein strebte dort emsig Richtung Theaterplatz.

Charlys Blick verließ das trügerische Idyll und schweifte wieder nach oben, vorbei am Marstall und der »Alten Reithalle«, zu den Baumriesen und den sauber asphaltierten Fußwegen des Hofgartens. Wo sonst seit Jahrhunderten ehrbare Coburger Bürger lustwandelten, fuhr jetzt, nahezu lautlos, ein Leichenwagen der »GBG-Bestattungen« hoch.

Der Ort des Todes schließlich; umringt von Spurensicherern und Uniformierten. Weicher englischer Parkrasen, hufeisenförmig umrahmt von spät blühenden Sträuchern und Büschen. Was für ein lauschiges Plätzchen für eine warme Sommernacht, dachte Charly.

Langsam schritt er auf einen untersetzten Mann zu, der in seiner grünen Arbeitermontur etwas abseits stand und nervös an einer Zigarette saugte.

»Ich bin Kommissar Herrmann«, sagte er leise. »Sie haben die Tote gefunden?«

»Ja … ich bin Klaus Wanske, ich arbeite im städtischen Grünflächenamt.« Er räusperte sich übertrieben heftig. Sein unrasiertes Gesicht war aschfahl.

»Wann war das genau?«

»So gegen halb sieben. Wir haben ja schon kurz nach sechs heute angefangen. Mein Revier geht hier lang, bis zum Reiterdenkmal runter …« Er stockte unsicher. Sein rechtes Augenlid zuckte.

»Erzählen Sie ruhig weiter.«

Wieder räusperte sich Wanske, bevor er fortfuhr.

»Mein Müllsack war ja schon fast voll; bei Samba ist doch immer eine Riesensauerei im Hofgarten, lauter Dosen, Flaschen und der ganze Abfall halt. Wie ich dann ums Eck bin ...«

»Wo genau?«

»Da, um die Sträucher herum ... da sind mir erst die komischen rostroten Flecken im Gras aufgefallen ... das war dann wie 'ne Schleifspur fast, ins Gebüsch hinüber ... und dort drüben ist sie dann gelegen!« Seine Stimme kippte, ruckartig wandte er sich ab und versuchte vergeblich, sein Schluchzen zu unterdrücken.

Schweigend drückte Charly ihn kurz am Oberarm und ging zu den anderen hinüber. Schnell noch einmal tief durchatmen – auch nach zwanzig Jahren Mordkommission stellte sich, angesichts des zu erwartenden Anblicks, immer noch der altbekannte Abwehrreflex seines Körpers ein: flachere Atmung, Anspannung der Bauchmuskulatur. Er war bereit zur Fokussierung; konzentriert und hellwach.

Jetzt.

Sie lag auf dem Rücken, beide Arme weit ausgebreitet. Das blutig-zerfetzte T-Shirt war über ihr Gesicht gezogen, Jeans und Slip bis zu den Knöcheln herabgezogen. Kein BH. Brust und Hals waren blutverschmiert zerstochen. Doch Charlys Blick wurde geradezu magisch angezogen vom Bauch der Toten: fast makellos weiß und unversehrt; zwischen Rippenbogen und Scham gab es nur eine einzige Verletzung – mit scharfem, zügigem Schnitt war dort ein Symbol eingeritzt: ein blutigrotes »Haus vom Nikolaus«.

Lass das nicht wahr sein, lieber Gott, durchfuhr es Charly.

Bitte nicht bei uns in Coburg!

Bitte keine Signatur; bitte keinen Serienmörder ...!

09:29 Uhr / Kripo Coburg, Lageraum

Angespannte Stille herrschte unter den zwölf Kripobeamten. Nur Charly klapperte ungeniert mit der Kaffeetasse, während Polizeidirektor Frank Ritter an einem PC die Tatortfotos studierte.

»Grausam ... so was haben wir hier in der Region seit Wittmann in den Sechzigern nicht mehr erlebt ...«

Er schüttelte sich kaum merklich und streckte dann seine hundertneunzig Zentimeter durchtrainierter Kahlköpfigkeit zu voller Größe. Die Uniform saß wie immer perfekt, nur sein Zweitagebart verriet den Kollegen sofort, wie überstürzt er an diesem Sonntagmorgen ins Büro gekommen sein musste. Ritter (Lieblingsfloskel »erstenszweitensdrittens«) war bekannt für sein akribisches, bisweilen nervig systematisches Vorgehen. Er forderte viel, aber hinter aller Führungsgestik und -rhetorik war er in den knapp zwei Jahren als Coburger Polizeichef bisher doch relativ berechenbar und verlässlich geblieben, dachte Charly. Allerdings gab's in dieser Zeit keinen wirklich großen, überregionalen Kracher. Dieser Fall würde auch für ihn zur echten Bewährungsprobe werden.

»Guten Morgen, meine Herren! Zum Mord im Hofgarten eins vorab: Gerade hat Oberstaatsanwalt Dr. Stein angerufen. Der Fall bekommt selbstverständlich äußerste Priorität! Dr. Stein erwartet täglichen Bericht, das Bayerische Landeskriminalamt hat dreitausend Euro Belohnung ausgesetzt. Schauen wir uns jetzt zunächst mal die Fakten an, die aktuelle Tatsituation: Löhlein, bitte!«

Routiniert spulte Löhlein, wie immer aufrecht auf der vordersten Stuhlkante sitzend, seinen Rapport ab:

»Jasmin Keller, zwanzig Jahre, Studentin der Medau-Fachhochschule. Tod durch multiple Stich- und Schnittverletzungen in Brust und Hals, die Tat geschah allem Anschein nach am Auffindeort im Hofgarten. Kein Raubmord, die Geldbörse mit Ausweispapieren befand sich noch in ihrer Gesäßtasche. Gefunden wurde sie heute früh um sechsfünfunddreißig von einem Arbeiter des städtischen Grünflächenamtes. Mutmaßliche Tatzeit gestern Abend zwischen zwoundzwanzig und zwonullnull, genaueres nach der Obduktion, die ...«, er blickte rasch zur Uhr auf der nussbaumfurnierten Wandtäfelung »... ja, die jetzt schon in vollem Gang sein dürfte. Die Spusi war, zumindest im größeren Umkreis, wegen der Generalreinigung des Hofgartens auf verlorenem Posten: nur ein paar Zigarettenkippen, zwei Kaugummis und ein Kinderpflaster. Größte Hoffnung sind momentan die Blutspuren; ob sich im Gras auch Blut befindet, das nicht vom Opfer stammt, werden die Untersuchungen der nächsten Stunden ...«

»Löhlein, bitte!« Ritter fuhr ungeduldig dazwischen. »Wir sind hier nicht im Fernsehkrimi! Sind eigentlich die Angehörigen schon verständigt?«

»Selbstverständlich. Die Eltern wohnen in Hof, die Kollegen dort kümmern sich darum. Betreuung läuft.«

Erleichtert streckte Charly die Beine aus. Die Eltern eines Mordopfers zu benachrichtigen war für jeden Polizisten ein Alptraum, erst recht in Fällen wie diesem. Den »Todesengel« spielen zu müssen war nicht nur für die jüngeren Kolleginnen und Kollegen eine enorme psychische Belastung. Sie konnte tage- und nächtelang das Unterbewusstsein blockieren und damit auch die persönliche Ermittlungsarbeit massiv erschweren. Höchst ungern dachte er an eigene Erfahrungen zurück.

»Was wissen wir über dieses ›Haus vom Nikolaus‹?«, fragte Ritter. Seine breiten Finger trommelten einen nervösen Beat auf die Tischplatte.

Löhlein räusperte sich unruhig: »Bisher noch nichts Näheres dazu bekannt ...«

»Es ist eindeutig eine Signatur«, warf Charly mit ruhiger Stimme ein. »Ich war gerade in der ViCLAS-Datenbank: Die Frauenleiche neulich, bei der Erlanger Berch-Kerwa, war ebenfalls mit einem ›Haus vom Nikolaus‹ verziert.«

Sekundenlang hätte man eine Stecknadel fallen hören können.

Alle Augen waren auf Charly gerichtet.

Ritter fasste sich als Erster wieder. »An den Mord in Erlangen erinnere ich mich natürlich. Wir lesen ja täglich von der ›Berch-Bestie‹. Aber von einem eingeritzten Nikolaushaus war doch bisher keine Rede?«

»Stimmt. Die Erlanger Kollegen haben dieses Detail damals bewusst nicht veröffentlicht, sondern, als Täterwissen, nur in die polizeiinterne Datenbank gestellt. Außerhalb der Polizei wusste also niemand davon. Und genau deshalb kann es sich bei unserem Mann im Hofgarten nicht um einen bloßen Nachahmer handeln.«

»Das heißt aber umgekehrt ...«

»Genau – das heißt umgekehrt, wir haben höchstwahrscheinlich einen Serientäter!«

Totenstille.

Ritters Blick fixierte Charly, schien ihn mitsamt der dahinterliegenden Wand durchbohren zu wollen. Ein winziges rhythmisches Zucken seiner Kaumuskulatur schien die einzige Bewegung im Raum zu sein. Wieder war es der Polizeichef selbst, der das Schweigen brach.

»Herrmann, Sie sind unser einziger Kriminalist, der bereits mit der Aufklärung von Serienverbrechen befasst war. Der einzige, der früher schon mal mit der ›Operativen Fallanalyse‹ gearbeitet hat. Richtig?«

Charly nickte. »Ich durfte damals, in meiner Münchner Zeit, am Polizeipräsidium die ›Operative Fallanalyse‹ mit aufbauen.«

Ritter überlegte kurz. »Dann dürften Sie auch unser bester Mann für diesen Fall sein. Oder spricht aus Ihrer Sicht im K 1 irgendwas dagegen, Löhlein?«

»Nein – selbstverständlich nicht!«

»Gut! Dann werden wir in der Pressekonferenz Kriminalkommissar Charly Herrmann als Chefermittler vorstellen!«

Moser, der Pressesprecher, warf sich rasch dazwischen: »PK um zwölf? Bei mir glühen schon alle Leitungen!«

»Wer ist dran an der Sache?«

»Unsere üblichen Verdächtigen: Neue Presse, Coburger Tageblatt und Radio 1; aber wegen des Samba-Festivals sind auch die Überregionalen schon am Drücker, Bayerischer Rundfunk, Antenne Bayern, ZDF, und, ganz besonders lästig, BILD, AZ und Frankenzeitung.«

»Wir bleiben bei zwölf Uhr. Einstieg wie üblich, dann übergebe ich an Sie, Herrmann: Tatsituation, Fahndungssituation, erstenszweitensdrittens. Belohnung, wie gesagt, dreitausend Euro.«

»Eine Frage noch, Chef …«

»Bitte, Herrmann.«

»Stichwort Täterwissen: Wie sinnvoll ist es, der Presse und der Öffentlichkeit das Nikolaushaus zu verschweigen? Wir müssen schließlich davon ausgehen, dass ein Serientäter frei herumläuft.«

Ritter schob das Kinn nach vorn, seine graublauen Augen blitzten angriffslustig. »Sie wollen doch nicht im Ernst schon öffentlich von einer Mordserie sprechen, von einem mutmaßlichen Wiederholungstäter?«

Charly hob die Schultern. »Warum nicht, Chef?« Er legte seinen Stift weg und faltete die Hände. »Natürlich schlagen die Medien Purzelbäume. Und der Druck steigt erst mal. Aber das halten wir aus. Außerdem bringt uns diese Strategie doch drei ganz entscheidende Vorteile: Erstens, die Bevölkerung ist gewarnt und von Anfang an maximal sensibilisiert. Zweitens bringen wir die Polizei aus der Schusslinie: Keiner kann uns vorwerfen, wir hätten irgendwas verheimlicht. Und drittens, für die Fahndung selbst bringt es auch keinen Nachteil.«

»Mmhmm.« Kritisches Stirnrunzeln des Polizeichefs, dann ein entschiedenes Kopfschütteln. »Klingt bloß gut – überzeugt mich aber nicht! Sensibilisiert sind die Leute bei Gewaltverbrechen schließlich immer, nicht erst, wenn es um Serienmord geht. Im Übrigen spricht auch das BKA erst ab drei Opfern von Serienmord. Wenn wir eine möglichst seriöse Berichterstattung erreichen, vermeiden wir Hysterie und verschaffen diesem Wahnsinnigen kein Podium … Was meinen Sie, Löhlein?«

Umständliches Räuspern. »Ja, gut … wenn ich das Für und Wider so abwäge … bin ich im Endeffekt schon der Meinung … äh, dass wir … äh, jeden Hype vermeiden sollten … das ›Haus vom Nikolaus‹ gehört auch für mich nicht zwingend in die Presse …«

Typisch Löhlein. Im Zweifel immer an der Seite des Chefs, der den Ball sofort wieder aufnahm.

»Genau. Intensive Fahndung in alle Richtungen, aber ohne jede Panikmache. Täterwissen bleibt Täterwissen, unseren Informationsvorsprung sollten wir nicht leichtfertig aus der Hand geben. Zumindest nicht so schnell. Herrmann, wir machen die PK ohne Serienkiller und möglichst ohne Nikolaushaus.«

Sinnlos, jetzt noch einen Streit vom Zaun zu brechen. Charly spürte wieder das dröhnende Pochen hinter den Schläfen: zu viel Kaffee, zu wenig Schlaf und frisch unterdrückter Frust; das klassische Polizistensyndrom.

Er beschränkte sich auf eine kurze, neutrale Handbewegung Richtung Chef und überließ es diesem, sie als Zustimmung zu deuten.

Nachdenklich kehrte er in sein Büro zurück. Noch zwei Stunden bis zur PK, noch zwei Stunden bis zum »Männchen machen« an der Seite des Chefs. Pressekontakte waren eine seltene, aber durchaus reizvolle Abwechslung zur Routinearbeit. Vielen Kollegen behagte der Rollentausch vom Fragesteller zum Befragten überhaupt nicht; Charly dagegen genoss den sanften Nervenkitzel journalistischer Frage-Antwort-Spielchen, die Sekunden prickelnder Ungewissheit, aus welcher Ecke der nächste Pfeil abgefeuert würde, welche Argumentationslücke es jetzt blitzartig zu erkennen und zu schließen galt.

Kurz nach seiner Rückkehr aus München hatte er sich sogar um die Nachfolge des Pressesprechers beworben, war aber am Veto des damaligen Polizeidirektors gescheitert. »Ihre kriminalistischen Erfahrungen mit der Operativen Fallanalyse sind für uns unbezahlbar, Herrmann! Presse kann doch jeder machen!«

So kam damals Moser zum Zug, während Charlys kriminalistische Erfahrungen aus der Operativen Fallanalyse, der Suche nach Mehrfachtätern, im fränkisch-idyllischen Coburg brachlagen und überwuchert wurden von Nullachtfünfzehn-Fällen, Statistikkram und dem üblichen Büroalltag. Umso ärgerlicher, dass jetzt seine Ermittlungen im Mordfall Jasmin Keller von Anfang an dirigiert und eingeengt wurden: Der Fall schrie geradezu nach operativ-analytischer Bearbeitung und Informationsstrategie. Weshalb sollte der Hinweis auf einen möglichen Mehrfachtäter unterbleiben? Warum sollte die Öffentlichkeit nicht gleich erfahren, dass der Verrückte, der da draußen herumlief, vermutlich noch gefährlicher war als befürchtet? Und wie glaubwürdig würde er selbst in der Pressekonferenz auftreten, wenn er gegen seine innerste Überzeugung handeln sollte …?

Das Telefon riss ihn aus seinen Grübeleien.

Moser, der Pressesprecher. Wegen diverser privater Blechschäden für alle Kollegen »Quax, der Bruchpilot«.

»Quax, was gibt's?«

»Charly, ich hab den Pressesprecher des Samba-Festivals dran, der braucht dringend eine kompetente, persönliche Einschätzung der Sache im Hofgarten. Du warst ja selbst vor Ort; hör dir den Kollegen bitte mal an!«

Klack. Aufgelegt und durchgestellt.

Nur mühsam unterdrückte Charly seine spontane Zornesaufwallung und richtete rasch den Blick ins Weite. Der Himmel über der Stadt hatte sich zugezogen, war jetzt fast schmutzig weiß. Während er den Festungsberg mit der geduckt-wuchtigen Westfront der Veste Coburg musterte, lauschte er widerwillig dem Anrufer.

»... weil doch traditionell um vierzehn Uhr der große Samba-Umzug startet, aber keiner bei uns weiß, was da heute Nacht wirklich im Hofgarten passiert ist. Uns geht es darum, wie wir angemessen reagieren, ob wir unser großes Finale heute, den Samba-Umzug durch die Stadt, vielleicht sogar absagen müssen und das Festival jetzt vorzeitig abbrechen ... das wäre natürlich ein Umsatzeinbruch für alle Beteiligten und die heimische Gastronomie. Ein solcher Schritt müsste deshalb wirklich wohlüberlegt sein ...«

Ungeduldig unterbrach Charly den Redeschwall. »Ja, was wollen Sie da eigentlich von mir?«

»Für uns wäre es enorm wichtig, zu erfahren, was tatsächlich passiert ist und wie Sie persönlich den Vorfall bewerten. Wir möchten nicht, dass das Image unseres Coburger Samba-Festivals Schaden nimmt, aber wir möchten natürlich auch keinesfalls überreagieren ...«

»Guter Mann«, brüllte Charly los, »glauben Sie wirklich, dass ich oder irgendjemand anders bei der Polizei Ihnen diese Entscheidung abnimmt? Gestern Nacht ist eine Zwanzigjährige im Hofgarten brutal erstochen worden, ihr Samba-Bändchen am Handgelenk war so blutverschmiert, dass es kaum noch zu erkennen war! Und jetzt stehlen Sie mir bitte nicht länger meine Zeit, um zwölf ist Pressekonferenz!«

Er knallte den Hörer auf den Apparat und atmete tief durch. Endlich löste sich die Anspannung wieder etwas.

11:59 Uhr / Kripo Coburg, Presseraum

Das lebhafte Stimmengewirr erstarb schlagartig, als Ritter mit Moser, Löhlein und Charly im Schlepptau einmarschierte. Rasch überflog Charly die zynisch-erwartungsfrohen Gesichter: Stiefel, der übergewichtige Raucher vom Tageblatt; Ahles, die dünne Dunkelhaarige von der Neuen Presse, Frisur und Brille seit zwei Jahrzehnten unverändert; »Handball-Kraus« von Radio 1 mit seiner Saison-Blondine (»Praktikantin«). Zwei Kaugummi kauende, braun gebrannte Sonnyboys für den BR und Antenne Bayern. Für die BILD ein blasser Dreitagebart mit großen Schweißflecken unter den Achseln. Seltsam bekannt schließlich ein drahtig-untersetzter Bürstenhaarschnitt mit randloser Brille und mokantem Grinsen.

»Moser, wer ist der Grinser dahinten? Woher kenn ich den?«

»Senger ... Ronald Senger.«

»Ach – der Giftzwerg von der Frankenzeitung?«

»Genau.«

Routiniert spulten Moser und Ritter ihren Part herunter und übergaben an Charly.

Das leichte Lampenfieber fiel, wie immer, schon mit den ersten Sätzen von ihm ab. Betont ruhig und gelassen sprechen. Stimme tief und fest. Pausen machen. Wie einfach doch alles war, wenn man gleich die richtigen Schalter umlegte.

Tatsituation beschreiben, Fahndungssituation umreißen.

»... mit wem war Jasmin Keller gestern Abend während des Samba-Festivals zusammen, wer hat sie im Hofgarten zuletzt gesehen? Wer hat im Hofgarten etwas Verdächtiges beobachtet? Wir gehen von etwa dreiundzwanzig Uhr als Tatzeit aus. Der Mörder muss Blutspuren an Händen und Kleidung davongetragen haben: Wo ist gestern Nacht jemand aufgefallen, weil er plötzlich seine Kleidung gewechselt hat? Wir appellieren an alle Samba-Gäste und Hofgartenbesucher: Bitte melden Sie uns alle verdächtigen Beobachtungen, auch wenn Sie Ihnen noch so unbedeutend erscheinen mögen. Wir haben eine kostenfreie Hotline geschaltet, 0800 ...«, er blickte kurz auf sein Stichwortkärtchen, von dem er die Nummer betont langsam zweimal ablas, »… für sachdienliche Hinweise, die zur Ergreifung des Täters führen, hat das Bayerische Landeskriminalamt eine Belohnung in Höhe von dreitausend Euro ausgesetzt … so viel von meiner Seite. Haben Sie Fragen dazu?«

Sofort entspann sich ein lebhaftes Frage-Antwort-Pingpong, aber ohne echte Aufreger. Stiefel vom Tageblatt war immer noch beleidigt wegen seines harschen Platzverweises im Hofgarten durch »Fässla« Welsch. Er wurde von Ritter persönlich besänftigt.

»Eine Frage noch, Herr Hauptkommissar.«

Senger.

Der Chefreporter der Frankenzeitung flätzte lässig auf seinem Stuhl, klopfte mit dem Stift spielerisch-rhythmisch auf seinen linken Daumennagel. »Der Täter soll Jasmin Keller ein Symbol eingeritzt haben, ein ›Haus vom Nikolaus‹. Was hat das zu bedeuten, können Sie das bestätigen?«

Bingo.

Sofort erregtes Gemurmel. Aus den Augenwinkeln sah Charly, dass Ritter sich kurz straffte, sein Kinn nach vorn schob – aber die Lippen fest zusammenpresste.

Keine Unterstützung.

Jetzt bloß den Ball flach halten, Tempo aus dem Spiel nehmen … und fang endlich zu sprechen an, beim Sprechen kannst du immer noch zu Ende denken …!

»Sie können sich … sicher vorstellen … dass … bei multiplen Stich- und Schnittverletzungen … viel Blut austritt … und auf der Haut dann manchmal durchaus der Eindruck eines Musters entstehen kann … dabei kommt es natürlich auch immer auf die Phantasie des Betrachters an …«

Kurzes, bekräftigendes Kopfnicken von Ritter.

Senger blieb penetrant. »Haben *Sie* ein ›Haus vom Nikolaus‹ entdecken können oder nicht?«

Arschloch. Auch Löhlein und Ritter, die reglos, mit ausdruckslosen Mienen, danebensaßen. Es reichte. Es war sein Fall, er ließ sich hier von niemandem vorführen und verheizen.

»Natürlich … nach zwanzig Jahren Mordkommission haben Sie einen geschärften Blick … Sie registrieren tatsächliche oder vermeintliche Ornamente. Und hier lag die Assoziation eines ›Haus vom Nikolaus‹ nahe … für die aktuelle Täterfahndung ist das allerdings momentan ohne jede Bedeutung, es hilft uns nicht wirklich weiter.«

Überraschtes, allgemeines Gemurmel im Raum.

»Ist dieses Symbol schon einmal aufgetaucht?«

»Zuletzt bin ich vor etwa zehn Jahren darauf gestoßen – in einem Schulheft meiner Tochter …«

Allgemeines Gelächter; zumindest Senger war damit erst einmal ausgebremst. Da auch die anderen Fragesteller routiniert verarztet werden konnten, schloss Ritter keine zehn Minuten später die Pressekonferenz.

Montag, 10:10 Uhr / Coburger Innenstadt

»Ooohh, the wheel in the sky keeps on turning …«, plärrte »Journey«-Sänger Steve Perry aus den Boxen eines Roadsters, der in der Sommersonne langsam die Mohrenstraße hochrollte. *»… don't know where I'll be tomorrow …«*

Das wusste auch Jasmin Keller nicht, das weiß keiner von uns, dachte Charly, der auf dem breiten Bürgersteig, am Juweliergeschäft Schwahn vorbei, Richtung Stadtcafé schlenderte und das quirlige Treiben um sich her genoss: die obere Mohrenstraße, schnurgerade und sanft ansteigend, ins Zentrum der Stadt führend, eigentlich eine wahre Prachtstraße. Coburgs Fifth Avenue – und doch, ein Stück weit, auch ein städtebaulicher *Boulevard of Broken Dreams*, seit Anfang der Siebziger der Kaufhof-Neubau wie ein abgestürztes UFO eingeschlagen war. Zwischen Banken und Juwelieren hatten sich längst auch hier Dönerstände, Chinesen und Jeansshops eingenistet. Fressen und Klamotten – es war der international längst übliche Preis für die dauerhafte Belebung einer Geschäftsstraße, sinnierte Charly. Er hatte den schüchtern vor sich hinplätschernden Gerberbrunnen am Gräfsblock erreicht und hielt zügigen Schrittes auf das Stadtcafé zu.

»Hey – guten Morgen!«

Ihr strahlendes, sommersprossiges Lächeln faszinierte ihn immer wieder aufs Neue. Ungestüm umarmte sie ihn und drückte ihm zwei Schmätzchen auf beide Wangen.

»Hi, Valerie – grüß dich!«

Seine Tochter.

Designstudentin, mit zweiundzwanzig nur zwei Jahre älter als Jasmin Keller. Charly umarmte sie noch eine Spur inniger als sonst. Vom Nebentisch musterten ihn zwei jugendliche Bügelfaltenträger, vermutlich aus der Bank gegenüber, mit neidisch-verwunderten Blicken. Ein seltsam bittersüßes Gefühl, aus männlichem Stolz und väterlichen Verteidigungsinstinkten, stieg in ihm auf.

»Schön, dass du unseren Kaffee nicht abgesagt hast! Ich hab

schon befürchtet, du jagst jetzt rund um die Uhr den Samba-Killer!«

»Nicht so laut, Vale!«

»Wieso?« Dennoch dämpfte sie sofort ihre Stimme und rückte näher. »Dass du dich überhaupt auf die Straße traust! Hast du keine Angst, dass dich heut jeder blöd anlabert?«

Charly grinste und lehnte sich entspannt zurück.

»Genau das, Prinzessin, wird auch von den Kollegen völlig falsch eingeschätzt! Ich weiß doch genau, dass meine Bekannten früh um zehn entweder arbeiten – oder, wie Guido und Gabi heute, gerade auf den Kilimandscharo steigen ... Alle anderen kennen mich entweder nicht, oder sie werden sich hüten, ausgerechnet mich anzusprechen ... es droht also überhaupt keine Gefahr! – Zwei Milchkaffee, bitte!«

Valerie begann, aus ihrem Studentendasein zu berichten. Semesterferien. Zoff in der WG. Die Suche nach einer eigenen Bude.

Charly genoss es, ihrer klaren, angenehmen Stimme zu lauschen und einfach nur ungestört dabeizusitzen – eigentlich war es völlig egal, wovon sie gerade redete ... seltsam, dass Frauen dies meist nicht verstanden und als persönliche Missachtung empfanden ... war es nicht eine ganz besondere Wertschätzung der Partnerin, sich schon in ihrer bloßen Gegenwart wohlzufühlen ... ihre Gesellschaft akustisch zu genießen ... den Flow ... ohne sich von irgendwelchen zwanghaften Frage-Antwort-Spielchen ablenken zu lassen ...?

Sein Gedankenfluss geriet abrupt ins Stocken, als am Nachbartisch die Bestellungen aufgegeben wurden. Die anatomischen Proportionen der neuen Bedienung verdienten ebenfalls höchste Wertschätzung.

»Und was sagst du dazu?«

Valerie streckte ihm zwei Zeitungen unter die Nase: BILD mit dem Aufmacher *»Coburg: Mord im Hofgarten!«*, die Frankenzeitung mit *»Grausige Bluttat! – Wer erstach das Samba-Girl?«*.

»Zeig her, ich hab vorhin nur unsere Coburger Blätter gelesen!«

Interessiert verglich er beide Artikel. Beide mit dem Bild einer lachenden, lebenslustigen Jasmin Keller, beide mit phantasievollen Schilderungen der »heißen, hemmungslosen Coburger Samba-Nacht«. Dann aber Senger in der fz deutlich drastischer beim Ausmalen des Verbrechens: »Ein wahrer Blutrausch. Mit unzähligen Messerstichen wird ein junges, hoffnungsvolles Leben binnen weniger Sekunden förmlich zerfetzt … Grausige Visitenkarte des Täters: ein blutiges Nikolaushaus-Symbol am Körper der Toten!«

Wieso hat Senger sein Lieblingsthema nicht gleich als Headline genommen?, überlegte Charly. Wahrscheinlich weil es sich immer noch groß aufblasen lässt – sobald sich die erste lokale Aufregung um Jasmin Keller legt, schürt man dann die Angst vor einem Serienkiller …

»Ihre Milchkaffees!«

»Danke.«

Charly schob die Zeitungen beiseite. Erst jetzt wurde ihm bewusst, dass Valerie die ganze Zeit geschwiegen hatte.

Sie schien seine Gedanken zu erraten. »Ich weiß noch genau, dass du beim Zeitunglesen nicht gestört werden willst. Früher bist du dir deshalb oft mit Mama in die Haare geraten.«

Gedankenverloren rührte Charly in seinem Kaffee. »Mit Mama, stimmt ganz genau … Wie geht es ihr?«

»Gut – aber mach dir bloß keine falschen Hoffnungen; sie spricht nicht von früher und schon gar nicht über dich.«

Sie zupfte ein blondes Haarsträhnchen zurecht, das sich in den langen Wimpern über ihren grünen Augen verfangen hatte.

Meergrüne Augen – was für ein dämlich-seichter Romankitsch, hatte er früher immer gedacht. Bis er 1984 Andrea kennengelernt, mit ihr die Côte d'Azur bei Pampelonne, am Golf von Saint-Tropez, erlebt hatte …

J'avais dessiné sur le sable, son doux visage, qui me souriait …

Valerie hatte das gleiche Meergrün … und Tim!

Schlagartig spürte er wieder den Schmerz, den längst verdrängt geglaubten; erst körperlich, irgendwo zwischen Magen und Solarplexus. Sekundenbruchteile tiefster Verzweiflung, sofort wieder zerfließend, in ohnmächtige, bittere Selbstanklage mündend. Warum hatte er damals bloß nicht … Nein! *Cut!*

Er zwang sich zurück zur Realität, zurück ins Stadtcafé. *The wheel in the sky keeps on turning …* Der Morgen nach dem Mord.

Der körperliche Schmerz der Erinnerung ließ ebenso schnell nach, wie er gekommen war.

Die Tische vor dem Stadtcafé füllten sich zusehends. Ältere Touristen, jugendliche Müßiggänger, ein paar Sambistas, sichtlich verkatert von den drei Samba-Tagen. Alle trugen Zeitungen bei sich. Es gab nur ein Thema in Coburg – den Samba-Mord!

Spontan, fast heftig drückte er Valeries Hand.

»Pass auf dich auf, Prinzessin!«

Fragend blickte sie von ihrem Handy auf.

»Da draußen läuft ein Verrückter herum. Der bleibt gefährlich – bis wir ihn haben.«

Ihr Interesse war geweckt, sie legte das Handy wieder weg.

»Du glaubst, da passiert noch mehr? War das nicht bloß rasende Eifersucht oder, wie sagt ihr immer, eine Beziehungstat?«

»Ich kann jedenfalls nichts ausschließen«, erwiderte Charly vorsichtig und trank seinen lauwarmen Kaffeerest aus. »Deswegen muss ich ja jetzt gleich weiter nach Erlangen, mit den Kollegen dort was abklären. Sei so gut und zahl meinen Kaffee mit, Rest für notleidende Studentinnen!« Er schob einen Zwanzigeuroschein unter die Zuckerdose. »Sehen wir uns nächsten Montag wieder hier?«

»Klar, Paps, mach's gut, und danke!« Sie umarmte ihn stürmisch.

»Ciao, bella.«

13:10 Uhr / Kripo Erlangen

»Scheiß-Kaffeemaschin', des is doch wergli zum Aus-der-Haud-Fahrn!«

Interessiert beobachtete Charly, wie sich der Erlanger Kollege Tom Scherzer in wachsendem Groll mit dem nagelneuen Kaffeeautomaten auseinandersetzte. Ein paar ärgerliche Fausthiebe Scherzers gegen das Gerät ließen es dann doch geraten erscheinen, vorbeugend einzugreifen.

»Lass gut sein, Kollege, ich hab ja heute schon einen Milchkaffee getrunken! Schenk mir halt ein Apfelschorle ein!«

Sichtlich erleichtert verabschiedete sich Tom Scherzer mit einem gefühlvollen Absatzkick vom zuvor hochgepriesenen Hightech-Apparat.

»Hast recht. Es geht doch nichts über ein stinknormales Fläschchen!«

Zufrieden sah Charly zu, wie Scherzer den Flascheninhalt in zwei blitzblank gespülte Gläser gluckern ließ. Zwar nur lauwarmes Apfelschorle – es wäre auch vermessen gewesen, in der KPI in der Schornbaumstraße einen Krug kühles »Kitzmanns« als Begrüßungsschluck zu erwarten. Dennoch erfreulich unkompliziert, wie sich schon der erste Kontakt mit der Erlanger Kripo gestaltete. Dies würde vieles erleichtern in der bevorstehenden Sonderkommission.

Scherzer war erst Anfang dreißig, ein junger Schlaks mit flinken Augen, dünnem hellem Haar und erstaunlich langen Armen. Wie er Charly gleich zu Beginn erklärt hatte, musste er seit Februar Hauptkommissar Reinlein vertreten (»der hod beim leddzd'n Bollizei-Fasching an der Wodka-Bar einen faddzn Herzkaschper gricht!«). Endgültig war das Eis gebrochen, als Charly an Scherzers Büroschrank neben einem »1. FCN«-Poster den rot-weißen Aufkleber »Frei statt Bayern – Bundesland Franken!« entdeckte: Spontan hatte auch er sich als Gesinnungsgenosse und »fränkischer Revoluzzer« geoutet. Die Formalien waren schnell geklärt; auch dank Ritters telefonischer Vorarbeit war die Installation einer Coburg-Erlanger SOKO »Nikolaus« beschlossene Sache. Enge Zusammenarbeit, ständiger Austausch, gemeinsame PR waren unter Charlys Federführung zu koordinieren. »Läuft ab sofort alles über Ihren Tisch, Herrmann … Sie sind der beste Mann für diesen Fall«, hatte Ritter verkündet. Etwas zu gönnerhaft für Charlys Geschmack, schließlich war damit de facto auch eine unbefristete Urlaubssperre ausgesprochen. Die Mountainbike-Woche in den Dolomiten mit Sven und Bodo war erst mal gestorben. In Erlangen allerdings war man, angesichts akuter eigener Personalnöte, heilfroh über diese Entscheidung. Behauptete zumindest Tom.

Auf Charlys speziellen Wunsch waren beide zum Tatort des Erlanger Mordes aufgebrochen. Der Burgberg und seine Bierkeller, von Touristen immer wieder gern und falsch als »Biergärten« bezeichnet – jedes Jahr um Pfingsten waren sie Schauplatz der legendären »Berch-Kerwa«. Tausende feierten dann unter alten Eichen und Kastanien.

»... einfach konkurrenzlos, der Berch ist und bleibt das schönste Fest!«, schwärmte Tom, während sie die Bergstraße hochschlenderten. »Vergiss den Schmarrn in München! Soll mir keiner was vom Oktoberfest erzählen! Lauter dampfige Monsterzelte, voller stockbesoffener Japaner und Australier ... Bloß heute ist natürlich absolut kein Berch-Wetter!«

Der Himmel hatte sich zunehmend eingetrübt, von Westen jagten dunkelgraue Wolkenfetzen heran. Eine Windbö nach der anderen rauschte durch die Baumwipfel.

»Da hat doch der Scheißradio heut früh wirklich recht behalten!«, grummelte Scherzer und vergrub die Hände noch tiefer in den Taschen.

»Wieso?«

»›In Franken unbeständig, mit deutlich sinkenden Temperaturen‹. Und das an einem 7. Juli!«

»An so einem Tag sind wir früher Weltmeister geworden ...«, sinnierte Charly mit leiser Wehmut.

»Genau, 7. Juli 74!«

Sie passierten gerade das »Altstädter Schießhaus«, als die ersten Tropfen fielen. Missmutig lauschte Charly den Ausführungen des Kollegen.

»Also da steht immer des Zelt vom ›Hax'n-Liebermann‹. Und dort drüben«, Tom wies mit großer Showmaster-Geste die Richtung, »sind jetzt, von links nach rechts, der ›Henninger-Keller‹, der ›Steinbach-Keller‹, der FSV, der Hartmann, ›Monis Berch-Station‹ und der ›Helbig-Keller‹.«

»Aber dort links hinauf müssen doch auch noch Keller sein ...« Stirnrunzelnd versuchte sich Charly an seine einzige »Berch-Tour« zu erinnern: Gab es da nicht in grauer Vorzeit diesen unvergesslichen Herrenausflug mit der Fußballtruppe ... richtig, der Klassenerhalt damals, nach sensationeller Aufholjagd, dazu noch der Junggesellenabschied des Keepers ... das war doch diese traumhaft schöne Frühsommernacht ... und dann, genau!, dieser Nebentisch, die frischgebackenen Arzthelferinnen aus Fürth ... zum Niederknien! Es musste irgendwann Mitte der Achtziger gewesen sein: *»Life is life, nanaa nanana ...!«*

»Der Berch, der heiliche Berch!« Abrupt riss Tom ihn aus seinen sentimentalen Erinnerungen. In gespielter Verzückung wies er vor imaginärem Publikum auf den völlig verdutzten Charly. »Eine Verklärung! Eine Entrückung!«

»Ey, was soll der Scheiß?«

»Wahnsinn! Du, wenn du dich jetzt selber gesehen hättest; dieses selige Lächeln, dieser verklärte Blick – des war grad der heiliche Berch!«

»Ach so!« Charly grinste. »Des war er fei wirklich – so 1985 oder 86 ...«

Sie waren nach links abgebogen, hatten, Toms fachkundigen Ausführungen zufolge, »Hofbräu-Keller!«, »Niklas-Keller!« und »Hübner-Keller!« passiert und schließlich den »Erich-Keller« erreicht.

In knappen Worten erläuterte Tom die Auffindesituation in der Mordnacht.

Direkt über ihren Köpfen, trotz einsetzenden Nieselregens, ein unermüdlich jauchzendes, vielstimmiges Vogelgezwitscher, voll verspielter Unschuld und Lebenslust. Unvorstellbar, dass erst wenige Wochen zuvor genau hier ein grausamer Mord geschehen war. Was mochte Sylvia Koslowski in der Nacht vom 8. auf den 9. Mai an diesem Ort als Letztes gehört und gesehen haben ...? Charly rief sich die Mordakte ins Gedächtnis, die er im Büro durchgeblättert hatte.

*»Anhand ihres mitgeführten Führerscheins konnte die Tote identifiziert werden als Sylvia Koslowski, *26. 7. 1965 in Ingolstadt, deutsch, wh. Bunsenstraße 42 in 91058 Erlangen-Bruck ... Wie die weiteren Ermittlungen ergaben, war K. seit 2004 regelmäßig während der Bergkirchweih als Bedienung im ›Erich-Keller‹ angestellt.«*

»Was für eine Frau war die Koslowski eigentlich? Wie hat sie ausgesehen, wie hat sie gelebt – was habt ihr da sonst noch alles herausgefunden?«

»Na ja ... schon einiges ...« Tom rieb sich nachdenklich das Kinn, um schließlich weit auszuholen: »Arbeitslose Näherin, geschieden, alleinstehend, eins siebzig groß, sehr schlank, blaue Augen, blonder Pferdeschwanz. Starke Raucherin. Der Schmidtbauer vom K 2 war öfter auf dem Erich-Keller. Er sagt, sie war ein bisschen zu flach und zu knochig, um wirklich attraktiv zu sein. Aber der wiegt ja selbst neunzig Kilo. Ihr Chef war sehr zufrieden mit ihr; er hat sie als fleißig und zuverlässig beschrieben. Ihre Kolleginnen haben nicht viel von ihr gewusst. Denen war sie zu einsilbig, zu verschlossen. Sie ist auch nie mitgegangen, wenn die anderen zum Stammtisch bei der Moni sind.«

»Und genau das ist ihr zum Verhängnis geworden ...«

»Ganz genau. Als der Keller leer war, hat sie sich von den Kolleginnen verabschiedet, weil sie heimfahren wollte. Sie hat noch gesagt, dass sie auf eine Bedienung vom ›Entlas-Keller‹ warten und mit ihr den Fußweg durch den Burgberggarten nehmen will. Das war der kürzeste Weg zu ihrem Auto.«

»Aber dort ist sie nie mehr angekommen.«

»Nein. Sie wurde nicht mehr lebend gesehen. Das Klo war ihre Endstation ...«

Charly starrte zwischen zwei Baumstämmen hindurch ins Leere. Er spürte die Trostlosigkeit und Verlorenheit dieses Tatortes, spürte, wie sich beide Empfindungen langsam vermischten und zu einem typischen Geruch komprimierten: ein versifftes Volksfestklo. Am Ende eines langen Tages. Nach vielen hundert Benutzern.

»... Auffindesituation: Die Tote kniet in der letzten WC-Kabine mit dem Rücken zur geschlossenen Tür, Kopf und Oberkörper hängen schräg über die geöffnete Kloschüssel. An der linken Schläfe klafft eine große Platzwunde ... BH und Bluse liegen zerfetzt und blutbefleckt auf dem Boden neben der Klobürste. Rock und Slip sind herabgezogen bis knapp über die Knie ... Äußerlich keine Anzeichen für sexuelle Manipulationen ... Links und rechts der Brustwirbelsäule sind insgesamt sieben blutverschmierte Einstiche zu erkennen, weitere fünf links und rechts der Halswirbelsäule ... oberhalb des Steißbeins ist, etwa 20 x 20 cm groß, ein Symbol, das ›Haus vom Nikolaus‹, tief in die Haut geschnitten ...«

»So ein Schwein, so ein Schwein ...!«, stieß Charly hinter zusammengebissenen Zähnen hervor. »Was will die Drecksau bloß damit sagen?«

»Mit dem Nikolaushaus!«, schob er rasch hinterher, als ihn Toms fragender Blick traf.

»Das weiß nur dieses kranke Hirn ... du kannst dir gar nicht vorstellen, wo wir für dieses Scheißsymbol schon überall recherchiert haben: Lexikon, Internet, polizeiliche Datenbanken, Interpol, unsere ganzen Graffiti-Akten, Plattenfirmen, Modelabels – nichts! Das Ding ist bei uns vorher nie in Erscheinung getreten und auch nachher nicht.«

»Bis zum Samba-Festival«, warf Charly düster ein. »Komm, lass uns zurückfahren. Bevor uns der Regen noch ganz einweicht.«

»So – jetzt reicht's!« Mit einem letzten kritischen Blick in den Spiegel fuhr sich Charly noch einmal durch die graublonden Stoppelhaare, knipste den alten Siemens-Föhn aus und gab ihn Tom zurück. Sorgfältig verstaute dieser ihn in seinem grünen Blechspind mit dem vergilbten Schildchen »PK-Anw. z. A. Thomas Scherzer«.

»An die Arbeit, Kollege!«

Sie setzten sich an den großen Holztisch. Wider Erwarten war es der PK-Anwärterin Gressmann gelungen, zwischen Bergen aufgeschlagener Akten und ausgebreiteter Pläne noch die zwei großen Becher Kaffee unterzubringen, die Tom bei ihr bestellt hatte.

»Und wie gehst du eigentlich mit der Operativen Fallanalyse an die ganze Sache heran?« Der heiße Kaffee mit vier Stück Zucker schien bei Tom einen neuen Motivationsschub auszulösen.

»Bei der OFA zergliederst du den Fall in einzelne Handlungsschritte«, dozierte Charly, »die Auswahl des Opfers, der Umgang zwischen Täter und Opfer, die Tötung selbst und das Verhalten des Täters nach der Tat.«

»Wart amoll!« Tom stopfte sich noch rasch den Mund voller Gummibärchen und zog sich seinen Schreibblock heran. »Okay, weiter!«

»Du versuchst dabei, möglichst viele Punkte des Tatablaufs herauszuarbeiten, an denen der Täter Entscheidungen getroffen hat;

Punkte, an denen er sich für eine von mehreren Handlungsalternativen entschieden hat.«

»Und wieso?« Gummibärennuschelndes Gekritzel.

Charly nippte vorsichtig am heißen Kaffee. »Weil sich die Persönlichkeit eines Täters vor allem dann offenbart, wenn er Entscheidungen trifft.«

»Aber die hängen doch auch von tausend äußeren Einflüssen ab!«

»Stimmt. Aber letztlich triffst du trotzdem irgendeine persönliche Entscheidung, egal wie stark der Druck von außen ist!«

Schweigen.

Tom legte den Block wieder weg, lehnte sich zurück und verschränkte die Arme hinter dem Kopf.

Lass ihm Zeit, dachte Charly. Jetzt geht's um Grundlagen. Je mehr er sie verinnerlicht, umso besser. Er betrachtete die schwarze Stubenfliege, die nervös über den Wandkalender der Polizeigewerkschaft krabbelte.

»Was brauchen wir alles dazu?«

Charly nahm die Finger zu Hilfe. »Einsatzbericht, Erstbericht zur Auffindesituation, Tatortbefund, Fotos und Luftaufnahmen vom Tatort, Obduktionsbefund, eventuelle kriminaltechnische Gutachten, Kartenmaterial und möglichst viele Informationen über das Opfer – Lebensweise, Verhalten, Persönlichkeit ...«

»Also Input ist praktisch die ganze Akte.«

»Nur das Wichtigste daraus – quasi die ›Best of‹!«

»Und Output – was kommt am Schluss dabei heraus?«

Charly kratzte sich an der rechten Augenbraue und grinste. »Natürlich ein Haftbefehl! – Aber die OFA ist mein Ding, jetzt machen wir erst mal die Hausaufgaben!«

»Die SOKO ›Nikolaus‹ ist hiermit feierlich eröffnet ...«

Zwei Stunden später war auch Toms Schreibtisch mit Akten, Notizen und Mindmaps übersät, an der Wand hingen Tatortfotos und ein Lageplan.

Charly stöhnte und streckte sich. »Mein lieber Freund – war das jetzt ein brutaler Crashkurs! Der Fall Sylvia Koslowski und sämtliche Ermittlungsansätze der letzten acht Wochen!«

»Na ja, du brauchst doch einen anständigen Input …«

»Bassd scho! Also, kurze Zusammenfassung: Die Bedienung Sylvia Koslowski wird am 8. Mai gegen vierundzwanzig Uhr zunächst bewusstlos geschlagen. Tatort vermutlich unmittelbares Umfeld der Toiletten, weil sich keine Kampfspuren, Schleifspuren, Blutspuren finden. Ein Transport der Bewusstlosen über eine größere Strecke wäre viel zu riskant gewesen. Keine Zeugen; niemand hat irgendwas gesehen oder gehört. Laut Gerichtsmediziner eine typische ›Maßkrugverletzung‹ an der linken Schläfe, wie sie bei Schlägereien häufig vorkommt. Art und Aufprallwinkel sprechen für einen Rechtshänder, der von vorne zugeschlagen hat … hörst du überhaupt zu?«

»Weiter, weiter … ich pass schon auf!« Tom pulte zwei Gummibärchen nach missglücktem Verbindungsversuch wieder aus dem Heftklammerer heraus. »Ich bin ganz Ohr!«

»Maßkrugattacken sind nichts Geplantes. Sie passieren spontan, im Affekt. Und genau da wird's jetzt interessant: Wir haben es zwar, Affekt und Alkohol hin oder her, mit einem Mann zu tun, der genügend Hass und Frauenverachtung besitzt, um ihr seinen Maßkrug brutal an den Kopf zu donnern. Aber den anschließenden Mord, dieses brutale Abstechen seines Opfers, hat er mit Sicherheit nicht von vornherein geplant!«

»Wieso?«

»Messerstecher sind Jäger, sie agieren beweglich und blitzschnell – ein plumper, schwerer Maßkrug ist da nur ein Klotz am Bein!«

»Er wollte sie halt schnell ausschalten.«

»Dann hätte er ihr den Krug von hinten über die Rübe gezogen. Nein, hier eskaliert etwas: Ich schätze, es kommt zu irgendeinem Streit. Die Koslowski beleidigt oder provoziert ihn, er schlägt im Affekt zu. Und als er sie ohnmächtig und wehrlos am Boden sieht …«

»… da erwacht dann plötzlich die Mordlust in ihm?« Tom zog zweifelnd die linke Augenbraue hoch.

»Es ist der letzte Tropfen, der das Fass zum Überlaufen bringt. Er berauscht sich – am Gefühl seiner absoluten Macht! Versetz dich in ihn: Er ist allein mit ihr, die Frau ist bewusstlos, ist ihm plötzlich wehrlos ausgeliefert. Macht – Dominanz – Kontrolle. Genau das ist es, was Triebtäter und Lustmörder immer wieder erleben wollen! Es sind diese zornigen, erfolglosen Verlierertypen, die ihre Wut und ihren Hass an Frauen auslassen. Sie wollen das Geschehen lenken, die Situation kontrollieren, ihre Macht über Leben und Tod genießen.«

»Und deswegen …«

»Genau. Deswegen zieht er Sylvia Koslowski spontan in die versiffte Toilette. Deswegen schneidet er ihr Bluse und BH auf. Und deswegen jagt er ihr zwölf Mal die Klinge in Hals und Rücken!«

»Und signiert die ganze Sauerei noch …«

Auf der anschließenden Heimfahrt von Erlangen nach Coburg fühlte sich Charly seltsam bedrückt und unkonzentriert. Trotz freier linker Spur ab Forchheim – nichts war zu spüren von der Fahrfreude, die sich auf dem Frankenschnellweg sonst immer einstellte.

Obwohl der Nieselregen vorbei und die Straße wieder trocken war, drückte der Himmel asphaltgrau und wolkenverhangen aufs Gemüt.

Zwei bestialische Morde, zwei große fränkische Feste – und es war erst der 7. Juli, die Saison war noch in vollem Gang. Legte man das bisherige Tatmuster des Killers zugrunde, waren ab sofort jedes Fest und jede Festbesucherin potenziell gefährdet. Er musste dringend Valerie warnen.

Allein in Franken: Schlossplatzfest in Coburg, Sommernachtsfest in Bayreuth, Annafest in Forchheim, Sandkerwa in Bamberg, Bardentreffen in Nürnberg … ganz zu schweigen von den unzähligen kleineren Weinfesten, Schützenfesten und sonstigen »Open-Air-Events« in den nächsten Wochen. Unerträglicher öffentlicher Druck lastete auf der SOKO »Nikolaus« – erst recht bei weiteren Morden.

Doch es könnte der Fall seines Lebens werden, diesen perversen Schlächter auszuschalten. Eine ganz persönliche Genugtuung für die letzten zwanzig Dienstjahre: Löhlein und den anderen, karrieregeilen Hosenscheißern wieder mal zu zeigen, wie professionelle Polizeiarbeit wirklich aussah!

Immer fester presste er das Lenkrad, seine Knöchel schimmerten schon weiß, die Tachonadel schrammte an der hundertachtzig.

Aber würde auch Ritter der öffentlichen Hysterie, den Attacken der Medien standhalten? Oder würde er, »nur um die SOKO etwas aus der Schusslinie zu nehmen, Herrmann!«, die offiziellen OFA-Experten aus München mit einbinden? Würden andere ernten, was er, Kriminalkommissar Charly Herrmann, jetzt zu säen begann – oder war es umgekehrt, ließ er sich selbst schon von persönlichen Eitelkeiten treiben?

Nichts irritierte ihn, den eingefleischten Polizisten, mehr als das plötzliche Erkennen niedriger eigener Instinkte. Persönliche Eitelkeit …!?

Und siedend heiß schoss plötzlich die Erinnerung hoch, brandete auf wie ein Geysir, der seine sengende Hitze bis in die äußersten Nervenzellen schleuderte: Seine, ja, seine persönliche Eitelkeit war es, die ihn damals, im Oktober 1984, unaufmerksam werden ließ … seine tiefste, persönliche Schuld … es war nie mehr wiedergutzuma… *Cut!*

Ein Parkplatzhinweis war die Rettung.

Herunterbremsen, Blinken, Ausscheren; mit quietschenden Reifen brachte er den zivilen BMW auf dem kleinen Parkplatz zum Stehen.

Tief durchatmen.

Ganz tief durchatmen.

Er spürte, wie sich die Faust in seinem Magen nur langsam wieder öffnete. War er dem Killer wirklich persönlich gewachsen? War er tatsächlich der beste Mann, den die Kripo dafür hatte?

Mit puddingweichen Knien stieg er aus. Erst jetzt merkte er, dass sein Rücken nass geschwitzt war. In der geöffneten Tür stehend, die Arme auf Tür und Dach gestützt, sog er in tiefen Zügen die kühle, frische Luft ein.

Links drüben ragten die Türme von Kloster Banz empor, rechts vor ihm erhob sich der markante Staffelberg über das Obermaintal.

Mechanisch fingerte er die Wrigley's aus der Brusttasche, in der früher die Lucky Strikes steckten, wickelte einen Streifen aus, schob ihn in den trockenen Mund. Rhythmisch kauend spürte er, wie sich sein Puls wieder beruhigte und Gelassenheit und Souveränität langsam zurückkehrten. Kein anderer Polizist war besser dafür geeignet, den Schlächter zu durchschauen und ihm das Handwerk zu legen. Es war und blieb sein Fall.

Entschlossen warf er sich wieder in den Fahrersitz, ignorierte den Gurt und startete den Motor.

Radar love.

Noch dreiundzwanzig Kilometer bis Coburg.

»Der Obduktionsbericht.«

Löhlein unterdrückte ein Gähnen und schob ihm, sichtlich übermüdet, eine rote Heftung über den Tisch. »Keine Mittagspause heute; seit sechs Uhr früh durchgemacht!«

»Elf Stunden, na und? War doch bloß Innendienst – da geht schon noch was, Heinz!«, grinste Charly. »Wie ist die aktuelle Hinweislage?«

Löhlein deutete stumm auf das Whiteboard: zweihundertachtundachtzig Anrufe, hunderteinundzwanzig Hinweise, siebenundfünfzig verdächtige Beobachtungen.

»Die beste Freundin der Toten war heute nicht vernehmungsfähig, sie stand noch unter Schock. Wir haben sie für morgen früh, zehn Uhr, bestellt.«

Durch die offene Bürotür preschte Ritter mit gewohntem Elan.

»Schön, dass Sie wieder da sind, Herrmann!« Der routinemäßige, kurze Händedruck. »Der Samba-Mord macht uns zum Tagesgespräch. Sie glauben gar nicht, wie oft ich heute auf der Tagung in München darauf angesprochen wurde!«

»Auch auf den Serien-Verdacht?«

»So tief hat natürlich keiner gegraben, im ViCLAS hat sich keiner informiert. Ganz im Gegenteil: Wirklich erstaunlich, wie viele Polizeiräte und Polizeidirektoren ihr Wissen nur aus Abendzeitung, BILD und Frankenzeitung schöpfen!« Amüsiert zog er die Augenbrauen hoch – für Löhlein Signal genug, um sofort in zustimmendes Grinsen auszubrechen.

Charly blieb unbeeindruckt. Während Ritter den neuesten Münchner Schildbürgerstreich zum Besten gab, begannen seine Gedanken abzuschweifen und immer enger um das »Haus vom Nikolaus« zu kreisen. Das rätselhafte Zeichenspiel hatte ihn schon in der Schulzeit fasziniert. In der Oberstufe hatte er, unter der Schulbank, alle Varianten durchexerziert. Achtundachtzig waren es schließlich. Er hatte damit sogar einen Wettbewerb der Schülerzeitung gewonnen.

»... ach ja, fast hätte ich's vergessen, Herrmann: Schönen Gruß vom Kollegen Seufert aus Würzburg! Der verübelt Ihnen immer noch, dass Sie ihm beim Polizeiturnier letztes Jahr den Elfer reingemacht haben!«

Jetzt lag es an Charly, dem Chef breit zuzugrinsen. »Beim nächsten Mal mach ihm auch gern zwei oder drei rein! Was hat er sonst noch gesagt?«

»Zu Samba? Er war heilfroh, dass auf seinem Würzburger Afrika-Festival neulich nur die eine Sängerin durchgebrannt, aber sonst nix passiert ist.«

Dienstag, 06:00 Uhr / Coburg

»Hier sind die Nachrichten mit Radio 1 …«, schepperte der alte Radiowecker los. Schlaftrunken tastete Charly nach dem Volume-Regler, als schon der Blitz einschlug:

»Coburg/Erlangen. Beim Coburger Samba-Mörder könnte es sich um einen Serientäter handeln: Wie die Frankenzeitung in ihrer heutigen Ausgabe berichtet, war schon beim Mord auf der Erlanger Bergkirchweih am 8. Mai das gleiche Symbol in den Körper des Opfers geritzt wie in Coburg. Es handelt sich dabei um ein sogenanntes ›Haus vom Nikolaus‹. Wir versuchen, dazu in der nächsten Stunde eine Stellungnahme der Polizei zu bekommen …«

»Scheißescheißescheiße!« Wild fluchend hechtete Charly aus dem Bett, riss das Handy vom Nachttisch und stürzte, blind wählend, in seinen hellgrauen Boxershorts ins Bad.

Acht Minuten später raste der schwarze Alfa Spider den Ölberg hinunter. Charly verschwendete keinen Blick an das atemberaubende Panorama von Festungsberg und Morizkirche in der Morgensonne.

Kurze Beschleunigung auf der Frankenbrücke, verbotenes Vollgas auf der Stadtautobahn, *game over* an der Baustellenampel in der Rodacher Straße: Das »ewige Licht«, die Ampel mit Dauer-Rot.

»Start me up! If you start me up, I'll never stop!« Volle Dröhnung.

»Go go go – you make a dead man come!«

Mit dem letzten Riff von Keith Richards, dem letzten *»Go go go!«* von Mick Jagger, bog Charly auf den Polizeiparkplatz ein.

»Dann *suchen* Sie bitte den Kollegen Scherzer … ja, ich brauch ihn jetzt sofort, in dieser Sekunde!«

Charly kochte vor Wut. Lahmärsche hatten bei der Polizei nichts zu suchen. Unbegreiflich, dass Tom eine solche Schlaftablette auch nur in die Nähe seines Telefons ließ. Sein Blick fiel wieder auf die Frankenzeitung.

»Serienmörder wütet in Franken! Berch, Samba – und als Nächstes? Was verschweigt uns die Polizei? Lesen Sie weiter auf Seite 3 bei ›Chefreporter Ronald Senger exklusiv‹.«

»Na endlich! Morgen, Tom! Sag mal, wer hat denn dieses Odelfass bei euch aufgemacht? Wie kommt der Senger jetzt plötzlich drauf, dass schon die Koslowski verziert war?«

Auch Scherzer stand hörbar unter Strom.

»Der Senger is doch die größte Giftspritz'n nördlich der Donau! Ein ganz, ganz schäbiger Witwenschüttler! Besser g'sacht, Zeugenschüttler! Wos ich bis jetzt rauskricht hab, muss der sich bei die Klo-Putzfrauen vom Berch durchg'frachd ham – so lang, bis er die richtige g'habt hat!«

»Die neulich die Koslowski gefunden hat?«

»Genau.«

Charly dachte nach. »Pass auf … kontrollierte Offensive. Halt auch du die Medien erst mal hin, wir geben im Lauf des Vormittags eine Pressemitteilung der SOKO raus! Keine Pressekonferenz. Wir sind in Zugzwang, aber wir lassen uns doch nicht vom erstbesten Boulevardschmierer vorführen! Wir mailen euch bis neun einen Entwurf, du rufst mich dann zurück!«

»Alles klar – servus, bis dann!«

Über Nacht waren keine neuen Hinweise im Fall Jasmin Keller aufgetaucht. Dennoch lag Unruhe und Nervosität in der Luft, die Nachrichten dieses Morgens sorgten für spürbare Anspannung. Selbst Ritter hatte sich, entgegen allen Gepflogenheiten, telefonisch schon von zu Hause gemeldet und auf den neuesten Stand bringen lassen.

Gemeinsam mit Erwin Volkhardt, dem Leiter der Spurensicherung, begutachtete Charly die großformatigen Tatortfotos. Sämtliche Stich- und Schnittwunden in Nahaufnahme. Rostrote Flecken, Schmierer und Streifen im grünen Gras, aus allen erdenklichen Perspektiven.

»Blutspuranalyse ist auf Gras natürlich schwieriger als auf den glatten Fliesen eines Badezimmers …«, führte Volkhardt bedächtig aus.

»Geh zu, Erwin! A bissla wos geht ümmer!«, fiel ihm Charly ungeduldig ins Wort. Volkhardt, mit fünf Kindern der kinderreichste Polizist der Direktion, war im Kollegenkreis fachlich unumstritten, aber gefürchtet für seine langatmigen, weitschweifigen Erklärungen.

»Er hat sie doch nach dem Abstechen nur die zwei Meter weitergeschleift, oder?«

Kurzes Zögern, bevor Volkhardt sich zu bekräftigendem Nicken entschloss. »Jaa ... das ist schon klar; der Tatort und der Auffindeort liegen nur die drei Schritte auseinander.«

»Der Mord ist also hier, direkt vor diesem Gebüsch passiert ... schau dir mal die seltsamen roten Spritzer an, diese lang gezogenen Tropfer, auf dem Rasen.«

Volkhardt nickte wieder. »Das waren eindeutig sehr, sehr schnelle und vor allem sehr wuchtige Stiche.«

»Spricht für die enorme Brutalität und den Hass dieses Mannes ... vielleicht auch für große Eile und Angst vor dem Entdecktwerden. Habt ihr auch Blutspuren von ihm?«

Volkhardt schüttelte seinen massigen, fast haarlosen Kopf. »Das ganze Blut im Hofgarten war nur von Jasmin Keller. Aber ihr habt doch bei der Obduktion diese ganz spezielle DNA-Spur gefunden, oder ...?«

»Stopp, wart amoll!« Ein Geistesblitz aus dem Unterbewussten, eine spontane Eingebung für die Pressemitteilung. Der Stift flog förmlich über das Papier.

KOK Pfaff alias »Schnauzer«, laut Aussage seiner frisch angetrauten Thüringer Wasserstoffblondine »die Coburger Antwort auf Tom Selleck«, resümierte die aktuelle Hinweislage: »... es gibt bis jetzt auch keine Bekennerbriefe oder -anrufe! Dafür natürlich wie immer reichlich Lachnummern, die wir aber ebenfalls konsequent abarbeiten. Zuletzt im Thüringer Viertel den ›Neger in der Nachbarschaft, der immer so durchdringend schaut und bei dem in der Tatnacht so verdächtige Geräusche aus der Wohnung gedrungen sind‹. Wir sind sogar diesem Anruf nachgegangen; der ›Neger‹ war Jay Farciano, ein US-Amerikaner, der in der neuen Spielzeit dem Schauspielensemble des Landestheaters angehört. Und die ›verdächtigen Geräusche‹ aus seiner Wohnung in der Tatnacht heißen unseren Ermittlungen zufolge Kim Layoung und Anna Pernström, beide aus der Balletttruppe des Theaters ...«

Unterdrücktes Glucksen am Tisch, selbst Schnauzer musste grinsen.

»Zwei Hinweise gibt es, die im Moment herausragen: Zum einen haben uns mehrere Anruferinnen einen Spanner beschrieben, der schon den ganzen Freitag mit einem auffälligen Schäferhund immer wieder im Hofgarten unterwegs war. Zum anderen gibt es in Rödental noch einen Siebzehnjährigen, der vor einem Vierteljahr die Nachbarskatze mit einem Taschenmesser zu Tode gequält hat.«

»Hochinteressant!« Charly fuhr hoch aus scheinbarer Geistesabwesenheit und klopfte energisch mit dem Zeigefingernagel auf den Tisch. »Tierquälerei! Gehört mit Zündeln und extremem Bettnässen zur sogenannten Mordtriade, zur klassischen Vorgeschichte vieler Serienmörder! Hat das FBI schon in den Achtzigern herausgefunden. Was wissen wir noch über den Knaben, hat er ein Alibi?«

»Wird sich heute erst klären. Gestern musste er seinen Vollrausch ausschlafen. Er wohnt noch zu Hause, wir sind an seiner Mutter dran.«

»Stellt auf jeden Fall sein Messer sicher! Wir warten gerade auf das kriminaltechnische Gutachten vom LKA zur Tatwaffe. Die Stichkanäle werden im Obduktionsbericht bei Jasmin Keller genauso beschrieben wie in Erlangen bei Sylvia Koslowski. Es spricht alles für ein relativ kurzes, extrem scharfes Messer.«

»Okay ... sonst noch was?«

»Natürlich, den Spanner mit dem Schäferhund. Befragt den städtischen Ordnungsdienst, die kennen doch jeden, der seinen Köter im Hofgarten ausführt.«

Fasziniert beobachtete Charly, wie Schnauzer, mit einem kümmerlichen Bleistiftrest in der breiten, behaarten Hand, seine unverwechselbaren Riesenbuchstaben auf den Schreibblock malte: »SOD Ord.Amt anruf. (Spanner Hofg.)«.

Nachdenklich strich er mit dem Zeigefinger über seine unrasierte Oberlippe. Die Kaffeemaschine brodelte im Endspurt.

»Außerdem Kontaktaufnahme mit Nürnberg, Regensburg und Schwabach. Ich will so schnell wie möglich Mantrailer hier haben.«

»Mantrailer?« Fragend blickte Schnauzer hoch.

»Ja, Mantrailer! Speziell ausgebildete Polizeihunde mit allerfeinsten Nasen, sie finden kleinste Spuren auch noch dort, wo wahnsinnig viele rumgetrampelt sind.«

»Nie gehört«, murmelte Schnauzer, während er gehorsam »R/N/SC: sof. Mantrailer!« notierte.

»Ist ein Pilotprojekt an den drei Standorten. Die waren schon 2006 bei uns, nach dem EDEKA-Mord in Mitwitz.«

»Wird erledigt. Noch was?«

»Ja – das ›Haus vom Nikolaus‹!« Charly lehnte sich weit über den Tisch, klopfte mit seinem Kugelschreiber auf die verblichene, kaffeebefleckte Schreibunterlage. Rund um den Aufdruck »2009 – Gewerkschaft der Polizei« hatte irgendein Kollege in den letzten Stunden Dutzende roter Nikolaushäuser gekritzelt.

»Ich will wissen, wo dieses Scheißsymbol in den letzten ein, zwei Jahren überall aufgetaucht ist, nicht nur in Coburg und Erlangen – bundesweit!« Ein winziges Speicheltröpfchen flog mit aus seinem Mund, reaktionsschnell wischte er es mit der Handkante von der Schreibunterlage. »Große Anfrage über die Präsidien an alle Dienststellen: Graffiti, zerkratzte Autos, sonstige Sachbeschädigungen und so weiter; jeder aktenkundige Fall mit Nikolaushaus auf meinen Tisch! Schaltet hier in der Region die Jugendkontaktbeamten mit ein, fragt Schulen und Lehrer, wo das verfluchte Haus schon mal auf Taschen, Turnschuhen, Jacken oder in den Toiletten aufgefallen ist.«

09:49 Uhr. Fax der PD Coburg, Medienverteiler »Alle«, Dringlichkeit »sehr hoch« (Auszug):

»... laufen die Ermittlungen auf Hochtouren ... auffällige Parallelen zu einem Mord am 8. Mai auf der Erlanger Bergkirchweih ... damals zu keiner Zeit Anhaltspunkte für eine drohende Wiederholung ... die SOKO ›Nikolaus‹ bittet jetzt die Bevölkerung um Mithilfe: Wo ist das Symbol des ›Haus vom Nikolaus‹ in letzter Zeit aufgefallen? Wer benutzt es? ... Für sachdienliche Hinweise, die zur Er-

greifung des Täters führen, ist eine Belohnung von 3.000 Euro ausgesetzt …«

»Senger hat schon wieder angerufen!«, stöhnte Quax. Missmutig ließ er sich auf den dunkelbraunen Plastikstuhl vor Charlys Schreibtisch fallen. »Der Kerl ist schlimmer als eine Scheißhausfliege!«

Charly warf den Kugelschreiber in die Ablage, verschränkte interessiert die Arme hinter dem Kopf. »Sag mal, der ist doch noch gar nicht so lang bei der fz … was genau hat der eigentlich vorher gemacht? War der nicht bei irgendeinem seriösen Blatt?«

»Freilich, bei der Erlanger Rundschau. Hat dort schnell Karriere gemacht, war zuletzt drei Jahre politischer Redakteur. Bis ihm die Sache mit der Klissert das Genick gebrochen hat.«

»Die Klissert-Affäre! Das war damals Senger?«

Charly erinnerte sich. Die Erlanger OB-Kandidatin Karin Klissert wäre letztes Jahr auf der Zielgeraden fast noch gestrauchelt, als die Lokalpresse sie plötzlich mit dubiosen Anlagegeschäften in Verbindung brachte. Erst nach ihrem knappen Wahlsieg erwiesen sich die Anschuldigungen als falsch. Bundesweit bekannt wurde die neue Oberbürgermeisterin dann sofort nach Amtsantritt durch einen mehrwöchigen, konsequenten Presseboykott gegen die Erlanger Rundschau.

»Das war Senger – sein Chef hat ihn dann schließlich aus der Politik abgezogen und ihm das Ressort ›Auto und Freizeit‹ übertragen.«

»Wow – ein echter Tritt in die Eier!«

»Für einen Vollblutjournalisten wie Senger auf jeden Fall! Er war ja auch mal im Ghostwriter-Pool unseres früheren Landesfürsten …«

»Und war wohl sogar dem zu giftig?«

Quax grinste. »Fakt ist, dass er sich mit seiner ganz speziellen Häme und Polemik nicht nur Freunde gemacht hat. Sagt doch alles, wenn du sogar unter Kollegen den Spitznamen ›Giftzwerg‹ hast.«

»Also ein Schmierer vor dem Herrn … dann ist er ja als Chefreporter bei der fz bestens aufgehoben!«

Ein dunkelroter Kugelkopf lugte zur Tür herein. Fässla.

»Charly, die Frau Sandra Speidel wär jetzt da!«
Ein ratloser Blick. »Wer is'n des jetzt widder …?«
»Die Freundin von Jasmin Keller!«
»Soll rein!«
Quax ergriff eilig die Flucht, während Sandra Speidel schüchtern eintrat. Sehr blass, sehr zart, sehr blond. Ihre verweinten Augen huschten scheu durch den Raum.
»Halloo; grüß Gott, Frau Speidel«, Charly stand auf, kam ihr mit ausgestreckter Hand entgegen, »Kommissar Herrmann. Bitte nehmen Sie Platz! Möchten Sie einen Kaffee?«

Dienstag, 14:00 Uhr / Staatsanwaltschaft Coburg

»Tag, Herr Herrmann«.
Oberstaatsanwalt Dr. Stein, ein knochig-hagerer Mittfünfziger mit dünnen Lippen, hoher Stirn und randloser Brille, war kein Freund großer Begrüßungsrituale. Wortlos, mit knapper Geste, bot er Charly Platz an.
Minimalistische Arroganz, dachte Charly. Meist in jungen Jahren abgeschaut, nachgeäfft und irgendwann verinnerlicht. Passt irgendwie zu seiner billigen Retro-Einrichtung.
Behutsam platzierte er seine Unterlagen auf dem Acryl-Couchtisch und quetschte sich auf dem aktenübersäten schwarzen Kunstledersofa in die einzig mögliche Sitzposition – vis-à-vis Stein.
Der Staatsanwalt musterte ihn, erwartungsvoll und abschätzend. »Dann schießen Sie mal los, Herr Kommissar …!«
»Unsere SOKO ›Nikolaus‹ ist mit zweiundzwanzig Mann im Einsatz; zwölf in Coburg, zehn in Erlangen. Beide Morde tragen dieselbe Handschrift, beiden Opfern schneidet der Täter ein ›Haus vom Nikolaus‹ in den Oberkörper. Auch der Modus Operandi gleicht sich. Der Täter schlägt am Rand großer Feste zu, er tötet mit einem relativ kurzen, extrem scharfen Messer, vermutlich mit Wellenschliff des Klingenrückens.«
»Was heißt vermutlich?«, unterbrach ihn Stein.
»Die Stichkanäle sind zu breit und zu unscharf, um die Tatwaffe detailliert zu rekonstruieren. Der Täter dreht das Messer beim

Herausziehen und reißt damit fürchterliche innere Wunden mit enormem Blutverlust.«

»Haben wir ein kriminaltechnisches Gutachten?«

»Ja. Das Fax vom LKA ist vor zwei Stunden gekommen.«

»Sehr gut. Weitere Übereinstimmungen bei den beiden Morden?«

»Die Opferauswahl. Zweimal schlanke, körperlich unterlegene Frauen. Jasmin Keller wurde gleich während des Überfalls getötet, Sylvia Koslowski erst noch bewusstlos geschlagen. In beiden Fällen keine sexuellen Handlungen vor und nach der Tat. Schließlich noch die Leichenposition ... leider haben wir es nicht mit einem Täter zu tun, der seine Opfer sorgfältig versteckt oder in schlafende Haltung legt.«

Kunstpause.

Stein runzelte die Stirn und reagierte wie erwartet. »Wieso leider?«

»Weil dieses Phänomen der ›emotionalen Wiedergutmachung‹ fast immer bei Tätern aus dem persönlichen Umfeld zu finden ist.«

»Verstehe.«

Stein strich sich mit gestrecktem Zeigefinger nachdenklich über den rechten Nasenflügel, bevor er fortfuhr. »Das hätte den potenziellen Täterkreis natürlich eingeengt ... Was wissen wir über die Tote im Hofgarten?« Abrupt, als hätte er sich selbst auf frischer Tat ertappt, zog er den Finger von der Nase wieder ab.

»Jasmin Keller stammt aus Hof. Bildhübsch, sehr aufgeschlossen, extrovertiert. Seit letztem Winter studierte sie in Coburg Integrierende Gesundheitsförderung. Ist ein neuer Studiengang für Möchtegern-Manager von Kurbädern oder Wellnesshotels. Ihre beste Freundin Sandra Speidel hat uns heute früh zwei sehr interessante Hinweise geliefert: Jasmin fühlte sich bedroht von einem jungen Russen. Er hat sie schon am Vortag belästigt; ist ihr aus dem Stadtbus heraus bis fast an die Wohnungstür gefolgt. Und auch am Tatabend haben sich ihre Wege wieder gekreuzt.«

»Mit wem war sie denn am Tatabend zusammen? Mit dieser Sandra Speidel?«

»Nein. Die beiden Mädchen haben sich aber gegen einundzwanzig Uhr zufällig vor der Toilette getroffen – gleichzeitig das letzte Mal, dass Jasmin Keller lebend gesehen wurde. Sie hat Sandra von ihrem neuen Begleiter namens Alex vorgeschwärmt, einem ›großen Blonden‹ mit einem Porsche 911. Der war aber grad selbst auf der Toilette, die Speidel hat ihn also nicht gesehen. Dafür hat ihr Jasmin den Russen gezeigt ... und den konnte sie uns sehr genau beschreiben: Anfang zwanzig, eins siebzig, Bodybuilderfigur, weiße Hose, schwarzes Muskelshirt, Halskette, schwarzer Bürstenhaarschnitt.«

Stein hob ganz kurz die Augenbrauen. »Phantombild?«

»Hier.«

Breite, fast quadratische Schädelform. Dunkle Stoppelhaare. Stechender Blick aus weit auseinanderstehenden Augen, mit leichtem Kalmückeneinschlag. Kurze, breite Nase. Unrasiert. Kleine, aber volle Lippen. Energisches Kinn.

Stein musterte das Porträt eingehend. Endlich schob er es mit spitzen Fingern exakt an den Rand seiner Schreibtischunterlage und blickte hoch: »Finden Sie diesen Russen – und den Porschefahrer, so schnell wie möglich!« Er beugte sich nach vorn, fixierte Charly. »Damit eines klar ist, Herr Kommissar: Ich möchte auf keinen Fall, dass uns die Boulevardpresse hier jeden Tag neu vor sich hertreibt ... Wie sieht Ihre Ermittlungskonzeption jetzt aus? Haben Sie eigentlich schon an ein Täterprofil gedacht?«

Arschloch.

Schweigend zog Charly ein DIN-A4-Blatt aus seiner Mappe und schob es ihm hinüber. Er hätte das Ergebnis seiner anderthalbstündigen Mittagsklausur, angefertigt bei zwei doppelten Espressi, auch auswendig herunterbeten können:

»Täteranalyse/Profilerstellung – Morde an Sylvia Koslowski (8. Mai Erlangen) und Jasmin Keller (5. Juli Coburg) ...

Ausgehend von der klassischen Unterscheidung zwischen »planendem« und »nicht planendem« Täter, die schon das FBI in den achtziger Jahren entwickelte, dominieren bei den Morden in Coburg und Erlangen Merkmale, die für einen nicht planenden Täter (»disorganised murderer«) sprechen:

– *spontane Tatbegehung: in beiden Fällen keine ausgeklügelte, langfristig vorbereitete Tat, sondern eine »Explosion der Gewalt«*

– *willkürliche Opferauswahl: keine Beziehungstaten, hierfür sprechen auch die »öffentlichen« Tatorte*
– *wenig oder gar keine Konversation zwischen Täter und Opfer: spontane Gewaltausbrüche*
– *Tatort wird ungeordnet verlassen, keine »Inszenierung«*
– *Leiche wird offen dargestellt, nicht etwa versteckt oder vergraben*
– *keine Fesselung der Opfer*
– *Leichenfundort ist identisch mit Tatort*

Klassische Profilmerkmale dieses nicht planenden Tätertyps:

Meist ungebildet, mit durchschnittlichem, eher niedrigem IQ. Häufig sozialer Außenseiter ohne qualifizierte Ausbildung; eventuell mit häufig wechselnden Arbeitsverhältnissen. Er lebt allein oder noch bei den Eltern. Gar keine oder nur sporadische, unbefriedigende sexuelle Kontakte. Mangels exakter Planung und mangels intellektueller Überhöhung der Tat keine »Täter-Eitelkeit«; er sammelt keine Zeitungsausschnitte und erkundigt sich nicht nach dem Stand der Ermittlungen …

Fahndungsschwerpunkt deshalb zunächst nach folgendem Raster:

Datenabgleich Bergkirchweih/Samba-Festival, welche
– *Schausteller, Standbetreiber, Verkäufer*
– *technischen Hilfskräfte (Zelt- und Bühnenaufbau etc.)*
– *Toilettenpersonal*
– *Sicherheitskräfte*
– *Musiker*
– *Abfallentsorger*
– *Gastronomiepersonal*

auf beiden Veranstaltungen präsent waren.«

Der Staatsanwalt ließ das Blatt wieder sinken.

»Das spricht wohl eher für unseren russischen Bodybuilder!«

Charly nickte. »Er ist derzeit unsere Nummer eins. Gefolgt von einem siebzehnjährigen Katzenaufschlitzer aus Rödental und einem unbekannten Spanner im Hofgarten.«

»Und die Porsche-Spur?«

»Erst mal versandet. Im gesamten Direktionsbereich gibt es keinen einzigen 911er, der auf einen Alex, Alexander oder Alexej zugelassen ist.«

19:40 Uhr / Coburg, Am Ölberg

Endlich Feierabend.

Bedächtig stapfte Charly das Treppenhaus hoch, Schritt für Schritt die angenehme Kühle genießend. Bleierne Schwüle draußen und eine tiefschwarze Wolkenfront im Westen verhießen nichts Gutes. Die Natur drängte nach Eruption.

Wie zufällig öffnete sich auch heute wieder die Tür der neuen Nachbarin im vierten Stock.

»Hi, Charly!«

Katja, vierundvierzig, aus Suhl; frisch geschieden.

Nicht zu dick und nicht zu dünn; alles, was ein Mann braucht …

»Kannst du mal ganz kurz mit reinschauen? Ich komm da mit einer neuen Lampe nicht klar!«

Ohne seine Antwort abzuwarten, eilte sie mit schwingenden Hüften voran. Weißes T-Shirt, weiße Shorts, nackte weiße Beine.

Leicht unrasiert. Geil.

»Da, mit der Lüsterklemme stimmt was nicht!«

Ihr ausgestreckter Arm zeigte nach oben, ihr Shirt spannte über vollen, leicht hängenden Brüsten.

Lüsterklemme … Und kein BH … was für Wahnsinnsnippel …!

»Lass mich doch mal schauen.«

Er stieg auf die unsäglich grau-beige Kunststoff-Haushaltsleiter. Vermutlich noch ein Produkt des »VEB Plaste und Elaste«.

»Halt, der Schraubenzieher!«

Ihre warmen Finger streiften ihn einen Sekundenbruchteil zu lange. Er musste seinen Blick mit Gewalt von ihrem Ausschnitt losreißen.

Sie spürte es, lächelte hoch zu ihm: Volle Lippen, nur der leichte Flaum darüber irritierte ihn plötzlich. Entschlossen räuspernd, versuchte er sich auf Schraubenzieher und Lüsterklemme zu konzentrieren.

»Geht's, Charly?«

Unschuldig-interessiert blickte sie hoch zu ihm. Charly spürte, wie sich ihre Brust gegen seine Wade presste.

Durch das gekippte Fenster ein erstes bedrohliches Rumpeln.

Alles schrie nach Entladung.

Pack sie. Sie braucht's ... und dir tut's gut! Scheiß auf Nikolaushäuser, scheiß auf Staatsanwälte, scheiß auf Scheißhausfliegen ... Fertig schrauben, runtersteigen, angreifen ...!

Schrilles Telefonklingeln riss ihn aus seinen wüsten Phantasien. Er musste sich kurz festhalten, um nicht auch noch physisch abzustürzen.

»Ja? ... Du bist's, Mutter? ... Ach Gott! ... Achgottachgottachgott! ... was machst denn du! ... ja, freilich ... ich komm gleich!«

It was just my imagination, runnin' away with me ...

Sie legte auf. »Meine Mutter ist zu Hause gestürzt, ich muss sofort zu ihr!«

»Bassd scho ... bin sowieso fertig!«

Leichtfüßig sprang er von der Leiter.

Jetzt bloß nicht mehr auf diese Titten schauen, nur noch in die Augen ...

»Dein Schraubenzieher ... Ciao, Katja ... gern geschehen!«

Routiniert-augenzwinkerndes Abschiedslächeln, ihre bedauernden Dankesworte drangen kaum noch an sein Ohr. Seine Jeans waren in den letzten Minuten zwei Nummern zu klein geworden. Steifen Schrittes, mit animalischem Gang, stakste er in sein Apartment gegenüber, warf hinter sich rasch die Tür ins Schloss.

Fünfzehn Minuten später. Endlich entspannt. Frisch geduscht, im Bademantel auf der Couch, ließ Charly genüsslich ein Kristallweizen ins Glas gluckern: Zitronenscheibe und Reiskörner, eine Zeremonie für Kenner.

Zufrieden lauschte er durch die offene Balkontür dem langsam wieder nachlassenden Gewitterregen. Morgen würden die dichten Wolken endlich aufreißen, versprach der Wetterbericht. In Franken.

Und in der SOKO.

Morgen würde das Phantombild in allen Zeitungen stehen.

Mittwoch, 08:50 Uhr / Lageraum SOKO

»Selbstverständlich, Ihr Hinweis wird streng vertraulich behandelt … natürlich … gleichfalls, danke schön, tschüss!«

Charly knallte den Hörer auf und ballte triumphierend die Becker-Faust. »Volltreffer! Der Dritte, der unser Phantom erkennt!«

»Also Baltenweg?«, fragte Schnauzer.

»Baltenweg, in den Hochhäusern! Sergej Bletter, dreiundzwanzig, Schaustellergehilfe. Wohnt bei seiner Mutter Elena Bletter.«

»Datenabgleich mit Erlangen?«

»Positiv. Bletter war auf der Bergkirchweih am Riesenrad dabei. Und Samba war wohl sein Privatvergnügen. *Einsatz*, Kollegen!!«

»Hinlegen! Flach auf den Boden! Keine Bewegung mehr!«

Im Polizeigriff des brüllenden Zivilbeamten ging Sergej Bletter mit schmerzverzerrtem Gesicht in die Knie, kapitulierte auf dem abgewetzten, fleckigen Teppichboden vor seinem zerwühlten Bett. Die Luft stand; es roch nach billigem Herrenparfüm, Schweiß und Sperma.

Schnelles, zielstrebiges Abtasten; ein zweiter Polizist, noch immer mit gezückter Waffe, stieß mit dem Fuß vorsichtig eine Kurzhantel zur Seite, im Blick ständig die geschockte Mutter, die sich, lautlos schluchzend, zwischen Marilyn Manson und Rammstein an die Wand presste.

Handschellen klickten.

»Sie sind vorläufig festgenommen!«

Mit verschränkten Armen lehnte Charly am Türstock des Verhörraums. »Nimm ihm die Handschellen ab!«

Sergej Bletter rieb sich die Handgelenke, übertrieben lange; jeden Blickkontakt hinauszögernd.

»Setzen!«

Widerwillig ließ Sergej sich auf den Holzstuhl fallen, vergrub sofort die Hände in den Taschen. Zu seiner silbergrauen Polyester-

Trainingshose trug er ein schwarzes T-Shirt und nagelneue Nike-Schuhe. Schweigend starrte er an Charly vorbei, fixierte aus schmalen Augen einen imaginären Punkt an der Wand.

Charly setzte sich. »Sie wissen, warum Sie hier sind.«

Keine Reaktion. Sergej starrte ausdruckslos ins Leere, scheinbar völlig in sich versunken.

Ein Schlächter spielt den Zen-Meister …

»Ich kann Ihrem Gedächtnis gern auf die Sprünge helfen, Herr Bletter!« Blitzschnell stellte Charly zwei Großaufnahmen hoch, die verdeckt vor ihm auf dem Tisch lagen.

Dreißig mal vierzig, Hochglanz, Farbe: Auf dem saftig grünen Rasen des Hofgartens die nackte weiße Leiche von Jasmin Keller. Das blutverschmierte T-Shirt über den Kopf gezogen.

»Sie wissen, dass Sie dafür den Rest Ihres Lebens hinter Gittern sitzen!«

Treffer.

Schlagartig zerbröckelten Sergejs maskenhafte Gesichtszüge. Er öffnete seinen Mund, hielt noch einmal kurz inne, den Blick unverwandt auf die Fotos gerichtet.

Jetzt, jetzt muss er kommen …!

Er sprang auf, der Holzstuhl fiel um. Breitbeinig stand er im Raum, zeigte auf Charly und brüllte los:

»Ihr Wichser, das könnt ihr mir nicht anhängen, ich kenne eure Scheißtricks!«

Zwei Zimmer weiter, Pressestelle.

Ritter kam herein. Ungewöhnlich, wie oft er jetzt aufkreuzte; normalerweise verschanzte er sich regelrecht in seinem Büro.

»Wie steht's an der Pressefront?«

»Hochgradig erregt. Jeder weiß, dass wir im Baltenweg einen in Handschellen aus dem Haus geholt haben.«

Ritter nickte düster. »Im Baltenweg ist der Teufel los. Im ganzen Viertel sollen sich Journalisten herumtreiben, die die Nachbarschaft herausklingeln. BILD und fz bieten angeblich schon Geld an, für besonders exklusive Auskünfte.«

Moser wiegte nachdenklich den Kopf. »Gibt sicher genügend dankbare Abnehmer da oben … Hartz IV lässt grüßen!«

»Andererseits ist der Russenanteil dort sehr hoch ... vielleicht überwiegt ja die Solidarität mit Sergej!«

Sergej saß auf seinem Holzstuhl, wieder mit Handschellen gefesselt. Körperlich fixiert, verbal umso aggressiver. »Scheißbulle, nur weil ich aus Russland komme, willst du mir das anhängen!«

Seine Augen waren zu schmalen Schlitzen verengt, die muskulösen Oberarme zum Platzen angespannt. »Ich habe keinem was getan!«

Charly lächelte kalt. »Das kannst du deinem Fußpfleger erzählen ...«

Genüsslich nippte er an seiner Cola, bevor er Sergej wieder ins Visier nahm; im Ton jetzt deutlich schärfer. »Jetzt pass mal auf, Junge: Wir haben sogar Zeugen dafür, dass du die kleine Keller verfolgt, belästigt und bedroht hast. Am Tag vor der Tat – und auch am Samstagabend!«

»Ich habe sie nicht umgebracht!«, schrie Sergej und rüttelte wie wild an seinen Handschellen. »Ich hab sie nicht mal angefasst!«

»Drum freue ich mich ganz besonders auf deine DNA-Probe ...« Charly zwinkerte ihm fröhlich zu.

Sergej raste, drohte mitsamt dem Stuhl umzukippen: »Scheiß auf DNA, ich-hab-die-klei-ne-Nut-te-nicht-ge-vö-gelt!«

»Also bitte! Herr Bletter! Wer sagt denn was vom Vögeln! Wir haben Spermaspuren ... in Jasmins Mundhöhle gefunden!«

»Gute Arbeit, Charly!« Löhlein, der das gesamte Verhör durch die Scheibe verfolgt hatte, klopfte ihm anerkennend auf die Schulter. »Er merkt jetzt endlich, wo's langgeht. Plötzlich will er einen Anwalt.«

Charly rieb sich mit einem kleinen Handtuch Stirn und Nacken trocken. Drückende Mittagshitze kam ins Haus gekrochen, schon im Verhörzimmer war es unangenehm schwül gewesen.

»Ist Stein schon informiert?«

»Ja. Volle Rückendeckung der Staatsanwaltschaft für uns; DNA-Test sowieso und für den Haftprüfungstermin sieht er auch keine Probleme.«

Wieder typisch Löhlein, dachte Charly. Drängelt sich beim

Staatsanwalt vor, wenn Pluspunkte zu sammeln sind. Moser marschierte ein.

»Die Pressemitteilung, Charly.«

Ein karger Vierzeiler: *»... bestätigt die Festnahme eines Tatverdächtigen für die beiden Mordfälle Jasmin Keller und Sylvia Koslowski ... Ermittlungen laufen weiter auf Hochtouren ...«*

»Gut. Lass es so raus; keine näheren Details!«

Mittwoch, 22.50 Uhr / Coburg, Theatergasse, »KostBar«

»It's midnight in Chelsea, midnight in Chelsea ...«, raunzte Jon Bon Jovi. *»No one's asking me for favors, no one's looking for a savior ...«*

Ein letzter, langer Schluck. Wohlige Wärme durchströmte Charly. Er schnippte das leere Whiskyglas über den Tresen zurück, verneinte augenzwinkernd den fragenden Blick des blassen Shakira-Verschnitts hinter der Bar.

Zwei Jackies, zur Feier des Tages. Sogar Oberstaatsanwalt Dr. Stein hatte auf Sergejs Festnahme geradezu enthusiastisch reagiert – mit einem anerkennenden Kopfnicken. Amüsiert rutschte Charly von seinem Hocker und begann, sich langsam Richtung Ausgang zu schlängeln.

»... Sha la la la, it's midnight in Chelsea ...«

»Hey, Charly! Wer ist denn jetzt der Samba-Killer?«

Handball-Kraus von Radio 1; wie immer umgeben von weiblichen Bewunderern. Drei Augenpaare waren mit einem Schlag auf Charly gerichtet.

»Keine Scheißhausparolen, Alter!«

Charly wedelte lässig mit dem Zeigefinger und schob sich betont gleichgültig weiter, alle aufgeregten Nachfragen hinter sich lassend.

Der Regen hatte endlich aufgehört.

Im Rinnstein der Theatergasse plätscherte es schmutzig braun, zwei aufgequollene Zigarettenkippen wurden Richtung Gully mitgerissen. High Heels klapperten hastig über das nasse Straßenpflaster.

Charly schaute hoch. Eine Blondine, erschreckend dünn, weiße Hose und türkisfarbene Bluse, eilte mit verschränkten Armen und gesenktem Kopf an ihm vorbei; scheinbar nichts um sich herum wahrnehmend und doch rechtzeitig einen großen Bogen um ihn schlagend.

Angst. Sie hat Angst.

Und sie ist allein. Nachts. Nur fünfhundert Meter vom Hofgarten entfernt. Das klassische Opfer ...

Jagdfieber musste Sergej Bletter verspürt haben. Jagdfieber – bevor sich Sekunden später seine Macht- und Mordlust grausam Bahn brach. Jagen, Beherrschen, Töten: der perverse Thrill eines Psychopathen.

So musste es gewesen sein.

Gedankenversunken, die Hände tief in den Taschen vergraben, schlenderte Charly am ältesten Gasthaus Coburgs, dem »Goldenen Kreuz«, vorbei auf den Marktplatz.

Ungemütlich, nass und menschenleer – und dennoch das unbehagliche Gefühl, beobachtet zu werden. Kann nur das rote Katzenauge dort oben sein, dachte Charly, die Live-Webcam an der Rathausfassade.

Satisfaction in der Brusttasche, sein Handy schepperte los.

»Herrmann«

»Charly, ich habe gerade einen Anruf der Kripo Würzburg erhalten.« Löhlein, mit einem leichten Vibrieren in der Stimme. »Die schwarze Sängerin, die beim Afrika-Festival neulich verschwunden ist, ist wieder da.«

Urplötzlich ein seltsam dumpfer Druck im Magen.

»Ja und?«

»Sie riecht etwas merkwürdig. Und sie hat ein ›Haus vom Nikolaus‹ im Bauch.«

Donnerstag, 11:07 Uhr / Kripo Würzburg

»Bitte, Herr Kollege, hier herein!«

EKHK Klaus-Dieter Walther, silbergrauer Bart, Lesebrille, sehr bedächtig, mit formvollendeten Manieren. Der klassische Chefarzt, dachte Charly. Ein weißer Mantel würde dir noch besser stehen als dein lachsfarbenes Oberhemd mit der schwarzsilbernen Pünktchenkrawatte.

Sie setzten sich an einen kleinen hellgrauen Besprechungstisch in Walthers Büro, eingerahmt von zwei imposanten, raumhohen Grünpflanzen. Künstliche Grünpflanzen, wie Charly bei genauerem Hinsehen erstaunt feststellte; in dieser Größe nicht unter zweihundert Euro zu bekommen. Valerie hatte sich deshalb erst kürzlich von dieser Wunschanschaffung wieder verabschiedet. Ausgeschlossen, dass derart aufwendige Zimmerdeko vom Dienstherrn finanziert wurde. Hier musste sich Walther selbst in Unkosten gestürzt haben. Offensichtlich legte er größten Wert auf eine repräsentative Büroausstattung. Ein schwarzer Drehsessel im auffälligen Hightech-Design, auf dem Sideboard die Nachbildung einer Giacometti-Skulptur. An der Wand darüber, riesengroß, ein farbenfrohes, abstraktes Gemälde.

Nicht schlecht für einen Abteilungsleiter, dachte Charly. Und eine sehr subtile Form der Einschüchterung. Wenn nur dieser Nullachtfünfzehn-Schreibtisch aus der Polizei-Zentralbeschaffung und der billige Linoleumboden nicht wären.

Eine verhärmte Sekretärin kam lautlos aus dem Nebenzimmer; beige, blass und schmucklos; Brille an silberner Kette, das viel zu lange graublonde Haar straff nach hinten gebunden. Ohne Charly eines Blickes zu würdigen, stellte sie ein Kaffeetablett auf den Tisch.

»Danke, Vera.« Wortlos entschwand Vera wieder.

»So, Herr Kollege«, der dienstältere Würzburger EKHK rührte aufreizend langsam seinen Kaffee um und blieb penetrant beim Sie, »ist ja wirklich schön, dass Sie den weiten Weg aus Coburg gleich auf sich genommen haben. Wie können wir Sie jetzt am effektivsten unterstützen?«

»Das sag ich Ihnen gern, Herr Kollege!«

Charly lehnte sich entspannt zurück, schlug lässig ein Bein über das andere und fixierte in bester Verhörmanier die Nasenwurzel seines Gegenübers.

»Sie wissen, dass wir es mit einem Serientäter zu tun haben. Sie wissen, dass ich die SOKO ›Nikolaus‹ leite und gestern Nacht noch, gleich nach Bekanntwerden Ihres Mordfalls, um diesen Termin gebeten habe. Ich finde es deshalb schon etwas befremdlich, wenn ich in Ihrem Haus fast eine Stunde warten muss und nicht zur Lagebesprechung zugelassen werde, das wäre bei uns eine Selbstverständlichkeit gewesen!«

Keine Reaktion. Höchstens eine minimale Sehschlitzverengung.

»Herr Kollege Herrmann«, bedächtig legte Walther seine Rechte über den linken Unterarm, »ich werde mich garantiert nicht an irgendwelchen Hahnenkämpfchen beteiligen! Wenn Sie die Güte hätten, mal kurz einen Blick hinter sich zu werfen ...«

Charly stieß sich mit einem Fuß ab und fuhr schwungvoll Karussell.

»... ja genau, links neben dem Ficus benjamini ...«

Ein überlanges grünes Maßband hing an der Wand und reichte bis knapp über den Fußboden.

»... dann schauen Sie doch mal auf die letzte Zahl, Herr Kollege, ganz unten!«

Den Gefallen tu ich dir nicht; vor dir und deinem Schreibtisch bück ich mich nicht.

Charly drehte zurück, faltete lächelnd die Hände. »Sie werden mir diese Zahl sicher gleich nennen!«

Walther presste, kaum sichtbar, ganz kurz die Lippen zusammen.

Langsam und betont genüsslich ließ er seine Antwort über die Zunge rollen: »Ein-hun-dert-neun-und-sech-zig! Ich habe noch genau einhundertneunundsechzig Tage Polizeidienst vor mir. Und ich habe keinerlei Interesse daran, mir diese einhundertneunundsechzig Tage noch von irgendjemandem versauen zu lassen. Weder von diesem perversen Psychopathen noch ...«, er hielt kurz inne, strich sich nachdenklich über den silbergrauen Bart, »... noch durch irgendwelche … kollegialen … Missverständnisse. Ich kann Sie deshalb beruhigen«, ein leicht süffisanter Unterton, »hier in Würzburg wird Ihnen garantiert niemand die SOKO-Leitung streitig machen!«

Charly nippte an seiner Kaffeetasse.

Abhaken. *Back to zero.*

»Mir geht es nicht um persönliche Eitelkeiten, Herr Kollege Walther, mir geht es ausschließlich um den Erfolg unserer gemeinsamen Arbeit. Ich schlage vor, dass Sie mich jetzt auf den aktuellen Stand bringen.«

Walther nickte zufrieden. »Am besten, wir fahren mal raus zum Leichenfundort!«

Die Mittagssonne brannte erbarmungslos auf den Südhang. Randersackerer Teufelskeller, eine Toplage des Frankenweins, wie Charly und Walther in verblüffter Übereinstimmung feststellten. Sie hatten den Wagen an der Straße stehen gelassen und schritten jetzt am Rand des Weinbergs entlang, über einen schmalen, ausgetrockneten Weg mit tiefen Rissen. Tief unter ihnen zog der Main träge durch die Landschaft.

In dürrem, prägnantem Polizeijargon umriss Walther rasch die Vorgeschichte: Bei der Leiche handelte es sich um die einunddreißigjährige Afrikanerin Ahanfouée. Die Sängerin, als »Stern der Elfenbeinküste« in ihrer Heimat ein Star, war in Europa noch völlig unbekannt. Vor sechs Wochen, beim Würzburger Afrika-Festival, hatte sie mit einem umjubelten Auftritt am Eröffnungsabend Publikum und Kritiker gleichermaßen von den Sitzen gerissen.

Seither war die eins sechzig kleine, attraktive Schwarzafrikanerin spurlos verschwunden. Ihr Hotelzimmer war unberührt geblieben, es gab keine Lösegeldforderung und keine sonstigen Hinweise auf ein Verbrechen. Trotz heftiger Proteste ihres eingehend befragten, etwas zwielichtigen Managers, vermuteteten schließlich auch die Medien eine ausgeklügelte PR-Strategie hinter Ahanfouées Verschwinden. Vor zwei Tagen dann ein anonymer Anruf in der BILD-Redaktion über einen »entsetzlichen Fund« in einem verlassenen, alten Felsenkeller bei Randersacker. Der Würzburger BILD-Reporter hatte sich sofort auf den Weg gemacht und, um seinen zeitlichen Vorsprung zu nutzen, die Polizei erst verständigt, als er den Keller gefunden hatte.

»Wir waren zufällig gerade in der Nähe, ich war keine zehn Minuten später vor Ort«, dozierte Walther im Tonfall stiller Genugtuung, »da ist dieser zynisch-abgebrühte Berufslügner hier schon auf den Knien herumgerutscht und hat sich die Seele aus dem Leib gekotzt! Den ganzen Tatort hat uns der Dilettant versaut!«

Kurz vor einer Gruppe alter Eichen hielt Walther plötzlich an und zeigte nach kurzem Suchen nach links. »Hier geht's rein.«

Er zwängte sich durch eine kaum sichtbare, fast zugewachsene Lücke in der Hecke am Wegrand. Gelbes Polizeiflatterband hing schlaff über einem kleinen Trampelpfad. Dahinter, zwischen ein paar hohen Buchen und Eichen versteckt, die windschiefe, verwitterte Holztür eines alten Felsenkellers.

Walther kratzte das Polizeisiegel ab und versetzte der Tür einen lässigen Fußtritt. Die verrosteten Scharniere ächzten störrisch.

Ein zweiter Kick, derb und wütend. Widerwillig setzte sich die alte Holztür in Bewegung und schrammte am felsigen Untergrund entlang, bis sie, kurz vor dem Anschlag, endgültig festklemmte.

Walther schaltete seine Maglite-Taschenlampe ein, leuchtete voraus in die Finsternis. Ein ebenerdiger, kleiner Raum, höchstens drei auf vier Meter, schätzte Charly. Mit eingezogenem Kopf folgte er vorsichtig dem Kollegen.

Beklemmend eng. Dumpf und muffig.

Inmitten der abgestandenen, alten Luft waberte noch etwas anderes: der winzige Rest eines süßsäuerlichen Aromas, ekelerregend bis zum Brechreiz.

Der Lichtkegel der Taschenlampe kringelte hastig ein Oval auf den fleckigen, dunklen Felsboden.

»Hier hat sie gelegen.«

War es die schlechte Akustik des niedrigen Kellerraums? Walthers sonore Chefarztstimme klang plötzlich merkwürdig belegt. »Nackt und mit weißen Kabelbindern an Händen und Füßen gefesselt.«

Charly versuchte, sich wieder auf objektive Details zu konzentrieren.

»Todesursache? Herzstich?«

»Glaube ich eher nicht. Das Obduktionsergebnis steht zwar noch aus, aber er hat sie wahrscheinlich … ausbluten lassen.«

»Ausbluten?« Charly suchte im Halbdunkel nach Walthers Gesicht.

»Die Leiche war außerordentlich gut erhalten. Vermutlich ist das die ideale Temperatur hier herinnen. Das ›Haus vom Nikolaus‹ auf dem Unterleib war noch gut zu erkennen, außerdem viele Stichverletzungen am gesamten Oberkörper und ein besonders brutaler, extrem tiefer Schnitt durch die Kehle. Sie war fast bis zum Halswirbel durchtrennt; der Kopf hing praktisch nur noch am Rückgrat …« Er räusperte sich zweimal, bevor er, etwas leiser, fortfuhr. »Und die anderen Verstümmelungen hat er ihr hoffentlich erst post mortem zugefügt.«

»Welche anderen Verstümmelungen?«

»Ein Ohr war weg. Und beide Brustwarzen.«

17:55 Uhr / Am Main

»Einsneunzich; do sted dä Senft!«

Der alte Bratwurstbrater in seiner angeschmuddelten Schürze krächzte nur noch heiser. Er musste gut und gern neunzig sein. Klein und über seinen Rost gebückt, erinnerte er Charly an das Rumpelstilzchen in Valeries altem Märchenbuch. Die trüben, geröteten Augen nur aufs Geld gerichtet, streckte er ihm das Brötchen mit einem Paar extra dunkler Bratwürste hin. Charly rührte den wässrig gewordenen Senf in der kleinen Porzellanschüssel ein paar Mal mit dem Löffel um, bevor er damit bedächtig die Bratwürste bestrich.

Schwarzes Fleisch …

Abrupt klappte er das Brötchen wieder zu und schob den Löffel tief in den Senf zurück.

»Sei so gut, gib mir noch ein Bier mit!«

Ohne die Augen von seinen brutzelnden Würsten zu nehmen, öffnete der Alte den Eisschrank neben sich, krallte ein kleines »Würzburger Hofbräu« heraus und schob es neben den schmierigen rot-weißen Zahlteller mit dem halb verblassten Aufdruck »Wenn's um Geld geht: Sparkasse«.

»Macht zweizwanzich, Chef.«

»Stimmt so.«

Vorsichtig wechselte Charly das Bratwurstbrötchen in die rechte, die Bierflasche in die linke Hand und ging langsam um den Bratwurststand herum ans Ende des Parkplatzes. Schneller als erwartet fand er wieder, was er gesucht hatte: Genau hier, am Ortsrand, ging ein kleiner, staubiger Fußweg zwischen Sträuchern und Schlehenhecken hinab an den Main.

Hier war er als Kind, beim Sonntagsausflug im neuen Opel Rekord, mit Eltern und großen Schwestern spazieren gegangen. Hier hatte er »die besten Bratwürste von ganz Franken«, wie sein Vater schon während der Autofahrt nervtötend oft betont hatte, hineingeschlungen und sich dann auf dem Kiesweg die neue Sonntagshose zerrissen.

Tränen, Beschimpfungen, Familiendramen. Ein emotionaler Absturz.

Aber nicht im Entferntesten so brutal wie heute. Binnen weniger Stunden war die Illusion geplatzt, den Frauenschlächter mit der grausigen Signatur überführt zu haben. Punkt dreizehn Uhr hatte Schnauzer aufgeregt ins Handy geplärrt, dass Sergej ein wasserdichtes Alibi für Würzburg hatte: Während des Afrika-Festivals war er im idyllischen Kutzenberg, in der geschlossenen Abteilung des Bezirksklinikums Obermain, untergebracht gewesen. Diagnose: aggressive Psychose mit akuter Fremdgefährdung nach schwerem Alkoholmissbrauch.

Get down, deeper and down ...

Eine Stunde später, Schnauzers nächste Hiobsbotschaft: Auch die Spermaspuren bei Jasmin Keller waren laut DNA-Analyse definitiv nicht von Sergej Bletter.

... down down, deeper and down ...

Status Quo bretterten in penetranter Endlosschleife durchs Kleinhirn. Und Sergej war nicht mehr zu belangen. Ein Kartenhaus, dachte Charly düster. Ein Kartenhaus war zusammengestürzt. Die Ermittlungen in Sachen Sylvia Koslowski und Jasmin Keller begannen wieder von vorn. Ahanfouée kam neu dazu.

Am Ufer des Mains, unter ein paar großen Schwarzerlen, stand immer noch die alte Holzbank. Charly setzte sich und biss hungrig in sein Bratwurstbrötchen. Lauwarm, aber gut. Knusprig und großartig gewürzt. Erst jetzt wurde ihm bewusst, dass er den ganzen Tag noch nichts gegessen hatte.

Nur mit Kaffee und Cola gestärkt, in »professioneller Ermittler-Trance«, wie Walther es spöttisch umschrieben hatte, war um fünfzehn Uhr die PK »Ahanfouée« über die Bühne gegangen.

Während er den urfränkischen Dreiklang Bratwurst, Senf und Brötchen, wie in Zeitlupe, Bissen für Bissen genoss, zog vor seinem geistigen Auge noch einmal die PK vorüber – langsam und gleichmäßig, wie die Wasser des Mains, der zwischen dem Schilf zu seinen Füßen hindurchglitzerte:

Großer Presseraum, riesiger Andrang. Fünf Übertragungswagen vor dem Gebäude. Ein Star, nicht nur eine Bedienung oder Studentin, sondern ein exotischer Star war ermordet worden. Walthers Intimfeind von der BILD-Zeitung, der »Berufslügner« mit dem nervösen Magen, zeigte sich in Hochform. Völlig ungeniert attackierte er Walther und die »miserable Informationspolitik der Polizei«. Senger, der die Serientäterstory bei der fz offenbar zur Chefsache erklärt hatte, stand ihm keinen Deut nach. Wie ein Pitbull hatte er sich in Charlys Ankündigung verbissen, »aus ermittlungstaktischen Gründen zum jetzigen Zeitpunkt« keine näheren Angaben zur Todesursache zu machen:

»Dieser Aussage, Herr Kommissar, muss ich aufgrund meiner langjährigen journalistischen Erfahrung entnehmen, dass es sich offenbar um einen besonders grausamen Mord handelt … Wurde die Sängerin etwa sexuell missbraucht oder gar gefoltert …?«

Schließlich als Gipfel der Scheinheiligkeit: »… es geht uns doch nicht um blutrünstigen Sensationsjournalismus, sondern um eine seriöse Risikobewertung … wie gefährlich ist dieser Täter, wie können sich Frauen und Mädchen vor ihm schützen …?«

»Eine seriöse Risikobewertung ist Sache der Experten, ist ausschließlich Sache der Kriminalpolizei!« Der Pressesprecher, ein junger Polizeikommissar, hatte sofort Beton angerührt. Charly und Walther waren ebenfalls stur geblieben. Keine Details, aber eindringliche Warnung vor gefährlichem Mörder in mutmaßlich drei Fällen, SOKO »Nikolaus« rund um die Uhr auf Hochtouren, ver-

dächtige Wahrnehmungen melden, Belohnung jetzt bei zwölftausend Euro.

Hinterher Walther, leicht süffisant: »Eigentlich braucht es ja kein ermittlungstaktisches Schweigen mehr, wenn die BILD-Zeitung schon persönlich um die Leiche herumgekrabbelt ist …«

»Scheißegal. Wir reden garantiert nicht öffentlich über abgeschnittene Brustwarzen.«

Ein schwächlicher Windhauch strich durch die dürren Schilfgräser. Noch immer wölbte sich ein unerbittlich stählern blauer Himmel über Mainfranken. Hoch über den Weinbergen, auf der anderen Seite des Flusses, zerfransten zwei kleine weiße Wölkchen ins Unscharfe.

Charly fingerte nach seinem Schlüsselbund, um das kleine »Würzburger Hofbräu« zu öffnen. Der Schlächter wäre jetzt sicher professioneller ausgerüstet, ging es ihm durch den Kopf.

»Grüß Gott!«

Erstaunt sah er hoch. Eine Nonne auf dem Weg, in der Hand ein Bund Wiesenkräuter, lächelte freundlich zu ihm herüber.

»Grüß Gott!« Leicht irritiert grüßte er zurück, sah ihr nach und bemerkte erst jetzt eine kleine Kapelle weiter unten am Weg.

Man müsste vielleicht auch mal wieder eine Kirche von innen sehen, dachte er. Den Kopf mal wieder richtig freikriegen.

In tiefen Zügen, ohne abzusetzen, leerte er die 0,33er und wartete reglos auf den inneren Druckausgleich. Endlich, hinter fest zusammengepressten Lippen, ein kräftiges Aufstoßen. Er stand auf, ließ die Flasche in den Abfallkorb fallen. Langsam ging er auf die Kapelle zu.

Die Chance auf einen Denkanstoß, auf einen neuen Impuls war den kurzen Umweg allemal wert.

And suddenly the world stopped turning …

Tiefe Stille. Durch die schmalen Glasfenster fielen schräge Lichtstrahlen. Lautlos tanzten feine Stäubchen.

O Mensch, bewein' dein' Sünde groß!

Behutsam setzte er sich auf die letzte Bank, spürte sofort die kerzengerade, knarrende Rückenlehne. Streng – unbequem – abweisend. Aber auch fest. Stabil. Unerschütterlich.

Es roch förmlich nach Ruhe und Frieden. Es roch nach der unverwechselbaren Mischung aus verstaubtem Holz, kühlem Mauerwerk und alten Gesangbüchern.

Der Herr wird richten den Erdkreis mit Gerechtigkeit!

Vielleicht.

Irgendwann bestimmt – auch den Mörder von Ahanfouée, die »Berch-Bestie«, den »Samba-Killer«. Aber diese Hoffnung, diese Erwartung durfte nicht dazu verleiten, die Hände in den Schoß zu legen und nur noch zu beten, grübelte Charly. Sein Blick schweifte zu dem kleinen Altarkreuz hinüber.

Durchbohrte, festgenagelte Hände und Füße.

Absurde, sinnlose Brutalität.

Abgeschnittene Brustwarzen.

Kranke, perverse, bestialische Gewalt.

Er schüttelte den Kopf, ballte die Fäuste. Es musste, jawohl, es musste doch einfach irgendeine höhere Intelligenz geben, die diesem ganzen Irrsinn nachträglich irgendeinen Sinn verleihen konnte. Später, nach dem Abspann. Die ganz große Auflösung. Und bis es so weit war, konnte – nein, musste man glauben und hoffen; gerade *weil* alles so un-glaublich war. Nur Hoffnung bewahrte vor Stillstand und riss aus Verzweiflung, nur Hoffnung trieb voran, befeuerte wieder neu, prügelte auch durch tiefste Finsternis hindurch.

Bis es irgendwann endlich wieder heller wurde.

Der Herr wird richten den Erdkreis mit Gerechtigkeit.

Und vorher müssen eben wir es tun, dachte Charly. Weil es sonst kein anderer tut. Hier unten gibt es halt keine höhere Gerechtigkeit. Und solange der Chef da oben nicht selbst eingreift, erwartet er, dass ich dem Schwein das Handwerk lege.

Ganz einfach.

I am the Cop.

Entschlossen stand er auf, verharrte kurz für einen letzten Blick auf den geschundenen Corpus am Altarkreuz und trat dann aus dem Halbdunkel der Kapelle hinaus ins gleißend helle Sonnenlicht.

Blinzelnd setzte er die Sonnenbrille wieder auf. Auf dem Weg zurück zum Wagen fühlte er sich merkwürdig erleichtert.

18:53 Uhr / Kripo Coburg

Nach einer anregenden Vollgasfahrt über die A 70/73 betrat Charly wieder das Dienstgebäude in der Neustadter Straße.

Gehetzt und vorwurfsvoll kam ihm Löhlein im Flur entgegen. »Mensch, wo steckt denn unser Chefermittler so lange?«

Er war auffallend blass, mit dunklen Augenringen.

»Mensch, Heinz, das ist kein Fahrraddiebstahl!« Charly verzog leicht genervt das Gesicht. »Ich habe den Kollegen in Würzburg eingenordet, unseren SOKO-Ableger installiert, den Tatort eines Wahnsinnigen besichtigt und zum Schluss noch die Bluthunde bei der PK abwehren müssen. Ach ja, und auf der Rückfahrt habe ich mir vorhin, ganz privat, schnell noch ein Paar mit Senf gegönnt. Ich habe nämlich seit gestern Abend nichts mehr gegessen!«

Löhlein hob halb entschuldigend die Hand und ließ sie müde wieder fallen.

»'tschuldige, schon klar. Hättest aber wenigstens dein Handy einschalten können.«

»Scheiße!« Charly riss das Nokia vom Gürtel. »Hab ich nach der PK glatt verschwitzt, das ist mir ja schon ewig nicht mehr passiert!« Wütend begann er, die eingegangenen Anrufe zu checken.

»Schnauzer hat mich ja noch erreicht, das Sperma bei Jasmin Keller stammt nicht von Sergej.«

»Und für den Mord in Würzburg kommt er sowieso nicht in Frage. Morgen ist Haftprüfungstermin und …«

»… und wir haben gar nichts mehr gegen ihn in der Hand, ich weiß!«, unterbrach ihn Charly gereizt, während er sein Handy wieder zurücksteckte.

»Was gibt's sonst Neues?«

Keine Reaktion. Ungewöhnlich für Löhlein. Charly schaute wieder hoch. Löhlein stand am Fenster, reglos, mit hängenden Schultern.

»Ey, Heinz, was ist los?« Fragend fasste er ihn am Ellbogen, suchte seinen Blick. Löhlein starrte durch ihn hindurch.

»Claudia ist weg«, sagte er schließlich mit brüchiger Stimme. »Sie will die Scheidung.«

»Ach du Scheiße.«

Charly kratzte sich hilflos am Hinterkopf. Claudia, ausgerechnet Claudia Löhlein. *The woman behind the man*. Schmale Lippen, Katzenaugen, ein Hang zu übertrieben großem Modeschmuck. Die immer perfekt frisierte Haus- und Ehefrau, das rührige Vorstandsmitglied der Coburger Frauen-Union. Sie hatte den gutmütigen Heinz-Uwe in ihrer kinderlosen Ehe immer wieder angetrieben und neu motiviert. Ihrem Ehrgeiz und seiner angeborenen Konfliktscheu hatte Löhlein im Wesentlichen seine Karriere zu verdanken, dachte Charly.

Wie oft hatte er diese Konstellation im Stillen schon belacht und wieder verflucht, sich selbst als chancenlosen Loser bemitleidet, als Löhlein damals an ihm vorbeizog und Kripoleiter wurde. Und jetzt stand plötzlich dieses Häufchen Elend neben ihm, presste die Stirn an die Fensterscheibe und rang nach Fassung.

»Wer ... wer ist denn der andere?«, fragte Charly leise. Er verspürte nicht die geringste Schadenfreude.

»Mannsfeld«, flüsterte Löhlein, ohne den Kopf zu drehen, im Tonfall abgrundtiefer Verachtung. »Harald Mannsfeld.«

Die Fensterscheibe vor seinem Mund beschlug sofort.

»Der Stadtrat?«, fragte Charly verwundert.

»Genau der! Stadtrat und Oberstudienrat am Gymnasium Ernestinum zu Coburg. Verwitwet, wohnt in einer Jugendstilvilla Nähe Alexandrinenstraße. Seit heute auch die neue Wohnanschrift von Frau Claudia Löhlein ...« Er kniff die Augen zusammen und begann plötzlich rhythmisch mit der Stirn gegen das Fensterkreuz zu schlagen; immer schneller, immer lauter. »Ich-Id-iot, ich-Id-iot, ich-Id-iot ...«

Aus dem Treppenhaus waren Schritte zu hören. Charly packte Löhlein am Arm, zog ihn schnell in sein Büro und kickte die Tür hinter sich zu.

»Reiß dich zusammen, Mann!« Er schubste ihn auf seinen Stuhl. »Die anderen Arschlöcher erfahren das noch früh genug!« Energisch riss er ein Tempo aus der Packung in seiner Hosentasche und nötigte es ihm auf. »Jetzt pass mal auf, Heinz!«

Charly ging in die Hocke, legte dem apathisch vor sich hin stierenden Löhlein die Hand auf die Schulter und redete beschwörend auf ihn ein: »Wenn einer hier die Scheiße kennt, die du gerade durchmachst, dann ich! Und das weiß keiner besser als du. Erinnerst du dich an meine Saufereien, damals, als Andrea fort war? An meinen totalen Filmriss, als du mich aus dem ›Petite Fleur‹ geholt hast? Als du mich bis nach Lichtenfels ins Krankenhaus gefahren hast, damit mich keiner erkennt?«

Löhlein nickte langsam. Der Anflug eines Lächelns stahl sich in das blasse Gesicht, erreichte die geröteten Augen. Er roch leicht aus dem Mund.

»Was warst du für ein erbärmliches Wrack damals, Charly …«

Nur mühsam unterdrückte Charly das Verlangen nach einem satten Kopfstoß in das dümmliche A-13-Grinsen wenige Zentimeter vor ihm.

»Genau, Heinz, ganz genau … ich war ein absolutes Wrack damals.« Seine Hand krallte sich in Löhleins Schulter. »Und an dir liegt es jetzt, ob du die gleiche Lachnummer werden willst. Du kannst dich auf mich verlassen, du hast meine volle Unterstützung, wenn …«

»Ach, leck mich doch!«, unterbrach ihn Löhlein abrupt.

Genauso plötzlich, wie er seine Fassung verloren hatte, schien er sie wiederzuerlangen. Er stand auf und begann geschäftig auf seinem Schreibtisch herumzukramen.

»Kümmer dich lieber um deinen Mist! Dort drüben wartet deine SOKO auf dich!«

Er zeigte kurz zur Tür, ohne den Blick zu heben.

Charly erhob sich langsam, schüttelte wortlos den Kopf. Erst an der Tür, die Hand auf der Klinke, drehte er sich noch einmal um.

»Weißt du was, Heinz-Uwe? An Claudias Stelle wäre ich schon fünfzehn Jahre früher abgehauen!«

19:20 Uhr / Lageraum SOKO

»Keine Mantrailer, Charly.« Schnauzer zog bedauernd die buschigen schwarzen Brauen nach oben. Offenbar hatte er sich heute auf die Rolle des Unglücksboten spezialisiert. »Hat keinen Sinn, wenn wir ihren hochsensiblen Kötern keine besseren Spuren anbieten können, sagen die Kollegen. In Regensburg genauso wie in Nürnberg und Schwabach, wir haben mit allen drei Standorten telefoniert.«

»Gibt es eigentlich auch irgendwas Positives?«, raunzte Charly und fegte mit dem Unterarm zwei leer getrunkene Pappbecher vom Tisch. »Nur so zur Abwechslung heute?«

Betretenes Schweigen.

Nur Volkhardt, der am Fenster stand, grunzte. »Scheint ein schöner Sonnenuntergang zu werden.«

Charly überflog rasch das Whiteboard und die drei mobilen, großen Pinnwände.

Auf dem Fernseher unter der Decke lief leise n-tv. Ein glattrasierter Eierkopf, schwere Hornbrille, trotz der Hitze ein dunkles Sakko über seinem beigefarbenen Hemd, stand mit großem Mikro vor dem Würzburger Polizeipräsidium: »... steht fest, dass hier in Nordbayern ...«

»Franken!«, verbesserte Charly reflexartig. »Mach doch mal einer lauter!«

»... Serientäter wütet. Nachdem Anfang Mai eine dreiundvierzigjährige Frau auf der Erlanger Bergkirchweih und letzte Woche eine Zwanzigjährige während des Coburger Samba-Festivals erstochen wurden, fand man jetzt in Würzburg bereits das dritte Opfer. Ahanfouée, ein Popstar von der Elfenbeinküste, war am 24. Mai nach ihrem Auftritt beim Würzburger Afrika-Festival spurlos verschwunden ...«

Dazu Untertitel, weiß auf rot durchlaufend: FAHNDUNG NACH SERIENKILLER – POPSTAR AUS AFRIKA IN FRANKEN ERMORDET. Bei Würzburg wurde die Leiche der Sängerin Ahanfouée (31) gefunden. Sie ist das bisher dritte Opfer eines unbekannten Serienkillers in Franken. Wie bei den anderen Morden hinterließ der Täter ein »Haus vom Nikolaus« an der Leiche.

»... steht die Polizei vor einem Rätsel.«

Schnitt.

Im TV-Studio eine platinblonde Sprecherin, große schwarze Ohrringe, mit professionell besorgter Miene. »Wie reagiert die Polizei jetzt auf diesen dritten Mord, Hans-Dieter? Du warst ja heute Nachmittag in Würzburg bei der Pressekonferenz dabei!«

Weiß auf rot: ... Belohnung von 12.000 Euro ausgesetzt ...

»Ja, Gabi, ich war heute Nachmittag in Würzburg in der Pressekonferenz dabei, und eines ist allen Kollegen hier aufgefallen, die Polizei gibt sich äußerst zurückhaltend, man hält sich wirklich sehr, sehr bedeckt hier. Der Leiter der SOKO ›Nikolaus‹ war auch auf Nachfrage nicht bereit, Näheres zu den Todesumständen von Ahanfouée zu sagen. Man bestätigte uns nur, dass die Leiche der Sängerin schon vorgestern in einem alten Felsenkeller bei Randersacker, ein paar Kilometer südwestlich von Würzburg, gefunden wurde und dass ihr ein ›Haus vom Nikolaus‹ eingeritzt war; wie schon bei den zwei anderen Mordopfern in Erlangen und Coburg. Das war aber auch schon alles auf dieser Pressekonferenz. Die Polizei hat nach meinem Eindruck, und nach dem Eindruck vieler Kollegen hier, auch nach diesem dritten Mord noch keine heiße Spur.« Wichtigtuerisches Nicken des Eierkopfs.

Die Studioblondine in wachsender, nahezu öffentlich-rechtlicher Sorge: »Welchen Eindruck hast du heute in Würzburg bekommen, Hans-Dieter? Ist die Polizei dort in Franken vielleicht überfordert?«

Empörtes Aufheulen im Lageraum. Nur Charly lehnte weiter reglos, wie versteinert, mit verschränkten Armen an der Schreibtischkante.

… FAHNDUNG NACH SERIENKILLER – POPSTAR AUS AFRIKA IN FRANKEN ERMORDET …

»Nun, Gabi, das ist immer schwer zu beurteilen. Aber natürlich wirkt es nach außen etwas hilflos, wenn die Polizei nach dem dritten grausamen Mord nur ganz allgemein vor einem gefährlichen Täter warnt, ohne der Bevölkerung konkrete Tipps oder Empfehlungen zu geben. Gerade weil es sich um einen Mörder handelt, der offenbar gezielt auf großen Festivals und Volksfesten zuschlägt. Und dass die näheren Umstände des Todes von Ahanfouée heute trotz massiver Nachfragen nicht bekannt gegeben wurden, macht es den Menschen natürlich noch schwerer, eine persönliche Risikoabschätzung für ihr Freizeitverhalten zu treffen. Hier wird sich seitens der Polizei sicher einiges tun müssen, wenn man in den nächsten Tagen Panik und Hysterie vermeiden will. Zurück nach München, Gabi.«

»Danke, Hans-Dieter, nach Würzburg! Zum Sport …«

Anja Berchtold, die kleine rothaarige Kommissaranwärterin stellte rasch den Ton leiser und bückte sich, um die von Charly heruntergefegten Kaffeebecher aufzulesen.

Schickes Ärschchen, dachte Charly. Ist mir noch gar nicht aufgefallen. Vielleicht sollte ich heute doch noch mal bei Tina vorbeischauen.

Mechanisch checkte er die E-Mails. Aktueller Eingang:

Von: Winter@SeCOrity.de
An: karlheinz_herrmann@polizei.bayern.de
Thema: vorsicht nikolaus …
Servus, Charly,
take it easy – und lass bloß das TV aus, da drehen ja wirklich alle am Rad!
Heute Abend kleiner Boxenstopp im Bocadito, just for fun?
Gönn dir was, ich bring jemand mit …!
C u,
Bernie
PS: »Handball-Bundesliga – Coburg ist dabei!« Bin vorhin noch an zwei HSC-Dauerkarten gekommen – Interesse??

Er klickte auf »Antworten«, nachdem er Schnauzer beauftragt hatte, die aktuelle Coburger Lage zusammenzufassen.

Heute Abend schlecht, komme evtl nach. HSC forever – eine Karte bitte für mich!

»… über den städtischen Ordnungsdienst in Erfahrung gebracht, wer der Spanner im Hofgarten mit dem Schäferhund war«, leierte Schnauzer kraftvoll-monoton. Sein dunkler »Magnum«-Schnauzbart, der das ganze Gesicht dominierte, war wieder mit höchster Akkuratesse gepflegt. Wirkt fast künstlich, dachte Charly im Stillen, wie angeklebt. Bloß nicht lästern, da versteht er absolut keinen Spaß. Und ich brauche ihn noch ein bisschen, in der SOKO ist er sich für nichts zu schade, ein idealer Teamplayer.

»… Rösner, Hansjürgen, 12. August 54, Coburg, geschieden, arbeitslos, früher Lagerist im Deutschland-Verlag in der Hindenburgstraße …«, allgemeines Aufstöhnen, Volkhardt schlug die Hacken zusammen und hob spöttisch den rechten Arm, »… zweimal rechtskräftig verurteilt wegen Tragens von Kennzeichen verfassungswidriger Organisationen …«

»Rösner … Rösner … war da nicht schon mal der Staatsschutz in der Wohnung?«, fragte Charly.

Schnauzer nickte und fuhr suchend mit dem Finger über die Seite:

»Momentmomentmoment … genau, hier: Hausdurchsuchung KS am 12. Februar dieses Jahres.«

»Ich erinnere mich noch, Heise vom KS war damals richtig enttäuscht: ein Nazi ohne Sexheftchen, ohne Porno in der Wohnung, muss was völlig Neues gewesen sein!«

»Unser guter alter Psycho-Heise«, grinste Volkhardt. »Immer auf der Suche nach maximalen Peinlichkeiten!«

Charly winkte ungeduldig ab. »Wie sieht es aus mit Waffen? Sachbeschädigungen, Gewalttaten, was hat sich der Typ schon alles geleistet?«

»Negativ. Nur Uniformen, Armbinden, Hakenkreuzfahnen. Der reinste Theaterfundus.«

Erst vier Stunden später, nach nervenaufreibender Kleinarbeit allein und im Team, verließ Charly frustriert das Büro.

23:53 Uhr / Coburg, Gothaer Straße, Apartment

»Na … was ist denn los heute … hast du wirklich so viel Stress gehabt?«

War es nur Mitgefühl oder leichter Spott in ihrer Stimme? Charly gelang es nicht, den leisen Unterton sicher einzuordnen. Er beschloss, ihrer Frage keine Beachtung zu schenken. Einfach stehen lassen … Mit Macht versuchte er, sich auf ihre nackten, vollen Brüste zu konzentrieren, die sanft auf und ab wippten, dem Takt ihrer rhythmisch massierenden Hand folgend. Seltsam flach und unbeteiligt dagegen ihre dunklen Brustwarzen, die ihm früher regelrecht entgegengewachsen waren, ihn hypnotisch angezogen hatten …

Seine Unruhe wuchs.

Sonst nichts.

»Achtung Autofahrer, zwischen Greiz und Jena ... neun Kilometer Stau nach einem Unfall ...«

Die ölige Penetranz eines »Bin-ich-nicht-wieder-super-drauf!«-Moderators aus dem Osten. Wie oft hatte er ihr schon die Senderskala auf Radio 1 oder Bayern 3 verstellt.

Nutzlos. Sinnlos. Zwecklos.

And she won't suck off tonight ...

Er spürte plötzlich überhaupt nichts mehr, öffnete wieder die Augen und sah, wie sie gerade verstohlen ihr Handgelenk lockerte.

Abrupt wälzte er sich zur Seite: »Sorry, Baby.«

Er verkniff sich lahme Erklärungsversuche und griff nach dem angebrochenen Rhön-Sprudel auf dem Nachttisch. Fast lauwarm. Angewidert schraubte er die Flasche wieder zu und stellte sie neben das Bett.

»Habe ich was falsch gemacht?«, fragte sie verständnislos, die Hände in die Hüften gestützt.

»There she stood in the doorway, I heard the mission bell.

And I was thinking to myself this could be heaven and this could be hell ...«

Wortlos winkte er ab und begann, sich wieder anzuziehen. Von fern, aus dem Treppenhaus, erklang Gelächter; abrupt beendet durch eine zuschlagende Tür.

Nachdenklich knöpfte er die Jeans zu. War jetzt der richtige Moment, einen Schlussstrich zu ziehen? Oder würde er als Verlierer vom Platz gehen? Die Eagles wussten es schon 1977:

»... you can check out any time you like, but you can never leave ...«

Er ging in die Hocke. Während er seine alten Adidas schnürte, sah er die kleinen weißen Dellen auf ihren Oberschenkeln, als sie zum Fenster ging und sich eine Lucky anzündete. Sie hatte sich das rote Longshirt mit dem »Frei-statt-Bayern!«-Logo übergezogen: Ein Frankenmännchen kletterte lachend aus dem großen bayerischen Staatswappen heraus. Es war das Shirt, das er auf der letzten Weihnachtstombola des Fränkischen Bundes gewonnen hatte. Im »Ratskeller«; an dem Abend, als sie ihm die Gänsebrust samt Kloß über die Hose gekippt hatte. Turbulenter Auftakt einer denkwürdigen Nacht, die hier in ihrem Apartment geendet hatte. Das Shirt hatte seitdem unberührt in ihrer Wäscheschublade gelegen, zwischen Spitzen-BHs und Stringtangas.

Schloss sich heute ein Kreis?

Langsam stand er auf und trat dicht hinter sie. Haarspray, kalter Rauch und ein Rest »Obsession«; der Mix, der ihn immer so angetörnt hatte. Der einstige Schlüsselreiz hatte scheinbar seine Magie verloren. Doch Charly wusste, der Trieb war nicht erloschen. Der Jagdtrieb war nur umgepolt; war ausgerichtet auf die größte Herausforderung, die es für einen Bullen gab: den Serienkiller im eigenen Revier. Die Bestie hatte ihn endgültig zu hundert Prozent in Beschlag genommen. Sinnlos, mit ihr groß darüber zu reden. Sie würde Verständnis bekunden – und sich trotzdem ungeliebt und unverstanden fühlen.

Er drückte ihr einen flüchtigen Kuss auf die dunklen Locken.

»Ich ruf dich an – mach's gut!«, wisperte er mit rauer Stimme.

Sie antwortete nicht.

Er fühlte sich leer und ausgebrannt. Leise zog er hinter sich die Tür ins Schloss.

Freitag, 07:15 Uhr / Irgendwo in Franken

Auf dem IKEA-Küchentisch dampfte eine große schwarze Kaffeetasse vor sich hin. Der Mann dahinter widmete sich, behaglich grunzend, der Titelseite der BILD-Zeitung: *»Popstar als drittes Opfer! Serienmord in Franken! Was bedeutet das* *? Mehr über den grausigen Fund bei Würzburg auf Seite 3 …«*

Er schob die BILD zur Seite und griff nach der fz:

Die kleine, vollbusige Ahanfouée, im weißen Bikini, lachte schwarz umrandet über drei Spalten. *»Afrikanische Sexbombe ermordet! Serienkiller wütet in Franken! Alle Details über die Serienmorde im Innenteil!*

Heute große TED-Aktion: Kann unsere Polizei den Killer allein fassen, oder soll sie FBI-Experten anfordern? Rufen Sie von 7 bis 16 Uhr an!«

Lächelnd ließ er das Blatt wieder sinken. Klarer Punktsieg für die Frankenzeitung. Die BILD war einfach nicht mehr das, was sie mal war. Von der fz rechts überholt worden. Der neue Chefreporter gab Vollgas.

Zufrieden vor sich hin summend, ging er auf Strümpfen zum Kühlschrank und holte eine Dose Bärenmarke heraus. Er hielt kurz inne und öffnete dann kurz entschlossen das Eisfach. Hastig fingerte er einen kleinen Gefrierbeutel heraus. Mit dem Daumennagel kratzte er vorsichtig die dünne weiße Eisschicht ab, hielt den Beutel gegen das Licht und prüfte fast andächtig den unscheinbaren Inhalt:

Zwei undefinierbare dunkelbraune, fast schwarze Brocken. Behutsam betastete er die steif gefrorenen Stücke und begann, sie zwischen seinen Fingern zu reiben. »Ahanfouée … afrikanische Sexbombe …«, murmelte er beschwörend.

Das Klingeln an der Wohnungstür schoss ihm durch Mark und Bein.

»Verfluchte Scheiße!«

Wütend warf er den Gefrierbeutel zurück ins Eisfach und schloss den Kühlschrank wieder.

Zweimal tief durchatmen.

Es klingelte erneut. Er ging durch den Flur und öffnete.

»Ja, guten Morgen, Frau Nachbarin! So früh schon auf, ist was passiert?«

»Guten Morgen, Herr Nachbar!« Die kleine weißhaarige Frau lächelte seltsam schief. Offenbar war ihr Gebiss etwas verrutscht. »Nix is passiert, Gott sei Dank, bloß die Milch ist mir ausgegangen!«

»Die Milch?«

»No, Sie wiss'n doch, am Freitag is immer mei kleine Enkelin da, die trinkt früh bloß ner Kaba, und ausgerechnet heut hab ich ka Milch mehr! Und jetzt habi mer denggt, Sie könnd'n mir vielleicht aushelfen mit am Lidder; Sie ham doch erst gestern an ganz'n Kaddong H-Milch raufg'schleift, oder? Sie kriegen's heut Nachmittag, wenn ich beim EDEKA war, widder!«

Er grinste. »Kein Problem, Frau Lauber, ham'mer gleich! Ach, des is wohl die Enkelin?«

Ein blondgelocktes kleines Mädchen in Strumpfhosen und rosa »Diddl-Maus«-Shirt stand jetzt in der Wohnungstür gegenüber.

»Oma, Oma! Kaba!«

»Na, du bist ja ein ganz ganz süßer Fratz!« Er ging in die Knie und zog eine übertrieben lustige Clowngrimasse. »Und was für wunderschöne Locken du hast ... wow ...! Wie heißt denn du ...?«

»Des is unner Ann-Sophie! Grad drei is sie jetzt wor'n ...!«

»Oomaa! Kaaba!«

»Na, da wollen wir doch gleich mal die Milch für dich holen ... kommst du mit?« Einladend streckte er seine Hand aus. Sofort versteckte sich die Kleine hinter ihrer Oma und begann, aus sicherer Deckung noch lauter zu plärren.

»Will Kaabaa trinken, Oomaaa! Kaabaa!« Die Kinderstimme hallte durch das ganze Treppenhaus.

»Schschschtt!«, zischte er wütend und zog gekränkt seine Hand zurück. Fast übergangslos verfiel er wieder in leichten Plauderton.

»So, Frau Lauber, gleich können Sie Ihr'n Kaba machen ...« Er huschte, immer noch auf Socken, in die Küche und kam gleich darauf mit einem rot-weißen Tetrapak und einem Kinder-Riegel zurück.

Ann-Sophie war wieder in der Wohnung verschwunden, und Frau Lauber nutzte, trotz immer noch schief stehendem Gebiss, die Gelegenheit, ein neues Thema anzuschneiden.

»Ja, und was sagen denn Sie, Herr Nachbar, zu der Geschichte mit dem Mörder jetzt? Is des net furchtbar?«, flüsterte sie hinter vorgehaltener Hand. »Und so was bei uns, mitten in Franken, das kennt man doch sonst nur aus dem Fernsehen!« Sie presste die Hand auf ihren Mund und blickte sensationslüstern zu ihm hoch. Er nickte, langsam und zustimmend.

»Da haben Sie wirklich recht, so was war noch nie da ... ein Serienmörder, und was für ein brutaler! Wir können alle zwei froh sein, Frau Lauber, dass wir keine jungen Frauen sind!« Er grinste verschwörerisch. »Und das nimmt ja Ausmaße an, Frau Lauber, schauen Sie heut bloß mal die Zeitungen durch! In der fz steht heute sogar noch mehr über die Morde drin als in der BILD. Vier Seiten! Sie können sogar anrufen, wenn Sie mit der Polizei net zufrieden sind ... ja, und grüßen Sie mir die Ann-Sophie, ich pass fei gern mal auf Ihr Engelchen auf, wenn Sie kurz wegmüssen und ich bin grad zu Hause ...!«

»Des is wirklich nett, Herr Nachbar, also dankschön, ich bring dann später die Milch vorbei, ade!«

»Stellen Sie's einfach vor die Tür, Frau Lauber, ich muss ja dann auch weg – ade!«

Behutsam schloss er die Tür. Das Grinsen war wie weggewischt. Sieben Uhr siebenundzwanzig. Sein Blick fiel auf den Kühlschrank. Keine Zeit mehr, die alte Nervensäge hatte ihn um das erste Highlight dieses Tages gebracht. Rasch griff er zum Handy, das auf dem Tisch neben der fz lag:

Wählen Sie die Endnummer -2 für: Nein, unsere Polizisten schaffen das nicht allein – Wir brauchen Serienmordexperten vom FBI!

Die langen, sehnigen Finger flitzten über die Tasten. Dreimal Endnummer -2, das musste fürs Erste genügen.

Der Kühlschrank begann wieder zu ächzen.

Samstag, 08:04 Uhr / Polizei Coburg

BILD: »›Nik the Ripper‹: Abgestochen, aufgeschlitzt, verstümmelt – BILD war am Tatort!«

Ärgerlich warf Ritter das Blatt auf Charlys Schreibtisch. »Schauen Sie sich das bloß an, Herrmann!

›Ich fand Ahanfouée im Todeskeller‹!

Oder hier!« Er warf die zweite Zeitung gleich hinterher:

fz: »87 Prozent fordern: FBI einfliegen! Was macht die Polizei jetzt?«

Charly musterte flüchtig die Aufmacher, vermied es aber, die Blätter anzufassen. Er mochte es überhaupt nicht, Dinge auf den Schreibtisch geschmissen zu bekommen. Schon gar nicht von Vorgesetzten. Erstaunlich, dass Ritter sich von den Drecksschmierern so unter Druck setzen ließ. Gab es vielleicht noch einen anderen Grund für seine ungewohnte Nervosität?

»Tja, Chef ...«, er nahm Ritter fest ins Visier und zog fragend die Augenbrauen hoch, »... wen fliegen wir denn da jetzt ein?«

»Schön, dass Sie immer so locker und entspannt sind, Herrmann!«, giftete der kahlköpfige Hüne zurück. »Aber Professionalität sieht in dieser Lage anders aus! – Sorry, Kollege!«, bremste er sich sofort wieder ein. »Ich weiß, was Sie und die ganze SOKO leisten.« Wie zur Beschwichtigung stützte er sich mit seinen breiten Händen auf Charlys Schreibtisch ab und senkte seine Stimme zu vertraulich-heiserem Flüstern. »Aber ich hatte gerade einen längeren Anruf aus München.«

»Der Innenminister?«, fragte Charly ungläubig.

»Knapp vorbei. Der Gerd. Staatssekretär Gerd Vöhringer.«

Charly verkniff sich ein Grinsen. Vöhringer war Studienfreund des Polizeidirektors und »der Gerd« längst ein Running Gag unter den Kollegen.

»... es brodelt gewaltig, Herrmann, es brodelt auf allerhöchster

Ebene! Der Innenminister möchte ja, wie es in Bayern fast schon Tradition ist, bekanntlich den Ministerpräsidenten beerben …«

»… und der Staatssekretär sicher gerne den Innenminister«, hakte Charly unschuldig ein.

»Äh, wie …«, leichte Irritation bei Ritter, »ja sicher, warum nicht, auf jeden Fall, *straight to the point*, die Politik verzeiht uns alles – außer schlechter Presse! Der Gerd sagt wortwörtlich: Macht, was ihr wollt, aber geht um Himmels willen in der Presse endlich in die Offensive! Die Pressekonferenz in Würzburg ist in München ganz schlecht angekommen, Herrmann, ganz schlecht!«

»Das war mit Sicherheit nicht unsere Schuld, Chef«, brauste Charly auf, »das war nur die aufgeblasene Arroganz dieser Münchner Fernsehmoderatorin! ›Ist die Polizei in Franken überfordert?‹ Wenn Sie so was hören, wissen Sie doch sofort Bescheid!«

Ritter verzog das Gesicht. »Nichts Neues, Herrmann, da gehen wir völlig d'accord! Aber wir sind nun mal alle Teil dieser Mediengesellschaft, ob wir wollen oder nicht. Auch die Polizei kann sich gewissen Sachzwängen nicht entziehen …«

Saudummes Gelaber.

Moser streckte den Kopf herein. Ausnahmsweise kein Handy am Ohr, dafür aber mit brandneuer Stoppelfrisur.

»Oh, ein Unfall!«, lästerte Charly. »Hoffentlich nichts Ernsteres?«

Mosers Zunge hätte KISS-Gitarrist Gene Simmons alle Ehre gemacht. Hastig zog er sie wieder ein, als er Ritter bemerkte.

»Bleiben Sie gleich mit da, Moser!« Ritter winkte ihn ungeduldig herein. »Aktuelle Lage an der Pressefront?«

»*Code Red*, Chef!« Moser nutzte sofort seine Chance und begann, mit hocherhobenen Fingern aufzuzählen.

»Stern, Spiegel und Focus haben bereits eigene Leute auf die Story angesetzt. Die dpa und Reuters waren schon seit Samba dran. Und mit Ahanfouée sind wir jetzt endgültig international: Agence France-Presse hat sich gemeldet, Rundfunk und Fernsehen der Elfenbeinküste, The Sun aus London, dazu Schweizer, Ösis, Holländer, Belgier, Italiener …«

»Stopp!«, unterbrach ihn Charly resolut. »Es reicht! Nimm Kontakt mit dem ZDF auf. Ich will so schnell wie möglich in Aktenzeichen XY rein.«

»Nicht so schnell, Herrmann!« Ritter fühlte sich offensichtlich übergangen. »Das gehen wir heute Mittag mal im Detail durch. Moser, Sie prüfen bitte mal nebenbei rein präventiv unsere Möglichkeiten gegen diese Journaille.« Er drückte ihm die Boulevardblätter in die Hand und schüttelte den Kopf. »Das gab's in dieser Form noch nie: Unsere Yellow Press schießt und hetzt gegen die eigene Polizei!«

»Aye, aye, sir!« Moser salutierte lässig, machte auf quietschenden Absätzen kehrt und marschierte wieder hinaus.

Ritter schloss behutsam die Tür hinter ihm. »Wo waren wir stehen geblieben?« Er presste seinen Zeigefinger an die Unterlippe und legte die Stirn in tiefe Falten.

»Vöhringer …?«, schlug Charly vor.

»Richtig, ganz genau!« Erleichtert schnippte er den kleinen roten »1. FCN«-Ball auf Charlys Aktenbock hinter die Kaffeemaschine und platzierte sich breitbeinig-lässig gleich daneben.

»Und jetzt kommt's, Herrmann: Wir werden erstens zum Pilotprojekt und kriegen zweitens personelle Unterstützung, direkt aus München!«

»Pilotprojekt?« Charly schwante nichts Gutes. Es roch förmlich nach Einmischung und Entmachtung.

»Pilotprojekt, genau!« Ritter war in seinem Element. »Die Operative Fallanalyse Bayern, angesiedelt am Polizeipräsidium München, hat ein neues Modell der fallbegleitenden Unterstützung entwickelt. Ein Profiler, 'tschuldigung, ich korrigiere: ein Fallanalytiker begleitet die SOKO vor Ort! Kein blutleeres Theoretisieren mehr im stillen Kämmerlein in München, aktive Praxisbegleitung ist angesagt!«

Charly winkte verärgert ab und hakte den linken Daumen in die Brusttasche ein. »Machen wir uns doch nichts vor, Chef! ›Aktive Praxisbegleitung‹«, er schnaubte verächtlich, »das heißt doch nur, dass mir ein Externer ständig in die Suppe spuckt! Nichts gegen fachliche Unterstützung, aber nur dort, wo ich sie wirklich brauchen kann. Lassen Sie diesen ›Piloten‹ in München, wo er hingehört! Wenn er dort in Ruhe unseren Fall auswertet, bringt er uns viel mehr als hier vor Ort in Franken!« Aggressives Rein-raus-Stakkato mit der Kugelschreibermine.

»Aber Herrmann, ich bitte Sie!« Ritter jetzt gutmütig-amüsiert. »Wir sind doch beide Profi genug, um auch die Vorteile dieser Konstellation zu erkennen! Wir erhalten uns die Rückendeckung der Politik, und die Leitung der SOKO bleibt sowieso in Ihren bewährten Händen ...«

Charly verzog das Gesicht.

»Die Botschaft hör ich wohl«, deklamierte er sarkastisch, »allein mir fehlt der Glaube! Sie glauben doch nicht im Ernst, dass das besser funktioniert als jetzt?«

»Aber hallo! In der SOKO bleibt sonst alles, wie es ist, klare Hierarchie, erstenszweitensdrittens. Nur, dass Sie jetzt zusätzlich einen Fallanalytiker dabeihaben. Als rechte Hand für Sie.«

Er warf einen Blick auf seine klobige Metallarmbanduhr. »Fünfzehn Uhr wird ein Dr. Antlkofer vom PP München hier eintreffen. Kommen Sie vierzehndreißig in mein Büro; kurze Vorbesprechung, dann begrüßen wir den Neuen, Einführung und Vorstellung im Team.« Ritter grinste aufmunternd, klopfte zweimal auf die Schreibtischplatte. »Alles klar?«

Charly brummte nur missmutig und lümmelte sich, mit fest verschränkten Armen, noch tiefer in den Stuhl, während Ritter betont sportlich wieder hinausfederte.

»Schnauzer!«

»Gleich, Charly ... was gibt's?« Ein fragender Blick aus dem Nebenzimmer.

»Ich halt's hier nicht mehr aus, das kotzt mich alles dermaßen an!« Wütend zog er die Schreibtischschublade auf und schnappte sich den Autoschlüssel. »Ich muss mal dringend raus – vielleicht 'ne Stunde, bis später!«

»Baby baby baby you're out of time, I say baby baby baby you're out of time ...«, beteuerte Mick Jagger voller Inbrunst, während der schwarze Alfa Spider wie ein waidwundes Raubtier röhrte. Löwenstraße, Rückertschule, bei Orange über die Ampel, vorbei an der ehemaligen Blutbuche, Alexandrinenbrücke, Dunkelrot an der nächsten Ampel. Die Samstagvormittags-Rushhour strebte ihrem ersten Höhepunkt zu.

Punkt neun Uhr fünfundvierzig erstarb das Alfa-Triebwerk gurgelnd am Bordstein. Ein unauffälliger kleiner Wohnblock; Winter hatte ihm gestern Abend im »Bocadito« die Adresse zugesteckt. Der eckig-verspielte Charme der frühen Achtziger; drei Etagen, zurückgesetzte Balkons. Kurz geschorener Rasen, kein Kinderspielzeug, Waschbetonplatten mit ein paar vereinzelten Sprüngen. Gepflegt und sauber, aber alles nicht mehr ganz taufrisch.

Keine Überwachungskamera, kein Spiegel am Fenster. Nicht einmal eine Rückfrage über den »Krächzomaten«. Nur ein kurzes, gebieterisches Summen. Mit der Handkante drückte Charly die Tür auf und betrat das Treppenhaus. Hellgraue Steintreppe, frisch geweißte Wände. Es roch nach Wandfarbe und Zitrusreiniger. Im zweiten Stock das gleiche rote, namenlose Klingelschild wie an der Haustür, hier musste es sein. Einmal kurz, einmal halblang; ein neutrales, unauffälliges Besucherklingeln. Er drehte den Kopf und lauschte. Leichtfüßige Schritte kamen näher. Barfuß auf Teppichboden, mutmaßte Charly und grinste in den Spion.

Schwungvoll öffnete sich die Tür.

Milena – Bernies neue »Austauschstudentin« aus Lettland, gestern Abend im »Bocadito« vorgestellt, jetzt in voller Pracht und völlig ungeniert: barfüßig, weißer Bademantel, das feuchte blonde Haar nach hinten gebürstet. Sie lächelte amüsiert, als sie seinen erstaunten Blick sah.

»Hallo, Chaarli …« Tiefes a, kurzes helles i. Ein unwiderstehlicher Akzent. »Schön, dass du mich besuchst, komm doch rein.«

Er zwinkerte ihr reflexartig zu und trat ein. »Hi, Milena …«

Verfluchtes Kratzen im Hals, jetzt bloß kein dümmlich-verlegenes Räuspern. Kein Bock auch auf langatmiges Geplänkel, hoffentlich erwartete sie kein pseudointellektuelles Herumschäkern wie gestern Abend im »Bocadito«. Alles zu seiner Zeit. Und hoffentlich hatte er Bernies Anspielungen nicht gründlich missverstanden …

Ein Wohnzimmer in diffusen Grautönen – möblierte Langeweile, ohne jede persönliche Note, kalt und leblos wie ein Hotelzimmer. Hinter dem durchgesessenen Zweisitzer eine Rundbogenvitrine, Relikt der frühen Achtziger, vielleicht genauso alt wie Milena, die sich urplötzlich herumdrehte, fast auf Tuchfühlung vor ihm stand.

»Willst du was trinken ... Kommissar?«

Ihre rechte Augenbraue schien sich selbstständig zu machen, war mit der Frage ein Stück hinaufgewandert. Er spürte die Körperwärme durch ihren eng verschlossenen Bademantel, roch das dezente Fruchtaroma ihres Haarshampoos. Ohne ihrem Blick auszuweichen, ließ er sich breitbeinig auf die ausgeleierte Couch fallen.

»Was hat dir Bernie eigentlich so alles über mich erzählt?«, schoss er unvermittelt ins Blaue. »Hat er dir meinen Besuch angekündigt?«

Geschmeidig glitt sie neben ihn aufs Sofa und schlug ihre weißen Schenkel übereinander. Den Ellbogen auf die Rückenlehne gestützt, musterte sie ihn unverwandt aus ihren leicht schräg gestellten Augen.

Maliziös? War das der richtige Ausdruck? Vielleicht sogar das peinliche Uraltklischee von den »Hungry Eyes«?

»Der Kommissar Charly ist ein guter Polizist, hat er gesagt; aber er hat sehr viel Stress ...«, gurrte Milena, »... der Kommissar Charly braucht dringend etwas Entspannung ...« Sie wurde immer leiser, hauchte fast nur noch: »Und Bernies Freunde sind doch auch meine Freunde.«

Er stöhnte auf, als ihre Fingerspitzen sanft seinen Oberschenkel entlangfuhren und sich zielsicher immer weiter vortasteten.

Bernie hatte nicht zu viel versprochen.

Sein Blick raste durch das Balkonfenster, sauste zwischen zwei Birkenwipfeln hindurch, traf die Turmspitze von St. Moriz, als ihre sanfte, warme Hand in seinem Schritt ankam. Ein Kondensstreifen über der Veste, zügig, stark und strahlend weiß, während sie unendlich langsam seinen Reißverschluss aufzog. Ein unverständliches Murmeln von ihr, wie aus weiter Ferne hörte er sein eigenes, gierig bettelndes Keuchen; aufstöhnend schloss er die Augen, als er endlich ihre warme, nasse Zunge spürte.

»Ti-hi-hi-hime is on my side, yes it is ...«

Das ganze Armaturenbrett vibrierte mit. Ganz entspannt, nur mit zwei Fingern am Lenkrad, begleitete Charly den R-'n'-B-Takt von Stones-Drummer Charlie Watts. Muss unbedingt mal bei Bernie anklingeln, dachte er Kaugummi kauend, das war ja wie in alten

Zeiten, ein Freundschaftsdienst vom Feinsten. Mit lässig heraushängendem Arm winkte er einen verzweifelt blinkenden Polo im Stop-and-go am Thüringer Kreuz auf seine Spur herüber. Münchner Kennzeichen, eine Sonnenbrillenträgerin mit langen dunklen Haaren; sie bedankte sich mit kurzem Winken nach hinten.

Elf Uhr.

Er wechselte auf Radioempfang: »*… gibt es immer noch keine heiße Spur. Auch an diesem Wochenende stehen aber neben dem Coburger Schlossplatzfest noch viele andere Feste in ganz Franken an. Wie gefährlich ist es im Moment, ein solches Fest zu besuchen? Nach den brutalen Morden bei der Berch-Kerwa, dem Afrika- und dem Samba-Festival fragen sich das viele. Wir haben die Polizei um eine aktuelle Einschätzung gebeten, hören Sie dazu jetzt den Pressesprecher der Coburger Polizei, Polizeioberkommissar Stefan Moser:*

Wir warnen Besucher und Veranstalter vor jeder Hysterie. Bitte bleiben Sie gelassen, konzentriert und aufmerksam. Die drei Morde wurden nur am Rande großer Feste, in abgelegenen, dunklen Ecken, begangen. Aus jetziger Sicht besteht deshalb keine Veranlassung, Feste generell zu meiden oder gar Veranstaltungen abzusagen. Festbesucher sollten sich jedoch nicht allein in dunkle Randbereiche begeben und auch keine abgelegenen Toiletten oder Parkplätze aufsuchen. Bitte melden Sie der Polizei sofort alle auffälligen Beobachtungen. Für sachdienliche Hinweise, die zur Ergreifung des Täters führen, ist eine Belohnung von mittlerweile fünfzigtausend Euro ausgesetzt.

So weit der Pressesprecher der Coburger Polizei, Oberkommissar Stefan Moser …«

Gut gemacht, Moser, genau wie besprochen, dachte Charly, der inzwischen den Polizeiparkplatz erreicht hatte. Misstrauisch musterte er den dunklen Wolkenrand, der hinter der weißen Rauchfahne des Müllheizkraftwerks über den Stadtteil Neuses langsam näher rückte. Seufzend machte er sich daran, das abgewetzte beigefarbene Stoffverdeck manuell zu schließen.

Die Kaffeemaschine im SOKO-Lageraum röchelte und brodelte. Charly vertiefte sich in die dreispaltige Parallelchronologie auf dem Whiteboard.

»Fr. 8. Mai Erlangen Sylvia Koslowski – Fr. 29. Mai (?) WÜ-Randersacker Ahanfouée – Sa. 5. Juli Coburg Jasmin Keller«.

Ahanfouée passte einfach nicht ins Schema. Die Afrikanerin unterschied sich nicht nur rein äußerlich von den beiden anderen Opfern. Sie war auch die Einzige, die der Killer erst mehrere Kilometer weggelockt oder verschleppt hatte. Die Einzige, die er gefesselt und für deren Tötung er sich Zeit, vielleicht sogar viel Zeit genommen hatte.

Perverser Sadismus in Reinkultur. Sorgfältig geplant und vorbereitet.

Ganz anders die spontanen Messerattacken auf dem Berch und bei Samba: Kontaktort gleich Tatort, wenig oder gar keine Kommunikation, explodierender Frauenhass, sekundenschneller Blutrausch. Einzig verbindendes Element der drei Taten war das Nikolaushaus, die Signatur des Serienkillers. Sollten es am Ende doch zwei verschiedene Täter sein?

Durch die angelehnte Tür drangen Dialogfetzen aus dem Flur herein. Ritter im Gespräch mit Löhlein; zweimal deutlich zu hören »Vöhringer«, einmal »Pilotprojekt«. Charly schüttelte den Kopf. Politische Rückendeckung schien für den Chef ein Goldenes Kalb zu sein. Wertvoller und wichtiger als die Effizienz der eigenen Polizeiarbeit.

Make the best of it.

Und die Bürotasse, der gute alte »John Lennon 1940–1980«, hatte seit Wochen keinen Geschirrspüler mehr gesehen. Charly beeilte sich mit dem Einschenken, um den unappetitlichen bräunlichen Belag zu ertränken. Milch, Zuckerwürfel, umrühren, hoch die Tasse. Das Handy vibrierte plötzlich. Er zuckte zusammen, verbrannte sich am viel zu heißen Kaffee die Zungenspitze. Fluchend kontrollierte er das Display.

Bernd Winter.

»Ey, nicht auf dem Diensthandy, Bernie! Hab ich dir doch schon tausendmal gesagt!«

Amüsiertes Auflachen am anderen Ende. »Ja, halloo erst mal! Bleib geschmeidig, Kollege, du warst doch vorhin erst bei Milena … ich dachte, du bist jetzt so richtig schön entspannt und locker!?«

»Okay, okay – einsnull für dich, deine Austauschstudentin hat wirklich was drauf! Deutsch und Englisch gut, Französisch perfekt!« Er wartete Bernies zufriedenen Lacher ab und schielte auf die nur angelehnte Zimmertür. »Wir gehen natürlich davon aus, dass mit Sitte und Ausländerbehörde alles klargeht.«

Bernie lachte erneut. »Schon wieder in der Tretmühle, Charly? Wie geht's denn jetzt bei euch weiter?«

Charly stand auf und zog die Tür zu.

»›Pilotprojekt‹ heißt jetzt das Zauberwort! Wir kriegen personelle Unterstützung, irgendein Flachwichser vom PP München trifft gleich bei uns ein. Dringender Wunsch vom Gerd ... genau, vom Staatssekretär ... aber lass uns das später mal vertiefen, ich muss jetzt rüber zum großen Boss ... ganz genau ... geht klar ... Servus, Alter!«

Er verzog das Gesicht und drückte »Ende«.

»... ganz klar, Herrmann, das liegt mir sogar besonders am Herzen, dazu gibt's auch keinerlei Vorgaben aus München!«

Ritter stand kerzengerade neben seinem wuchtigen Schreibtisch, hinter sich die große Direktionskarte. Er steht ausgesprochen gern, dachte Charly, wie alle Eins-Neunzig-Männer. Dienstliche Kommunikation im Sitzen liegt denen überhaupt nicht. Dominanz pur; Führen durch Größe. Pech für Löhlein mit seinen eins siebzig.

»... heißt erstens, Sie bleiben SOKO-Leiter, zweitens nehmen Sie natürlich auch die Option ›Aktenzeichen XY‹ wahr, drittens, da sage ich Ihnen ja nichts Neues, sprechen Sie einen TV-Auftritt auch mit Dr. Stein, Dr. Antlkofer und mir ab ...«

Es klopfte kurz. Renate streckte den Kopf durch die Tür, Ritters Vorzimmerherrscherin, genannt »das Kostüm«. Fraulich, klein und sehr energisch.

»Herr Ritter, die Frau Dr. Antlkofer ist jetzt da!«

»Frau? ... Dr. Antlkofer?«

Irritiert trafen sich Ritters und Charlys Blicke. Das Kostüm ließ sich keine Sekunde beirren.

»Ja, Frau Dr. Antlkofer vom Polizeipräsidium München!«

Ritter hatte sich sofort wieder gefasst und seine Überraschung überwunden.

»Soll bitte reinkommen!«

Abgang Renate, unverständliches Gemurmel im Vorzimmer, erneuter Auftritt Renate, im Schlepptau jetzt eine große, schlanke Schwarzhaarige. Erstaunt erkannte Charly die Polo-Fahrerin vom Thüringer Kreuz.

Heller Blazer, teure Jeans, flache Schuhe.

Routiniertes Begrüßungslächeln; zu schwach, um die auffallend großen graublauen Augen zu erreichen.

»Grüß Gott, meine Herren ... Barbara Antlkofer, Polizeipräsidium München.«

Eine kühle, schmucklose Hand. Kein Ehering, nur ein schmaler silberner Armreif.

Ritter komplimentierte den Besuch (»kein Kaffee für mich, bitte ein Wasser«) und Charly in seine Sitzecke und stürzte sich, nach pflichtschuldigem, wechselseitigem Geschmunzel über den per E-Mail geschlechtsneutral angekündigten »Dr. Antlkofer«, sofort in begrüßungsüblichen Smalltalk.

Charly nutzte die Gelegenheit, um die Münchner Polizeipsychologin beiläufig zu mustern.

Dezent geschminkt, ein paar Krähenfüßchen und Halsfältchen waren dennoch nicht zu übersehen. Anfang vierzig. Attraktiv – aber optisch ausgereizt, zum Typ erstarrt: Die schwarzen Haare, farblich aufgefrischt, ein klassischer Eyecatcher; vermutlich seit Kindertagen unverändert lang getragen. Hinter ihrer höflich-aufmerksamen Fassade schien sie gelangweilt, müde, fast etwas genervt. Vermutlich musste sie seit Jahren immer wieder die gleichen Komplimente anhören, immer wieder die gleichen Vorurteile ertragen.

»... stimmt's, Herrmann?«

Mist. Voll auf dem falschen Fuß erwischt, ausgerechnet jetzt ... Wie durch Watte, wie in Zeitlupe sah er Ritters Gesichtsausdruck von Überraschung in Befremdung changieren, während sich Barbara Antlkofers Mundwinkel ganz leicht zu kräuseln begannen.

»'tschuldigung ... mir ist da gerade was eingefallen ...« Frech nahm er die Münchnerin ins Visier. »Was halten Sie eigentlich davon, wenn wir dann erst mal in die Tathergangsanalysen einsteigen, Frau Kollegin?«

Ein spöttischer Blick traf ihn. »Ja mei – genau des war eigentlich die Frage jetzt, Herr Kollege!« Kurzes Lächeln zu Ritter. »Oder hab ich da was falsch verstanden?«

Bloß dranbleiben jetzt, kämpf dich zurück ins Spiel ... »Nein, nein, schon klar, kein Thema! Aber ich hab ein paar ganz konkrete Vorstellungen dazu: Lassen Sie uns doch gleich am Montag nach Würzburg und Erlangen fahren. Wir interviewen den Gerichtsmediziner, Sie erfahren aus erster Hand den aktuellen Ermittlungsstand unserer ›SOKO-Außenstellen‹ und schauen sich mal live die Tatorte an ...«

Sie schlug betont sorgfältig die Beine ihrer Dark-Blue-Jeans übereinander, bevor sie ihm kurz zunickte.

»Einverstanden, gern ...«

Die Mittagsschwüle war längst verflogen, ein unangenehmer Wind frischte immer wieder auf. Vom weißgrauen Himmel fielen sogar vereinzelt ein paar Nieseltropfen auf die Windschutzscheibe, als Charly kurz nach siebzehn Uhr endlich aus dem Polizeiparkplatz heraus in die Rodacher Straße einbog. Im Rückspiegel hinter ihm Dr. Barbara Antlkofer, die den kürzesten Weg zu ihrem Hotel erfahren wollte. Aufdringlich hing sie mit ihrem silberfarbenen Münchner Polo schon in der Kasernenstraße fast in seinem Kofferraum. Das perfekt restaurierte Heck seines 78er Spider schien ihr keinerlei Respekt abzunötigen.

Recht geräuschlos war dagegen am Nachmittag ihre Einführung in die SOKO abgelaufen. Nur in der Kaffeepause war es zu einem kleinen Eklat gekommen, als der von Antlkofer gewünschte Tee etwas gedauert hatte. »Ihr seids hoid doch a bisserl langsam da herob'n, stimmt's?«, hatte sie gefrotzelt, was Volkhardt, ohnehin stark verschnupft, sofort in den falschen Hals bekommen hatte: »Liebe Kollegin, personell sind wir Franken leider nicht so gut ausgestattet wie ihr in München: Bei euch soll's ja auf jedem Flur einen eigenen Teebeutelholer geben, aber wir müssen uns einen für ganz Oberfranken teilen ...!«

Klugerweise hatte sie auf jede Weiterführung dieser Diskussion verzichtet und auch sonst außerordentlich rasche Auffassungsgabe bewiesen.

Sie war erstaunlich gut vorinformiert und kannte sogar Charlys erstes Täterprofil, an dem sie allerdings, unter vier Augen, kein gutes Haar gelassen hatte.

»Ein nicht planender Täter, das passt in keiner Weise zu dem Mord an Ahanfouée! Das war keine spontane Tötung, das war gezielte Auswahl des Opfers, Täter-Opfer-Kommunikation, am Ende Fesselung und Verstümmelung, das war ein schulbuchmäßig geplanter Mord!« Selbst Charlys Hinweis, sein Profil eines nicht planenden Täters habe sich nur auf die Fälle Keller und Koslowski bezogen, konnte sie nicht restlos befriedigen. »Diese FBI-Theorien aus den Achtzigern sind sowieso mit Vorsicht zu genießen, Herr Kollege! ›Organised‹ und ›disorganised‹, ›planender‹ oder ›nicht planender‹ Mörder, das sind doch Schwarz-Weiß-Ansätze, die Sie in der Realität fast nie so eindeutig vorfinden!« Sie war von zwei verschiedenen Tätern so gut wie überzeugt, während es umgekehrt Charly widerstrebte (»... aus dem Bauch heraus, Frau Kollegin! Mein kriminalistischer Instinkt sagt mir das!«), die Möglichkeit eines Einzeltäters ganz fallen zu lassen. Stur hatte er darauf bestanden, vorerst beide Ermittlungsansätze gleichwertig weiterzuführen, und Barbara Antlkofer als »Hausaufgabe« mitgegeben, »über den Sonntag das Profil eines Einzeltäters für die drei Morde zu erstellen«.

Schmallippig hatte sie den Auftrag akzeptiert und ihn kurz darauf gebeten, sie auf direktem Weg zu ihrem Hotel zu lotsen. Ein kurzes, förmliches Handaufheben hinter dem Lenkrad verabschiedete ihn, als sie ihr Ziel erreicht hatten. Grinsend winkte er zurück und ließ es sich nicht nehmen, auf dem Hotelparkplatz noch schnell die original italienische Dreiklang-Fanfare auszulösen.

Montag, 09:05 Uhr / Coburg, Polizeiparkplatz

»Was ist das jetzt? Was soll ich denn damit?«

Irritiert musterte Charly das altmodische kleine Diktiergerät, das ihm Barbara Antlkofer, nachdem sie auf dem Beifahrersitz Platz genommen hatte, unter die Nase hielt.

»Meine Hausaufgabe, Herr Kollege«, erwiderte sie schnippisch. »Erinnern Sie sich? Einzeltäterprofil, ausgehend von vergleichender Tathergangsanalyse aller drei Morde.«

Ungeduldig wedelte sie mit der Stenorette in der ausgestreckten Hand. Eine ganz leicht sonnengebräunte Hand, sorgfältig manikürt, farbloser Nagellack. Keine Krallen.

»Und am Sonntag konnte ich leider keine Schreibkraft auftreiben, auch einen Drucker habe ich nicht im Hotelzimmer stehen! Sie können's also entweder in meinem Laptop lesen oder hier als ganz privaten Podcast für Arme anhören!«

Sorgfältig legte Charly den Gang ein, ignorierte die penetrant vor seinem Gesicht wedelnde Hand und ließ den hellgrauen Kripo-BMW im Schritttempo aus dem Hof rollen.

»Schalten Sie schon ein!«, sagte er schließlich ruhig.

Wortlos knipste sie das Maschinchen an und drehte das Volume-Rädchen auf.

»Coburg, … Juli, SOKO Nikolaus Stopp setzen Sie hier bitte den hausüblichen Vorspann ein Stopp Überlegungen für ein gemeinsames Täterprofil nach Auswertung der bisher bekannten Informationen für die Morde an Jasmin Keller, Sylvia Koslowski und Ahanfouée. Erstellt von Diplom-Psychologin Barbara Antlkofer, Fallanalytikerin am Polizeipräsidium München. Auftraggeber Kriminalkommissar Karl-Heinz Herrmann, Leiter der Sonderkommission Absatz

Mhmm … Wenn es sich … in allen drei Fällen um ein und denselben Täter handelt, ist Ahanfouée der Schlüsselfall mit der höchsten Aussagekraft über das wahre Potenzial des Täters: Hier musste er kommunikativ agieren und soziale Kompetenz beweisen. Selbst wenn der Täter Ahanfouée ohne vorherige Kommunikation überfallen, betäubt und in den Felsenkeller verschleppt haben sollte, hätte er hier Klammer auf anders als in Coburg und Erlangen Klammer zu aufwendig planen und vorbereiten und spezielle Risiken abwägen und eingehen müssen Klammer auf Transport nach Randersacker Klammer zu Punkt. Auch diese Alternative spricht für das große Selbstvertrauen dieses Mannes.

Er ist deshalb definitiv kein sozialer Außenseiter, denn er ist intelligent Klammer auf zumindest gerissen Klammer zu und geht mit hoher Wahrscheinlichkeit auch einer geregelten Beschäftigung nach, die ihn allerdings nicht restlos befriedigt und ausfüllt. Aus Untersuchungen des BKA und auch aus FBI-Studien ist bekannt, dass solche Täter oft sogar verheiratet sind oder in einer festen Beziehung leben … Absatz …«

»Jetzt schalten Sie schon aus«, knurrte Charly. »Das ist doch wirklich lächerlich!«

Antlkofer stoppte das Band und funkelte ihn wütend an.

»Nicht inhaltlich«, beeilte er sich hinzuzufügen. »Aber das Format! Dieses Band hier stundenlang während der Fahrt runterzuleiern! Erzählen Sie's mir lieber!« Dann kann ich leichter einhaken, ergänzte er im Stillen.

»Na gut – wie Sie wollen!« Sie verstaute das Diktiergerät in ihrer Handtasche und blickte konzentriert nach vorn. »Fangen wir mit Erlangen an. Der Koslowski-Mord war die Initialzündung. Da bricht schlagartig etwas bei ihm durch, was sich lange aufgestaut hat. Zwölf Stiche, wie im Rausch erlebt er Macht, Dominanz, Kontrolle. Dieser Mord enthemmt ihn, entfesselt ihn; er fühlt sich unbesiegbar. Und genau das ist der Unterschied zum Beziehungstäter oder Raubmörder«, sie wandte sich wieder ihm zu, »genau diese wahnsinnig intensive Erfahrung treibt ihn fast zwangsläufig zur Wiederholung!«

»That's it«, nickte Charly. »Wiederholung in Würzburg. Und da geht er jetzt in die Vollen, will ganz bewusst seine Phantasien ausleben!«

»Genau!« bekräftigte Antlkofer. »Bei Ahanfouée wird offensichtlich, dass wir es mit einem perversen Sexualsadisten zu tun haben. Er quält und tötet sie, weil ihm das Lust und Befriedigung verschafft. Er verstümmelt sie, um ›Trophäen‹ zu erbeuten, um zu Hause intensiv nachzuerleben und auszukosten.«

»Wahrscheinlich dauert es auch deswegen länger bis zum nächsten Mord.« Charly bremste, weil vor ihm ein schwarzer Audi TT einfädeln wollte. Auf seinem Stummelheck prangte ein Aufkleber des »Golf-Club Coburg Schloss Tambach e.V.«. »Außerdem hat er Großveranstaltungen als ganz spezielle Bühne für sich entdeckt.«

»Natürlich, er will ja eigene Größe und Gefährlichkeit demonstrieren! Dieser Typ will maximale Resonanz, maximales Feedback der Öffentlichkeit, er ist …«, sie suchte nach einem treffenden Ausdruck, »… ja, er ist regelrecht publicitygeil!«

Amüsiert wandte Charly den Kopf. Sie erwiderte seinen Blick, deutete sogar ein schwaches Lächeln an. »Deswegen lässt er ja auch die Leichen nicht verschwinden, sondern will, dass sie gefunden werden. Notfalls hilft er, wie in Würzburg, mit einem anonymen Anruf bei der Zeitung nach. Ich bin mir ziemlich sicher, dass er an einer schweren narzisstischen Persönlichkeitsstörung leidet. Wahrscheinlich kombiniert mit histrionischen Zügen.«

Charly beschloss, ihren herausfordernden Unterton zu ignorieren. »Und was sagt uns sein dritter Mord?«

»Verglichen mit Ahanfouée ist Jasmin Keller eigentlich ein kleiner Fisch«, überlegte Antlkofer. »Schnell und unpersönlich erledigt, mehr eine Art Pflichtübung. Mir kommt's so vor, als geht's ihm weniger um sie als um das Samba-Festival. Er will einfach das nächste Mega-Event abhaken.«

Er schüttelte den Kopf. »Das ist mir zu dünn. Der Mord im Hofgarten zeigt doch noch was andres ganz deutlich: Wenn's drauf ankommt, kann auch ein planender, intelligenter Täter spontan und ungeplant agieren. Und dann die Spermaspuren in Jasmin Kellers Mundhöhle, zum ersten Mal eine direkte sexuelle Komponente! Schade, dass uns die Gerichtsmedizin nicht sagen kann, ob diese Spuren prä- oder postmortal entstanden sind, das hätte interessante Rückschlüsse auf sein Tatverhalten erlaubt.«

Nachdenklich drehte sie an ihrem Armreif. »Ob vor oder nach dem Tod? Ist eigentlich egal. Beide Alternativen beweisen doch dasselbe: die enorme Nervenstärke, das ungeheure Selbstvertrauen dieses Täters. Unter freiem Himmel, nur ein paar Schritte oberhalb des Schlossplatzes, zwingt er sie entweder erst noch zum Oralverkehr oder vergeht sich seelenruhig noch nach der Tat an ihr.«

»Was ist jetzt Ihr Fazit aus diesen drei Morden?«, fragte Charly.

»Wollen Sie also wirklich von einem Einzeltäter ausgehen?«, stichelte sie.

»Aber hallo!«

»Dann haben wir hier die gefährlichste denkbare Persönlichkeitsstruktur: ein eiskalter Sadist, mit Hang zu brutalen Perversionen, der einerseits in der Lage ist, seine Opfer intelligent und gezielt zu überlisten. Und andererseits auch nicht vor blitzartigen Attacken aus dem Hinterhalt zurückschreckt. Insgesamt muss er also kommunikativ und selbstsicher auftreten können. Das heißt, er dürfte auch rein äußerlich nicht aus dem Rahmen fallen. Ich schätze, er sieht mindestens unauffällig, vielleicht sogar attraktiv aus.«

»Okay. Für einen ersten Profilansatz nicht schlecht!«

Während Charly hochschaltete und beschleunigte, deutete die Münchnerin nach rechts, wo das riesige Betriebsgelände der Derx-Werke an ihnen vorbeiflog. »Derx – was machen die eigentlich? War da nicht früher ein Autozulieferer?«

»War mal. Und als der weg war, kam über Nacht Derx nach Coburg: Einer der größten Airbus-Zulieferer, das war wie ein Lotto-Sechser für die Stadt. Über zwölfhundert Arbeitsplätze.«

»Derx, Derx ... kenn ich doch auch irgendwoher«, grübelte sie. »War da nicht neulich was in der Süddeutschen?«

»Von dem ist ständig was in der Süddeutschen«, erwiderte Charly und zog rasch auf die linke Spur hinüber. »Hans-Walter Derx, achtundsechzig, Strippenzieher und graue, oder besser schlohweiße Eminenz. Steht im Wirtschaftsteil, weil er glänzende Geschäftszahlen hat. Und im Bayern-Teil, wenn er sich wieder mal in die Politik reinhängt. Ist immer gleich beleidigt und droht mit Betriebsverlagerung, wenn der Stadtrat mal nicht nach seiner Pfeife tanzt. Das Rumpelstilzchen der Coburger Unternehmer ...«

Sie lachte. »Die Sorte kenn ich, die gibt's auch in unserem Landkreis!«

»Er spielt übrigens auch Golf mit Oberstaatsanwalt Dr. Stein«, ergänzte Charly.

»Woher wissen Sie das denn?«, fragte Antlkofer.

»War erst letzte Woche in Steins Büro. In seinem Regal steht ein Pokal ›Klassischer Vierer 2005, Nettoklasse 2‹, oder so ähnlich. ›1. Sieger Hans-Walter Derx/Dr. Alfred Stein‹.«

»Aha ... Wie funktioniert eigentlich Ihre Zusammenarbeit mit Dr. Stein?«

Charly überlegte. »Er gehört noch zur alten Sorte, die sich gern mal aufplustert ...« Grinsend winkte er ab. »Darf man nicht überbewerten, das braucht er halt, das gibt ihm das Gefühl besonderer persönlicher Wichtigkeit. Wirklich ernste Konflikte gab's aber noch nicht.«

Zweifelnd blickte sie ihn von der Seite an.

»Nimmt er Sie eigentlich für voll?«

Eine Frage wie ein Dumdumgeschoss: schmerzloser Eintritt ins Ohr, explosionsartiger Austritt ins Hirn. Was bildete sich die dumme Pute eigentlich ein? Wollte sie ihn etwa psychologisch austesten? Er spürte plötzlich, wie fest er schon wieder das Lenkrad umklammert hatte. Nur nicht provozieren lassen; schon gar nicht von dieser Münchner Besserwisserin ...

»Wie wär's, wenn Sie ihn das mal persönlich fragen?«, gab er betont ironisch zurück und drehte dabei das Radio an.

Cold as ice.

Noch hundert Kilometer bis Würzburg.

EKHK Walther, mit cognacbraunem Hemd und silber-messingfarbenen Diagonalstreifen auf der Krawatte die Eleganz in Person, war wieder ganz in seinem Element. Formvollendet, mit einem Hauch charmanter Ironie, begrüßte er die »liebe Frau Dr. Antlkofer aus unserer fernen Landeshauptstadt«. Nur der Handkuss fehlt noch, dachte Charly. Ihm selbst hatte Walther wohlwollend auf die Schulter geklopft und mit Verschwörermiene »einhundertvierundsechzig« zugeraunt, »nur noch einhundertvierundsechzig, Kollege Herrmann!«.

Kaum hatten sie unter seinen mannshohen Grünpflanzen Platz genommen, wechselte Walther aus charmantem Begrüßungsgeplauder sofort zum Fall Ahanfouée.

Auf Antlkofers Bitte skizzierte er zunächst den persönlichen Background der Ivorerin. Die Einunddreißigjährige stammte aus wohlhabenden Verhältnissen und war als Tochter eines großen Ananasplantagenbesitzers aufgewachsen. Ihr Studium in der damaligen Hauptstadt Abidjan hatte sie geschmissen, um sich ganz der Musik zu widmen. In den letzten Jahren hatte sie, zunächst auf Französisch, dann auch in der Landessprache Dioula, Hit auf Hit gelandet und war zum viel umschwärmten »Stern der Elfenbeinküste«, zu Westafrikas Popstar Nummer eins aufgestiegen. Das Würzburger Afrika-Festival war, nach einem Auftritt im französischen TV, ihr erstes Engagement in Europa.

»Wir haben extrem aufwendig recherchiert, sogar inoffiziell über einen Würzburger Mitarbeiter der deutschen Botschaft und der Deutschen Welle in Abidjan«, führte Walther aus.

»Ahanfouée war ja außerordentlich attraktiv und extrovertiert, sie war für ihr jugendliches Publikum Popstar, Teenie-Idol und Sexsymbol zugleich. Insider beschreiben sie allerdings auch als eitel, zickig und sehr oberflächlich. Sie genoss den Starrummel in vollen Zügen.«

»Das sind ja nun wirklich bahnbrechende Erkenntnisse«, murmelte Charly sarkastisch und griff nach dem vorletzten Prinzenrollen-Keks in der Plätzchenschale. »Wie helfen uns diese BRAVO-Klischees jetzt bei den Ermittlungen weiter?«

Antlkofer winkte unmutig ab und drängte sich dazwischen. »War sie liiert? Gab es Männergeschichten?«

»Ah, natürlich – *cherchez l'homme* …!« Ein feines Lächeln umspielte Walthers spröde Lippen. »Ahanfouée war ledig und praktizierte in den letzten Jahren so eine Art serielle Monogamie. So weit bekannt, waren alle ihre bisherigen Lover ausnahmslos schwarze Ivorer. Vom letzten trennte sie sich Ende letzten Jahres. Sagt zumindest ihr Manager.«

»Habt ihr den mal so richtig in die Mangel genommen?«, nuschelte Charly und führte auch den letzten Prinzenrollen-Keks seiner bestimmungsgemäßen Verwendung zu.

Walther nickte, suchte kurz auf seinem Schreibtisch und reichte ihm ein DIN-A4-Blatt mit aufgeklebtem Zeitungsausschnitt »Main-Post vom 2.5. / Interview mit Jean-Claude Toussaint (Manager

Ahanfouée)«. Auf dem Foto ein schwarzer Mittfünfziger im klassisch-angepassten Sixties-Outfit: dunkler Anzug, weißes Hemd, korrekt gebundene Krawatte, schwere Hornbrille.

»Toussaint stammt aus Haiti und hält sich als kleiner Plattenproduzent in Marseille seit Jahren mehr schlecht als recht über Wasser. Ein unseriöser, windiger Geschäftemacher«, dozierte Walther. »Geschäftlich war Ahanfouée bislang sein größter Coup ...«

Während Walther breit und ausführlich über Ahanfouées Manager referierte, schweifte Charlys Blick über Antlkofers schwarzes glattes Haar: Vielleicht ein Stück zu lang. Wenn sie nackt ist, reicht's ihr bestimmt bis an die Brustwarzen ...

Als ob sie Gedanken lesen könnte, warf sie ihm plötzlich einen schnellen, prüfenden Blick zu.

»Wie sieht Toussaints Alibi aus?«, fragte er aufs Geratewohl.

»Astrein. Gegen zweiundzwanzig Uhr dreißig kreuzt er in der Hotelbar auf und belästigt die Barkeeperin; übrigens eine Miss Bayern von 1988«, Walther hob anerkennend einen Daumen, »so lange, bis sie den Fernseher auf das dritte Bayerische umschaltet. Live aus Würzburg, Ahanfouées Zugaben bis circa dreiundzwanzigzehn. Anschließend säuft er in kürzester Zeit den Rémy-Martin-Bestand leer. Gegen zwölf fällt unserer Cocktailshakerin auf, dass er von einem Toilettengang nicht mehr zurückkommt. Toussaint behauptet, er ist ins Zimmer gegangen und sofort eingeschlafen. Keine weiteren Zeugen.«

»Und Ahanfouée?«

»Moment ...«, Walther leckte kurz den Zeigefinger an und blätterte in seiner Akte, »sie verlässt um dreiundzwanzigzehn die Bühne und geht in die Garderobe.«

Er stand auf, schritt gemächlich zur Wand hinüber und klopfte mit seinem Stift auf einen überdimensionalen Lageplan des Festivalgeländes, der mit leuchtfarbigen Pfeilen und Schraffuren übersät war.

»Hier kommt sie gegen dreiundzwanzigfünfzehn an. Sie zieht eine andere Bluse an und lässt sich eine Cola bringen, die sie aber nur halb austrinkt. Sie ist locker, gelöst, albert mit der Assistentin herum, erzählt, dass sie jetzt zum TV-Interview in den Ü-Wagen des Bayerischen Fernsehens muss.« Walther schob eine bedeutungsschwangere Pause ein. »Und dort ist sie nie angekommen.«

Er deutete auf eine gestrichelte rote Linie. »Das ist der Weg von der Garderobe zum mobilen Aufnahmestudio. Exakt vierhundertzweiunddreißig Meter. Hier muss sie ihrem Mörder begegnet sein.« Sorgfältig steckte er seinen Stift wieder in die Brusttasche und ließ sich in seinen Designer-Bürostuhl fallen.

»Wir haben alle nur denkbaren Varianten für die Phase von der Kontaktaufnahme bis zum Abtransport durchgespielt. Auf jeden Fall muss er ein Auto verwendet haben.«

Umständlich begann er, in einer Schreibtischschublade zu kramen, und holte zu Charlys Erstaunen ein abgenutztes Uralt-Modellauto, einen dunkelgrauen Opel Blitz, hervor, den er auf seine Schreibunterlage platzierte.

»Den hab ich übrigens Weihnachten 1955 bekommen …«, erläuterte er schmunzelnd, bevor er unvermittelt wieder in einen dienstlichen Ton verfiel. »Theoretisch könnte der Killer das Auto auch außerhalb des Festivalgeländes …«, er nahm den kleinen Opel von der Schreibtischunterlage und stellte ihn auf sein Stempelkarussell, »… abgestellt haben. Aber wie, mit welchem Vorwand, hätte er Ahanfouée exakt in diesem Moment, nach einem sensationellen Auftritt und unmittelbar vor ihrem ersten TV-Interview in Europa, von diesem TV-Termin abhalten und zu einem kilometerlangen Fußweg verleiten können?« Fragend hob er die Arme und präsentierte ungewollt zwei mittelgroße Schweißflecke. Antlkofer rümpfte dezent ihr ungepudertes Näschen.

»Leuchtet ein«, warf Charly nachdenklich ein. »Das spricht alles für eine sofortige Überrumpelung oder Überlistung. Er muss sie sofort ins Auto gekriegt haben. *Get out of my dreams, get into my car …*«

Antlkofer schüttelte den Kopf. »Er kommt doch mit seinem Privat-Pkw gar nicht aufs Festivalgelände! Ganz abgesehen davon, dass doch sicher noch etliche Besucher unterwegs waren!«

Walther grinste. »Kompliment, Madame! Es stimmt, zu dieser Zeit waren nicht nur die achthundert Besucher ihres eigenen Auftritts unterwegs. Auch die Filmvorführungen im Kinozelt liefen noch bis Mitternacht, und im Havanna-Club wurde sogar bis drei

Uhr früh aufgelegt. Insgesamt waren vor und hinter den Kulissen noch gut fünfzehnhundert Leute auf dem Gelände. Aber mit Sicherheit kein Privatauto.«

»Jetzt mal halblang, Kollegen!«, blaffte Charly ärgerlich. »Was soll der Quatsch mit dem Privatauto? Das fällt doch jedem Blinden auf! Ich denke an Fahrzeuge, die über jeden Zweifel erhaben sind! Polizei und Krankenwagen können wir natürlich streichen; aber es gibt eine Fahrzeugsorte, die mit Sicherheit auch in Coburg und Erlangen vor Ort war: die weiß-blauen Ü-Wagen unseres guten, alten Bayerischen Fernsehens nämlich! Haben Sie die mal überprüft, haben Sie da drin Spuren sichern lassen, Herr Kollege?«

13:55 Uhr / Würzburg

Gemächlich schlenderte Charly neben der Eis lutschenden Barbara Antlkofer den Gehsteig der Versbacher Straße entlang Richtung Gerichtsmedizin. Was für eine Wohltat waren die letzten zwei Stunden doch gewesen: eine hitzige und letztlich fruchtbare Diskussion mit den Würzburger SOKO-Kollegen (»Chapeau, Kollege Herrmann! Das wäre wirklich die perfekte Tarnung: Ein Ü-Wagen, noch dazu ein öffentlich-rechtlicher, wird nicht so schnell verdächtigt oder gar durchsucht!«). Walther würde sich sofort persönlich um die Spur »Ü-Wagen« kümmern, um zu retten, was vielleicht noch zu retten war.

Gleich darauf hatte Antlkofer den Würzburger Ermittlern schwere Versäumnisse vorgeworfen. Der Felsenkeller in Randersacker war, nach Spurensicherung und Abtransport der Leiche, nur versiegelt und nicht mehr persönlich überwacht worden. »Das ist doch nicht Ihr Ernst! Sie miass'n scho bittschön entschuidig'n, aber so ein Anfängerfehler, von erfahrenen Kriminalisten! Je ausgefallener Mord und Tatort sind, umso wahrscheinlicher ziagt's do den Mörder no amoi z'ruck!«

Feingeist Walther hatte diesem altbayerischen Gefühlsausbruch nichts entgegenzusetzen gehabt und sich fortan deutlich kooperativer und engagierter gezeigt.

»Guad war's!«

Genüsslich schleckte Antlkofer ihr Eisstäbchen ab und ließ es mit spitzen Fingern in den Papierkorb einer Bushaltestelle fallen. Im Wartehäuschen der übliche Mischmasch aus alten und neuen Konzertplakaten, kurdischen Aufrufen zum revolutionären Kampf und selbst gedruckten Suchanzeigen »Wo ist Muschi?«. Ein schwarz und fett gespraytes »Bullenterror, Bullenstaat, wir haben euch zum Kotzen satt!«. Darunter, Charly sah es erst, als er sein Kaugummipapier in den Abfallkorb schnippte, ein altes, verblasstes, grauenhaft harmloses »Haus vom Nikolaus«.

Professor Dr. Kleine-Karchen vom Institut für Rechtsmedizin empfing sie in seinem erstaunlich großzügigen Büro. Raumhohe, dunkle Regale, ein ehrfurchtgebietender Schreibtisch, nach Charlys Überzeugung noch aus der Kaiserzeit, und, in scharfem Kontrast dazu, ein zierlicher Teetisch, überladen mit Fachzeitschriften, sowie zwei abgewetzte rotbraune Fauteuils, in die sie der Professor komplimentierte. »Sie trinken doch sicher einen Tee mit mir?«

Kleine-Karchen, ein hoch aufgeschossener, unkonventioneller Birkenstockträger in Cordhose und kariertem Hemd, gab sich als Rheinländer zu erkennen, den es schon Ende der Siebziger, »wegen Studium und Basketball«, nach Würzburg verschlagen hatte. Antlkofers Miene spiegelte ungläubigen Zweifel wider, als er gut gelaunt berichtete, er fühle sich »im fränkischen Exil hier ausgesprochen wohl!«. Der gemütlich-joviale Gesamteindruck des Rechtsmediziners wurde nur durch einen auffälligen Tick am linken Auge gestört. Morbus Didi Hamann, dachte Charly belustigt, der zwinkert ja noch schlimmer als der Exbayernspieler ... Er hielt sich bewusst zurück, weil sich Kleine-Karchens Smalltalk immer intensiver auf seine bayerische Begleiterin fokussierte.

»... und diese Fernsehklischees, einfach furchtbar, was da schon tief in den Köpfen der Leute verwurzelt ist! Sie glauben ja gar nicht, wie viele hier überrascht sind, dass ich meine Gespräche in einem normalen Büro führe! Die erwarten wirklich einen weiß gekachelten Raum, in dem ich grün gewandet zwischen offenen Leichen mal herzhaft vom warmen Leberkäse abbeiße und nebenbei, mit vollem Mund, den neuesten Fall des Kommissars löse ...«

Ein spindeldürrer Rheinländer ohne jeden Ausschaltknopf, dachte Charly leicht genervt, ein Reiner Calmund für Weight Watchers. Am Hals des eifrig gestikulierenden Professors bemerkte er ein kleines Muttermal, das von einem dünnen Bartstoppelkranz umgeben war. Und auch noch ein Angstrasierer: Sägt und schneidet andere von Kopf bis Fuß auf, aber am eigenen Hals zieht er den Rasierer zurück …

Antlkofer gelang es schließlich, das Gespräch auf den Fall zu lenken. Kleine-Karchen verbreitete sich detailreich über ideale Temperatur und optimale Luftfeuchtigkeit im Randersackerer Felsenkeller, die den Verwesungsprozess stark verlangsamt hatten, »ein einmaliger Glücksfall für uns, das gibt's vielleicht einmal unter tausend Fällen!«.

»Können Sie uns sagen, ob die Verstümmelungen vor oder nach ihrem Tod geschahen?«, fragte Charly.

»Nein, da muss ich leider passen.« Kleine-Karchen schüttelte bedauernd den langen schmalen Kopf. »Bei postmortalen Stichverletzungen entstehen zwar keine Gewebeblutungen mehr, aber um das festzustellen, war Ahanfouées Leiche denn doch nicht mehr frisch genug.«

»Auf jeden Fall dürften wir es mit einem *Overkill* zu tun haben«, sagte Antlkofer nachdenklich.

»Zweifellos, keine Frage!«, pflichtete ihr Kleine-Karchen bei. »Ich habe achtundzwanzig Einstiche im Brustkorb gezählt, vermutlich unterschiedlich tief.«

»Was soll das heißen?«, fragte Charly stirnrunzelnd. »Warum nur ›vermutlich‹?«

»Das können Sie sich doch sicher denken«, erwiderte Kleine-Karchen ungerührt und nahm wieder einen kleinen Schluck aus seiner Teetasse. »Die Leiche war zwar extrem gut erhalten, hat aber trotzdem schon gute fünf Wochen dort gelegen. Da laufen Veränderungen in den Haut- und Gewebeschichten ab, Herr Kommissar, da können Sie keinen Stichkanal mehr ausloten und exakt vermessen! Aber achtundzwanzig Einstiche stehen definitiv fest.«

»Plus Enthauptung«, warf Antlkofer trocken ein.

»Moment, Moment!« Der Professor hob warnend einen knochigen Zeigefinger. »Es war keine Enthauptung! Ihr Rückgrat war noch intakt. Und es gab auch keinen sauberen, schnellen Schnitt wie bei einer Guillotine oder Machete. Nein …«, er schob die Unterlippe vor und ließ seinen Blick zwischen Charly und Antlkofer hin und her schweifen, schien ihre atemlose Aufmerksamkeit förmlich auszukosten, »er hat mit seiner relativ kurzen Messerklinge versucht, ihr den Kopf abzutrennen! Ein ganz übles Gemetzel, da ist noch literweise Blut geflossen!« Sein Augenzwinkern hatte sich merklich beschleunigt. Er schüttelte sich kurz und stellte sein Teetässchen wieder ab. »Davon dürfte sie allerdings nichts mehr mitgekriegt haben, die achtundzwanzig Stiche zuvor haben ihr bereits den Herzbeutel zerrissen und die Herzkammern getroffen.« Wieder sprang sein Blick sensationslüstern zwischen den beiden Kriminalisten hin und her.

»Ein klassischer *Overkill*«, fuhr er schließlich fort, »das spricht für außerordentlich hohe Emotionalität des Täters.«

»Und meist für Beziehungstaten«, ergänzte Antlkofer langsam: »Wenn aufgestaute Wut oder Eifersucht eskalieren ...«

»Stopp, Frau Doktor!«, unterbrach sie Charly unwirsch. »Wir suchen einen Serienmörder und keinen Beziehungstäter!«

»Vorausgesetzt, dass auch Ahanfouée auf sein Konto ging«, erwiderte Antlkofer kühl.

Sofort hakte Kleine-Karchen neugierig ein. »Aber sie trug doch die Signatur? Gehen Sie trotzdem von verschiedenen Tätern in Würzburg, Coburg und Erlangen aus?«

»Wir ermitteln grundsätzlich in alle Richtungen«, sagte Charly lapidar.

Antlkofer schwieg. Die Gesprächsatmosphäre war merklich abgekühlt, ebenso wie der Earl-Grey-Tee in den dünnwandigen terrakottafarbenen Porzellantässchen.

»*Overkill*, hohe Emotionalität und sadistische Vorgehensweise«, zählte Charly auf. »Es deutet trotzdem vieles darauf hin, dass er Ahanfouée noch vor ihrem Tod verstümmelt hat ...«

»Als Gerichtsmediziner kann ich Ihnen das leider nicht bestätigen, das bleibt reine Spekulation – also Ihr Job!«, lächelte Kleine-Karchen.

Weißgraue Wolkenfetzen zogen an der Festung Marienberg vorbei. Ein Wolkenbruch war während der letzten halben Stunde über Würzburg niedergegangen. Charly lehnte an der Fahrertür und genoss in tiefen Zügen die sauerstoffreiche Luft. Interessiert beobachtete er Barbara Antlkofer, wie sie, mit etwas verkrampfter Miene, aber erstaunlich graziösen Sidesteps, die Regenpfützen auf dem Parkplatz übersprang. In ihrer Hand, frisch aus dem Zeitungskasten, BILD, Abendzeitung und fz. Letztere schon von Weitem unschwer zu erkennen durch ihren neuen Aufmacher: ein fettes rotes Nikolaushaus im rechten oberen Eck, daneben der täglich aktualisierte Zusatz *»Tag 68«*.

Prustend erreichte sie den Wagen. Sie rang sich ein kurzes Lächeln ab, bevor sie ihre makellosen anthrazitfarbenen Schuhe gründlich musterte und beim Einsteigen betont vorsichtig in die Mitte der Fußmatte platzierte.

Charly fädelte sich schweigend in den Feierabendverkehr ein, während sie sich sofort in die Zeitungen vertiefte.

»Stört Sie dieser ganze Boulevard-Scheiß nicht bei der Arbeit?«, fragte er.

Sie schaute auf, blickte nach vorn und überlegte kurz. »Früher habe ich schon versucht, mich davon fernzuhalten ... Aber unser Mann wird diese Blätter mit Sicherheit jeden Tag verschlingen. Also kommen wir seiner Psyche, seiner Gedankenwelt damit vielleicht wieder ein Stückchen näher ...«

Sie blätterte weiter. »Wow! Da ist ja sogar mal richtig umfangreich recherchiert!«

»Glaub ich nicht«, brummte Charly, blickte rasch über die Schulter und wechselte zügig den Fahrstreifen Richtung A3 Würzburg–Nürnberg.

»Wahrscheinlich irgendwo aus dem Internet abgeschrieben ... *›Unsere neue Serie: Die brutalsten Serienkiller der Welt ... heute: Die Biedermänner aus der Nachbarschaft ... 1974–1998: Der BTK-Killer. Er wütet in Wichita (USA) und quält und foltert zehn Opfer zu Tode. Polizei und Öffentlichkeit sind geschockt: Als Mörder überführt wird ein angesehener Mitbürger und Familienvater, der Leiter einer evangelisch-lutherischen Kirchengemeinde! ...*

1980–1995: John Wayne Gacy: Er missbraucht und ermordet dreiunddreißig Jungen. Gacy war ein erfolgreicher Geschäftsmann und Vorstand der ›Jaycee‹, der amerikanischen Wirtschaftsjunioren ... Ist auch ›Nik the Ripper‹ ein seriöser Ehemann und Familien-

vater, ist er ein beliebter Nachbar? Ein Arbeitskollege? Ist der Mörder mitten unter uns?‹«

»Natürlich ist er das – da sind wir uns doch längst drüber im Klaren!«

»Aber diese Form der Berichterstattung hilft uns natürlich überhaupt nicht weiter …« Sie schlug die nächste Zeitung auf: »›*Die Top 10 der blutrünstigsten Bestien*‹ – wohlgemerkt, ›*ohne Politiker und Militärs!*‹ Oder hier: ›*Morgen in BILD: Die Top 10 der deutschen Serienmörder!*‹ Das ist doch wirklich nur noch …« Sie brach ab, schüttelte angewidert den Kopf.

»Zum Kotzen!«, vollendete Charly ungerührt.

Sie schlug mit der flachen Hand aufs Blatt. »Das heizt den Typen doch erst recht auf! Manche Journalisten merken gar nicht, wie sie diesem publicitygeilen Sadisten in die Hände spielen!« Die sonst so kühle Polizeipsychologin geriet zusehends in Rage.

»Das nehmen solche Lust-Schreiber doch billigend in Kauf«, stellte Charly zynisch fest, während er die widerspenstige Verpackung eines Schokoriegels aufbiss. »Je länger die Mordserie schließlich dauert, umso besser für die Auflage …«

21:10 Uhr / Coburg, Am Ölberg

Missmutig warf Charly die Wohnungstür zu. Ohne die Schnürsenkel zu lösen, streifte er die Schuhe ab und kickte sie unter die Garderobe.

Immer noch keine greifbaren Ergebnisse. Der große Datenabgleich Bergkirchweih – Samba-Festival – Afrika-Festival hatte keine Schnittmenge erbracht. Standbetreiber, Musiker, Verkäufer, Techniker, Toilettenverleiher, Abfallentsorger, Lieferanten – niemand war auf allen drei Festen dabei. »SeCOrity« war zwar auf allen Festivals vertreten, aber mit wechselndem Personal. Winter hatte seine Liste, auf Charlys Drängen hin, heute eigens noch einmal auf kurzfristige Ausfälle und Vertretungen kontrolliert.

Umsonst. Und auch Antlkofer hatte zuletzt nur noch gegrantelt. Wahrscheinlich warme Fallwinde, die der Münchner Mimose natürlich auch in Oberfranken noch zusetzten.

Scheiß-Pilotprojekt.

Charly öffnete den Kühlschrank. Zwei Schweppes und eine Flasche Ramazzotti. Kein Kristallweizen.

Er fluchte. Nicht die geringste Lust, extra zur Tanke zu fahren oder, noch schlimmer, bei der Nachbarin um eine Flasche zu betteln. Egal. Dann musste eben der Ramazzotti dran glauben. Der rote Schraubverschluss knirschte leise. Er schnupperte: Die gute alte italienische Landapotheke – unverwechselbar ...

Zwei Fingerbreit mussten reichen.

Langsam schlurfte er ins Wohnzimmer hinüber, an das raumhohe Plattenregal. Keine Stones jetzt; irgendetwas Softes, Relaxtes, aus der guten alten Zeit ... Seine Finger stoppten bei einem grellen pink-violetten Cover. Er zog die LP heraus und nickte zufrieden: Seit Urzeiten nicht mehr gehört, das würde ihn endlich auf andere Gedanken bringen.

Mit sanftem Knacksen grub sich der Saphir in die Rille. Charly ließ sich in den überdimensionalen Sitzsack plumpsen und starrte mit leerem Blick zur Decke.

»... Did you ever see a movie where Errol Flynn played Robin Hood ...« Endlich. Er spürte, wie seine Anspannung langsam wich. Sanfte Streicher, dezentes Piano, dazu das melodramatische Tremolo: *»... good old Hollywood is dying, good old Hollywood is crying ...«*

Verklärung der Vergangenheit ... Sehnsucht nach Verlorenem ... die ewige Suche nach Erfüllung ...

Die Türklingel zerriss schmerzhaft und unbarmherzig alle Träumereien. Es war Montagabend, einundzwanzig Uhr fünfundzwanzig.

Vor der Tür stand Valerie; schwarze Radlerhose, rotes Laufshirt, die blonde Mähne leicht verschwitzt.

»Hi, Paps! Kann ich reinkommen?« Mit einem flüchtigen Begrüßungsküsschen zwängte sie sich vergnügt an ihm vorbei. »Hast du was zu trinken für mich? Ich komme um vor Durst, ich war zwei Stunden mit Steffi unterwegs; neben der B 4 den ganzen Itzgrund hinunter!«

»Äh, wart mal ... ja, ein Schweppes müsste noch da sein ...«

Sie stand bereits am offenen Kühlschrank. »Ihh, Ramazzotti! ...« Sie nahm das letzte Schweppes heraus und schüttelte sich. »Sag mal, du wirst doch nicht ...«

Sie brach ab, fuhr zu ihm herum. Ihre grünen Augen funkelten, vorwurfsvoll und fast erschrocken.

»Jetzt hör aber mit dem alten Scheiß auf!«, fauchte Charly zurück. »Der Ramazzotti war seit meinem Geburtstag da drin! Und du weißt ganz genau, dass seit damals nichts mehr war! Alles vorbei, alles im Griff!«

»Das hast du damals auch immer gesagt«, erwiderte sie leise. Langsam trat sie ins Wohnzimmer, wo Waterloo und Robinson gerade ihr großes Finale anstimmten: *»... good old Hollywood is crying, good old Hollywod is dead! ...«*

»Hiilfe – was hörst denn du für einen Kitsch?«

Ein hilfloser, aber willkommener Themenwechsel. Charly ließ sich, trotz seiner Verärgerung, nicht zweimal bitten.

»Das, liebe Tochter ...«, genüsslich fläzte er sich wieder in seinen knarzenden Kunstleder-Sitzsack, »ist ein österreichischer Eurovisions-Beitrag aus den Siebzigern; das ist nicht Kitsch, sondern Kult! Ein kleiner, aber feiner Unterschied, der auch deiner Generation geläufig sein müsste!« Befriedigt schlürfte er den letzten Rest aus seinem Glas.

Valerie verdrehte genervt die Augen. Sofort erhöhte Charly die Schlagzahl: »Was macht die Liebe? Hast du jetzt wieder was Festes?«

Ihre Miene verfinsterte sich. Sie drehte ihm pikiert den Rücken zu und begann demonstrativ in seinem Plattenregal zu blättern. Nachdenklich musterte er ihre gebräunten langen Beine in den glänzenden schwarzen Shorts. Quer über die linke Wade verlief ein schwacher Abdruck.

»Du solltest deinen linken Inliner nicht mehr so fest schnüren.«

»Was?« Völlig perplex musterte Valerie erst ihn, dann ihren linken Unterschenkel.

»Ach so ... Ist schon recht, Sherlock Holmes!« Sie musste grinsen und blätterte mit zwei Fingern nachlässig weiter.

»Da! Die hab ich gesucht!« Eifrig zerrte sie eine LP heraus, bestaunte fast ehrfürchtig das Cover: ein riesengroß aufgesperrtes blutrotes Maul einer angriffslustig funkelnden Grünen Mamba.

Uriah Heep: *Innocent Victim.*

»Weißt du noch, wie ich mich vor diesem Bild immer gefürchtet habe früher?«

Plötzliche Erinnerungen schossen in Charly hoch.

Früher ... in München ... Berg am Laim, die kleine Zweizimmerwohnung ... viel zu heiß im Sommer ... ein Kind, nur mit Windel und Hemdchen, krabbelte auf dem Teppichboden zwischen seinen LPs herum, zog sich lachend an der Stereoanlage hoch, blieb stehen und krähte vergnügt ... *Innocent Victim* ... unschuldiges Opfer ... ob auch Tim sich gefürchtet hätte ... vor der Grünen Mamba, vor dem Bild, das seine Schwester jetzt, zwanzig Jahre später, in den Händen hielt ...?

Er schluckte, seine Hände verkrampften sich. Die plötzliche Hitze in der Magengegend, der Solarplexus ... nur nicht wieder diese Hitze aufsteigen lassen ... sofort das Stopp-Signal ... *Cut! Cut!*

Valerie bemerkte nichts von seiner aufsteigenden Panik. Sie musterte noch immer fasziniert das hässliche Schlangenmaul und plapperte fröhlich weiter.

»*Innocent Victim* ... unschuldiges Opfer ... das ist doch eigentlich wirklich das Allerschlimmste, was einem passieren kann ...«

»*Cut!*«, brach es aus Charly heraus. Schlagartig ließ die Hitze nach, die Verkrampfung löste sich.

»Ich meinte *stopp*!«, verbesserte er sich rasch, als er die erschrockene Valerie sah. »Du weißt doch überhaupt nicht, was du redest, da fehlt dir einfach die Lebenserfahrung!«

»Wieso?«, fragte sie verständnislos. »Was ist denn schlimmer ... als unschuldig sterben müssen?«

»Schuldig leben müssen!« Die Hitze, immer wieder diese erbarmungslose Hitze. Er wischte mit dem Handrücken verstohlen über die Stirn. Nur keine Schweißperlen jetzt.

»Schuldig ... mit dieser Last ... mit dieser schrecklichsten Erfahrung, die du im Leben machen kannst: Du allein bist schuld, bist schuld am Tod deines eigenen, unschuldigen Kindes – und du kannst es nie mehr wiedergutmachen, nie mehr! Nie!« Ein unerwartetes Schluchzen durchfuhr ihn plötzlich. Er schüttelte sich kurz, brachte sich sofort wieder unter Kontrolle, blieb reglos aufrecht sitzen.

Valerie kam, schmiegte sich an ihn, legte ihren Kopf auf seine Schulter.

»Denk nicht daran«, sagte sie leise. »Denk jetzt nicht an Tim.« Ihre Finger strichen sanft über sein unrasiertes Kinn. Er schloss die Augen.

»Geht nicht so einfach, Prinzessin«, presste er mit rauer Stimme hervor. »Sorry ... du weißt, wie ich diese Flashbacks hasse ...« Er räusperte sich unbehaglich.

»Ich weiß ... es war dir schon früher immer peinlich ...« Sie stockte kurz, hob den Kopf von seiner Schulter und musterte ihn intensiv aus ihren meergrünen Augen. »Dabei hab ich dich dann immer besonders lieb gehabt. Du hast dich nie verstellt, du warst immer authentisch, Papa ...«

Sie umschlang ihn mit beiden Armen, drückte ihn lang und heftig. Er spürte die Wärme ihrer leicht verschwitzten Locken, schloss die Augen und hielt seine Tochter fest, hielt die Zeit fest, hielt sein ganzes Leben fest.

»Kann ich dich wieder alleine lassen?«, fragte sie leise, während sie sich behutsam von ihm löste.

»Freilich.«

Immer noch ein leichtes Kratzen in der Stimme. Er stand auf, ging wortlos voraus zur Wohnungstür.

»Danke, Papa – ciao!« Ihre Lippen und Wimpern streiften sein Gesicht.

Er versuchte zu grinsen und blieb auf halbem Weg schon hängen. Seine Tochter bemerkte es nicht. Leichtfüßig sprang sie bereits die Treppe hinab.

»Tschüssla«, sagte er leise.

Dienstag

BILD: »Franken-Ripper: Immer noch keine Verhaftung!«

fz: »Tag 69: Ganz Franken in Angst! So weint Jasmins Brüderchen – und der Herr Staatsanwalt spielt Golf!«

08:30 Uhr / Staatsanwaltschaft Coburg

Seine Lippen waren nur noch ein Strich. Bleich vor Wut betrachtete Dr. Stein die beiden Fotos in der Frankenzeitung: Links ein herzzerreißend weinendes Bübchen in Großaufnahme hinter einem Gartenzaun. Rechts daneben der Oberstaatsanwalt in vorbildlicher Abschlagshaltung auf der vierten Bahn des Golf-Clubs Tambach; breit grinsend neben ihm Firmenboss Derx.

»›*Jasmins Brüderchen weint jeden Tag im Kindergarten: Warum musste meine Schwester so grausam sterben? Ganz Franken in Angst – doch der Staatsanwalt amüsiert sich mit einflussreichen Freunden auf dem Golfplatz! Links Dr. Stein, rechts Coburgs millionenschwerer Airbus-Zulieferer Hans-Walter Derx. Gesehen von Chefreporter Ronald Senger in Tambach bei Coburg*‹«, las er provozierend langsam vor. Er ließ das Blatt wieder sinken. Über seine Lesebrille hinweg nahm er Charly und Antlkofer ins Visier.

»Und jetzt erzählen Sie mir bitte noch einmal ganz genau, was dieser erbärmliche Schmierfink ausgerechnet heute von uns will!«

»Er bietet uns seine Dienste an«, erwiderte Charly trocken. Antlkofer schlug ihre langen Beine übereinander. Das Kunstledersofa knarzte.

»Senger hat vor einer Stunde in der Pressestelle angerufen. Er stellt sich exklusiv zur Verfügung für eine proaktive Strategie der Polizei.«

»Konkret?«, raunzte Dr. Stein.

»Nix Konkretes bisher. Er verweist auf seine Reichweite, ›wir sind frankenweit die Auflagenstärksten‹, und erinnert an den Briefbomber in Österreich. Dort hat man ...«

»Schon gut!«, winkte Stein ungeduldig ab, »ich kenne den Fall! Die Polizei hat den Täter über die Presse ganz gezielt manipuliert. Mit lancierten Artikeln und Provokationen mürbegemacht und zu Fehlern verleitet ... mhm ...«

Er nahm seine Brille ab und rieb sich ausdauernd die Augen. »Gefällt mir trotzdem nicht ... gefällt mir überhaupt nicht. Der Kerl will doch nur an Exklusivinformationen, Konkurrenz ausstechen, Marktanteile erobern ... und das mit Amtshilfe von Staatsanwalt und Polizei! Niemals!« Entschlossen richtete er sich auf, zwei Fäuste auf dem Tisch, der Rücken kerzengerade. Das Plädoyer beginnt, dachte Charly.

»Wir haben hier keinen Briefbomber, keinen politischen Wirrkopf, mit dem sich irgendwie noch kommunizieren lässt! Wir haben einen Serienmörder, einen Lustmörder, der sich auf keine Psycho-Spielchen einlassen wird! Im Gegenteil: Was machen Sie ...«, der Finger des Oberstaatsanwalts stach heraus, zeigte auf Charly, »... was machen Sie, wenn dieses Spiel in die Hose geht? Wenn er anders reagiert als erwartet, wenn er sich provoziert fühlt und dann so richtig Gas gibt? Wie viele zusätzliche Leichen ist Ihnen der Versuch denn wert?«

Antlkofer schnappte nach Luft, setzte zu einer empörten Erwiderung an.

Charly kam ihr zuvor. »Das ist eine fast schon dreiste, polemische, eine völlig absurde Unterstellung, Herr Oberstaatsanwalt!«

Stein zeigte sich völlig ungerührt.

»Nicht so dünnhäutig, Herr Kommissar! Wir stehen schließlich alle unter immensem Druck, nicht nur Sie und ich: Was meinen Sie, wie unangenehm es etwa einem Hans-Walter Derx ist, plötzlich von so einem ... so einem Sudelblatt aufgespießt zu werden? Öffentlich als Fahndungsbremse dazustehen?«

»Ist das etwa unser Problem?«, gab Charly ungerührt zurück. »Derx ernährt seit Jahren genügend Anwälte in der Region, die werden ihm gern mit Rat und Tat zur Seite stehen. Abgesehen davon kann ich mir nicht vorstellen, dass ein Mann wie Derx so mimosenhaft reagiert.«

Der Oberstaatsanwalt beugte sich nach vorn, stützte sich auf seinen rechten Ellenbogen. Zwei wässrig blaue Augen fixierten Charly.

»Wollen Sie damit zum Ausdruck bringen, dass Sie meine Reaktion für mimosenhaft halten?«

Der Ton war wieder schneidend scharf, die Frage rein rhetorisch. »Vorsicht, Herr Haupt...«, eine winzige Vorsilbe als größtmögliche Provokation, »... äh, Herr Kommissar ... Damit wir uns nicht falsch verstehen: Die Ermittlungen in einem Mordfall leitet grundsätzlich die Staatsanwaltschaft! Und Ihre bisherigen Ergebnisse sind ja nun wahrlich kein Anlass für übertriebene Lässigkeit und Nonchalance.« Seine Zungenspitze fuhr rasch über die Unterlippe. »Aber lassen wir das jetzt!«

Er lehnte sich zurück und schien sich, mit konzentriertem Blick, kurz zu sammeln. Behutsam legte er die Fingerspitzen aneinander. Charly bemerkte, dass sie, sicher unbewusst, direkt auf das Sideboard mit dem kleinen Silberpokal zeigten: »Klassischer Vierer 2005, 1. Sieger Hans-Walter Derx / Dr. Alfred Stein«.

»Zurück zu diesem Schreiberling und seinem sogenannten Angebot ...« Dr. Stein überlegte kurz, bevor er fortfuhr. »Sie stimmen sicher mit mir überein, dass wir uns auf proaktive Strategien aus der Feder Sengers gar nicht erst einlassen sollten.«

»Wieso eigentlich nicht?« Charly erwärmte sich zusehends für Sengers Vorschlag; Steins tiefe Abneigung ließ ihn in besonders hellem Licht erstrahlen. »Wir haben ihn damit endlich unter Kontrolle; wir steuern die Informationen, wir geben die Stoßrichtung vor!«

Dr. Stein verzog keine Miene. Sein Blick heftete sich wieder auf das Golf-Foto. »Ich bitte Sie, das kann ja wohl nicht Ihr Ernst sein! Zusammenarbeit mit diesem Giftmolch!«, hämte er. »Oder sehen Sie das aus Münchner Sicht etwa anders, Frau Dr. Antlkofer?« Ein dürres Lächeln begleitete seine Frage. Er hegte offenbar eine besondere Vorliebe für rhetorische Fragen.

»Senger ist ein Schmierant«, sagte die Psychologin trocken. »Aber er ist der professionellste – und der gefährlichste, wie Sie heute selbst sehen!« Sie zeigte auf die fz des Oberstaatsanwalts. »Wir kommen überhaupt nicht an ihm vorbei, eigentlich kann uns gar nichts Besseres passieren als ein Angebot von ihm selbst.«

Charly weidete sich innerlich an Dr. Steins offenkundiger Überraschung. Antlkofers Ansicht schien ihn völlig unvorbereitet zu treffen. Jetzt galt es, den Sack zuzumachen.

»Wir sollten ihm heute mal auf den Zahn fühlen«, ein kurzer Seitenblick, ein zustimmendes Nicken von Antlkofer, »bis zur PK morgen früh können wir Ihnen dann schon Näheres berichten, Herr Oberstaatsanwalt.«

Schweigend schritten sie den düsteren Korridor des Justizgebäudes hinunter. Der Abschied des Oberstaatsanwalts war heute besonders kühl und knapp ausgefallen, hart an der Grenze zur vorsätzlichen Unhöflichkeit.

»Endlich!« Triumphierend ballte Charly die Faust. »Endlich ist er mal ins Leere gelaufen! Und endlich waren Sie mal wirklich nützlich!« Zwecks nonverbaler Abschwächung schickte er sofort einen vertraulich wirkenden Ellbogenstoß hinterher.

Antlkofer ließ sich nichts anmerken. »Gern geschehen, Herr Kollege! Ich meine, dass dieser Senger ein übler Zeitgenosse ist, wissen wir ja. Aber der ist ja auch nur ein Externer ...«

»Genau! Und die größten Arschlöcher sind immer die innerhalb der Hierarchie. Gratuliere zu dieser Menschenkenntnis, Frau Doktor!«

»Nein, es waren doch rein sachliche Gründe, Dr. Stein zu widersprechen«, wehrte sie im Flüsterton ab. »Senger und die SOKO, das ist eine klassische Win-win-Situation. Er genießt den kurzen Draht zu uns, aber damit steuern und kontrollieren wir ihn auch besser ... Mensch, ist das nicht herrlich?«

Sie hatten das Foyer des Justizgebäudes durchschritten und standen wieder im Freien. Verzückt, mit geschlossenen Augen, drehte sie das Gesicht in die warme Sonne. Über der kleinen Parkanlage vor dem Gerichtsgebäude wölbte sich wolkenloses Blau. Von den neugotischen Zinnen des Ketschentors, hinter dem die Coburger Innenstadt begann, hingen fünf farbige Fahnen faul herab.

Charly zückte das Nokia. »Moser? Hier Charly. Ruf Senger an, sag, wir sind interessiert ... Sondierungsgespräch gleich heute ... um zwei?« Fragend blickte er zu Antlkofer, die immer noch die warmen Sonnenstrahlen genoss. Sie nickte, ohne die Augen zu öffnen.

»... ja, vierzehnnullnull! Und lad ihn erst mal in mein Büro ein. Ich werd ihn dann kurzfristig umdirigieren, damit er nicht größenwahnsinnig wird ... Natürlich außerhalb, der setzt erst mal keinen Fuß über unsere Schwelle! Und gib auch mir noch seine Nummer ... okay, hab ich ... Servus!«

Er steckte das Handy zurück und tippte der bayerischen Sonnenanbeterin sanft auf das Rückgrat. Sie zuckte zusammen, straffte sich reflexartig.

»*Cold reading*, Frau Doktor: Sie denken immer noch über Stein nach, stimmt's?«

»Stimmt«, sagte sie langsam. »Und über Ritters politische Connections ... Sie sollten sich bei der Zusammenarbeit mit Senger nicht den kleinsten Fehler erlauben. Sonst war das, fürchte ich, Ihr letzter großer Fall.«

»Konzentrieren Sie sich lieber auf Ihre Fallanalyse«, gab Charly bissig zurück. »Sonst war das, fürchte ich, Ihr letztes Pilotprojekt!«

Ein dicker Fetttropfen spritzte auf Charlys Hemd, als er vor der Bratwurstbude auf dem Marktplatz herzhaft in eine Rostbratwurst biss.

»Elender Fettstängel!«, fluchte er mit vollem Mund. Es blieb doch immer wieder ein Glücksspiel, ob man eine »gute« magere oder eine »schlechte« fette erwischte; bei einer Niete konnte auch das einzigartige Aroma des offenen Kiefernzapfen-Feuers nicht mehr viel retten.

Antlkofer hatte sich als »Werktags-Vegetarierin« geoutet und es vorgezogen, zum Zwecke der mittäglichen Nahrungsaufnahme hundertfünfzig Meter weiter die Nordsee-Filiale in der Spitalgasse aufzusuchen. Sie weiß nicht, was sie hier verpasst, dachte Charly, während er, nachdenklich kauend, die imposanten Häuserfassaden am Markt musterte: das Rathaus, die Hofapotheke aus dem 14. Jahrhundert, das Stadthaus. Es war und blieb der schönste Marktplatz Deutschlands.

Sämtliche Tische vor den Cafés, Bäckereien und dem Ratskeller waren voll besetzt mit Touristen und einheimischen Müßiggängern. Über Nacht war der Sommer nach Franken zurückgekehrt. Ein kleines Mädchen, mit dicker Windel unter seinem gelb-rot-geblümten Kinderbody, tapste lachend zwischen den Fontänen hindurch, die rings um das Prinz-Albert-Denkmal aus dem Boden sprudelten, verfolgt von seiner genauso pummeligen und noch lauter lachenden Mutter. Direkt daneben knutschte ein blutjunges Punker-Pärchen ungeniert unter den Fontänen.

Und hier, irgendwo im Umkreis von zwei, drei Autostunden, war jetzt auch dieses Schwein, dieser psychisch Kranke und genoss es wahrscheinlich hinter seiner bürgerlichen Fassade, wie ihn Senger und Co. zur Ikone »Serienkiller« stilisierten und seine perversen Phantasien täglich neu ausschlachteten, täglich neu vermarkteten …

Diese Hysterie und Eitelkeit der Boulevardmedien musste endlich genutzt, musste umgedreht werden; so wie der Abfallkorb, den der Mann in Orange neben ihm gerade ausleerte. Sorgfältig, zielgerichtet und möglichst ohne Streuverluste.

»Wart amoll, Massder!« Charly putzte sich rasch den Mund ab und entsorgte seine Serviette mit sicherem Distanzwurf im Müllsack des Straßenreinigers. Die Rathausuhr schlug, dicht gefolgt von ihren Kolleginnen in Ketschentor und Judentor. Dreizehn Uhr – Zeit, das Spiel zu eröffnen. Er griff zum Handy.

Auf dem Kopfsteinpflaster balgten sich eine graue und eine weiße Taube um ein Trumm Brötchen. Das Rufzeichen nahm seine monotone Arbeit auf.

»Ronald Senger, Chefreporter der Frankenzeitung. Bitte sprechen Sie nach dem Pfeifton.«

»Herrmann, Kripo Coburg. Hallo, Herr Senger, wir haben um vierzehn Uhr einen Termin. Leider muss ich unseren Treffpunkt verlegen … Ich bin nämlich noch unterwegs, wir treffen uns um vierzehn Uhr am besten in Bad Staffelstein, das dürfte auch Ihnen, aus Richtung Nürnberg, entgegenkommen. Treffpunkt in Bad Staffelstein: das ›Treibhaus‹, es liegt dort genau gegenüber dem Bahnhof, ist gar nicht zu verfehlen. Bis dann.«

14:00 Uhr / Bad Staffelstein, »Treibhaus«

Ronald Senger war kleiner, als Charly ihn in Erinnerung hatte. Dazu deutlich drahtiger als viele seiner Kollegen, geschätzte eins siebzig von seinen Timberland-Schuhen über die sandfarbene Outdoorhose und das schwarze »Paris-Dakar«-Polo bis hinauf zum blonden Bürstenhaarschnitt. Er trug einen Dreitagebart und eine dunkle Designer-Sonnenbrille, die er erst abnahm, nachdem er sich zu Charly und Barbara Antlkofer an den Tisch gesetzt hatte. Sorgfältig platzierte er die Brille vor sich, neben Handy und Reporterblock. Sieht nach professioneller Maniküre aus, bemerkte Charly erstaunt: Sengers lange, sehnige Hände waren auffällig gepflegt – ein interessanter Kontrast zu seinem selbst gewählten »Marlboro«-Style.

Die kurzfristige Verschiebung sei ihm sehr entgegengekommen. Er habe Bad Staffelstein schon vormittags angesteuert, um hier, am Etappenziel der bevorstehenden fz-Radltour, Details mit Bürgermeister und Kurdirektor zu besprechen.

»Einen Corretto, bitte.« Ein herablassender Seitenblick für die verwirrte jugendliche Bedienung. »Einen Espresso und einen Grappa!«

Er freue sich sehr über die rasche Kontaktaufnahme der Polizei mit ihm. Sengers Lächeln wirkte eine Spur zu selbstgefällig; zwei seltsam schief stehende Schneidezähne unten verliehen ihm etwas Haifischartiges. Charly überließ dem Chefreporter bewusst die Initiative und beschränkte sich zunächst auf aktives Zuhören.

Routinierter Smalltalk zu Beginn. Senger, dem sofort Antlkofers Akzent aufgefallen war, gab sich ebenfalls als Bayer zu erkennen, aufgewachsen in Vohburg an der Donau. »Und jetzt mische ich halt die Presselandschaft in Franken etwas auf …«, er lehnte sich lässig zurück, stützte sein Kinn auf den Daumen, »… so wie Sie vermutlich die Polizei in Franken …«, erneute Pause, Haifischlächeln, »äh … entscheidend unterstützen? Ein interessanter Aspekt!«

»Ein Aspekt, aber keine Story«, gab Antlkofer kühl zurück. »Ich begleite die SOKO gerne, aber ich leite sie nicht.«

»Ansichtssache …« Wieder das Haifischlächeln, diesmal direkt und ungeniert in Richtung Charly, der postwendend reagierte.

»Eine Berufskrankheit, Herr Senger?«

Schlagartig verschwand Sengers Grinsen. »Was meinen Sie damit?«

»Na, dieser penetrante Hang zur Tatsachenverdrehung … pardon, ich meine natürlich zur Neugewichtung … bis hin zur persönlichen Zuspitzung.«

»Aber ich bitte Sie, Herr Kommissar!« So schnell, wie das Lächeln verschwunden war, kam es wieder zurück. »Sie kennen doch die Gesetze des Boulevards: kurz, prägnant, emotional … und niemals Angst haben!«

Charly nickte. »Ganz genau, höchstens Angst *verbreiten* … andere aufhetzen … Ressentiments schüren … lassen Sie uns gleich mal Tabula rasa machen, Herr Senger!« Ärgerlich wischte er Antlkofers Beschwichtigungsgeste beiseite. Ohne die Stimme zu heben, schaltete er einen Gang höher. »Ich lese täglich, was Sie von unserer Arbeit halten, jetzt haben Sie das Recht, unsere Einschätzung Ihrer Arbeit zu erfahren! Und zwar bevor wir uns über eine eventuelle Kooperation unterhalten!«

»D'accord!« Senger hatte ein Pokerface aufgesetzt. Betont langsam rührte er seinen Espresso um.

»Punkt eins: Für Sie und Ihre Kollegen zählt nur die Auflage, zählt nur die Quote – sonst nichts! Machen wir uns gar nichts vor, ist auch völlig legitim. Aber nur bis zu einem gewissen Punkt …«

»Der da wäre?«, fuhr Senger, ebenso leise und genauso scharf, dazwischen.

»Der da heißt *erhöhtes Risiko* – erhöhtes Opferrisiko für Mädchen und Frauen, weil Sie diesem Geisteskranken ein Podium bieten und ihn täglich neu anfeuern! Die ›Top 10 der deutschen Serienmörder‹, die flächendeckende Hysterie, ›Ganz Franken in Angst‹, Sie wissen sehr genau, was ich meine!«

Senger hörte endlich zu rühren auf. Vorsichtig kostete er von seinem Espresso. Er will Zeit gewinnen, dachte Charly.

Endlich begann er zu sprechen. »Ich gebe Ihnen in gewisser Hinsicht sogar recht …« Nachdenklich betrachtete er sein leeres Zuckertütchen und drehte es zwischen seinen Fingerspitzen zu einer kleinen Papierkugel. »Ich beschränke mich tatsächlich nicht nur auf die bloße Informationsvermittlung. Mein Anspruch als Journalist, als Boulevardjournalist geht weiter: Ich will etwas bewegen, erreichen, ich will öffentliche Meinung beeinflussen – und nicht nur abbilden! *Power-Writing!*« Er schnippte das Papierkügelchen in die Hydrokultur in der Ecke und nahm Charly und Antlkofer wieder ins Visier. »Für mich ist Kommunikation, sobald ich sie ernst nehme, auch immer ein Stück Mission …«

»… Sie meinen sicher, ein Stück Manipulation?«, fragte Charly ironisch.

»Selbstverständlich«, erwiderte Senger ungerührt. »Manipulation in einem wertfreien, objektiven Sinn: Jedes Dazulernen geschieht doch nur durch Manipulation, durch gezielte Beeinflussung von außen!«

Er schnupperte an seinem Grappa. »Machen wir uns auch hier nichts vor, Herr Kommissar: Die breite Masse unserer Gesellschaft ist strohdumm! Habgierig, primitiv und dumm! Sie können solche … solche … Kreaturen doch nicht mit Argumenten, nicht auf einer intellektuellen Ebene erreichen. Sonst würden zig Millionen die ZEIT lesen – und nicht fz, BILD und Goldenes Blatt … Wohlsein!« Er stürzte den Schnaps hinunter und zeigte das typisch mokante Dauergrinsen aus den Pressekonferenzen. »Sie kommen eben nur auf einer sehr, sehr schlichten, emotionalen Ebene ran an dieses Publikum … Und wenn Sie wirklich gut sind, wenn Sie es auf diesem Weg täglich neu schaffen, diese träge, blöde Masse zu erreichen …«, in gespieltem Mitleid breitete er die Arme aus, »… Herr Kommissar, was hat das noch mit *Aufhetzen* zu tun? Das ist nichts anderes als *Sensibilisierung*, im allerbesten Sinn des Wortes!«

Zufrieden faltete er seine manikürten Hände. Charly deutete ein spöttisches Kopfschütteln an.

»Die blöde Masse und ihre Medien … ich bin tief beeindruckt, wie schamlos Sie da Ursache und Wirkung verdrehen, Herr Senger!« Er wehrte Sengers Protestversuch mit kurzer, gebieterischer Handbewegung ab, um übergangslos fortzufahren: »Unsere Fronten sind jedenfalls sauber abgesteckt, kommen wir zum Thema: Was haben Sie zu bieten, wie stellen Sie sich den konkreten Beitrag der Frankenzeitung zu einer proaktiven Strategie vor?«

Gewohnt schweigsam verlief Charlys Weiterfahrt mit Antlkofer über den Frankenschnellweg A73 nach Erlangen. Die Polizeipsychologin hatte ihr schwarzes Notizbuch hervorgeholt und sofort begonnen, mit raschen Strichen eine Mindmap anzulegen. Erst in Höhe des Sassendorfer Windrads setzte sie ihren Stift ab und kaute nachdenklich darauf herum.

»Probleme?«, fragte Charly.

»Danke, war grad scho auf der Toilette … Aber dabei muss ich irgendwas verpasst haben: Was hat Senger am Schluss mit seinen ›Ortsterminen‹ gemeint?«

»Öffentliche Tatortbesichtigungen. Hat das FBI schon in den Achtzigern erfolgreich ausprobiert.«

Erstaunt hob sie die Augenbrauen. »War das seine Idee?«

»War sie – und ich muss zugeben, sie hat was! Nicht nur, weil manche Mörder gern zum Tatort zurückkehren. Gerade unser Mann sucht doch wie kein zweiter die Öffentlichkeit, er fiebert nach Aufmerksamkeit, er ist regelrecht … wie haben Sie es doch gleich genannt …?«

»Publicitygeil.«

»Genau! Er ist scharf auf maximale Resonanz, scharf wie ein Rasiermesser … Wenn wir jetzt, an den Tatorten, auf den Festplätzen in Coburg, Würzburg und Erlangen, so eine Art ›polizeiliche Informationsveranstaltungen für interessierte Bürger‹ anbieten, wird er sich das nicht entgehen lassen, das lässt seine Eitelkeit gar nicht zu.«

Sie nickte anerkennend. »Respekt! Das könnte wirklich hinhauen, da schlagen wir zwei Fliegen mit einer Klappe. Denn gerade solche Täter suchen gern die Nähe zur Polizei, möchten am liebsten Informationen aus erster Hand über den Stand der Ermittlungen … denken Sie nur an die zwei Typen, die vor ein paar Jahren in NRW die Geschwister Tom und Sonja umgebracht haben …«

Charlys Miene verdüsterte sich. »Hören Sie auf. Einer der grausamsten Fälle nach dem Krieg. Und die Täter, diese zwei Dreckschweine, rufen jeden Tag bei der Polizei an, ob es schon was Neues gibt …« Er verstummte, fühlte sich plötzlich seltsam hilflos, wusste nicht, ob er über seinen eigenen Verlust sprechen sollte.

Sie schien zu spüren, dass etwas nicht stimmte.

»Ist irgendwas?«

»Wieso?«

»Na, Sie fahren plötzlich so langsam!«

Erst jetzt bemerkte er, dass sie nur noch mit achtzig hinter einem ungarischen Truck dahinzuckelten.

Rasch umdrehen – blinken, ausscheren, Vollgas. Endlich wieder freie Sicht, auf immer noch makellos blauen Himmel. Er atmete befreit auf.

Don't look back …

16:00 Uhr / Kripo Erlangen

Wie aufgedreht wirbelte Tom Scherzer durch den Lageraum. »Wir haben endlich eine Verbindung gefunden zwischen der Koslowski und Coburg!« Sylvia Koslowski hatte im April, einen Monat vor ihrer Ermordung, im »Strohalm«, einer Erlanger Musikkneipe, gearbeitet. Damals hatte sie einen Gast wegen sexueller Belästigung angezeigt.

»Und dieser Gast war was ganz Exotisches: nämlich ein isländischer Staatsbürger, ein gewisser Eyvar Stolfjursson!« Triumphierend warf er Charly einen dünnen Vorgang zu. »Na, klingelt's bei dir?«

»Stolfjursson? Genannt Stoffel! Der Handballer! War vor zwei Jahren noch der Publikumsliebling beim HSC 2000 Coburg … das ist ja nicht zu fassen!«

Tom rieb sich die Hände. »Ist es aber! Wir haben endlich einen Ansatzpunkt, Kollege!« Seine Miene verdüsterte sich wieder. »Leider ist der Gute aber momentan unbekannten Aufenthaltes. Wir stellen gerade Kontakt zu Interpol und den Kollegen in Island her … Momentan wissen wir nur, dass er zuletzt Spielertrainer beim TV Cadolzburg war und dort schon Ende Februar rausgeflogen ist. Hauptsächlich wegen Sauferei, es muss aber auch massive Probleme mit dem Finanzamt gegeben haben. Warum ist er eigentlich aus Coburg weg?«

»Die Alkoholprobleme sind bei uns schon losgegangen. Er hatte konditionell immer größere Defizite. Beim Schlossplatzfest vor zwei Jahren ist das Fass dann endgültig übergelaufen. Die Mannschaft war komplett im VIP-Zelt des Hauptsponsors zu Gast …«

»Bei der HUK Coburg?«, warf Tom ein.

»Richtig. Da war Stolfjursson dann auch unter Strom und wollte sich ausgerechnet an der Tochter des Trainers vergreifen, einer neunzehnjährigen Studentin. Das war natürlich das Aus für ihn. Der Oberbürgermeister hat ihn persönlich aus dem Zelt geschmissen … Sie haben ihn dann diskret vom Taxi heimbringen lassen, und das war, glaub ich, das letzte, was man ihm in Coburg gezahlt hat …«

Tom grinste. »Und so ist er dann eine Klasse tiefer, bei uns in Erlangen, gelandet. Eine Saison lief's wohl noch ganz gut, das sagen zumindest die Kollegen von der Handballfraktion. Dann hat er aber auch hier in den Sack gehauen und ist schließlich als Spielertrainer runter nach Cadolzburg in die Bezirksliga.«

»Gibt's irgendeine Verbindung zwischen Stolfjursson und dem Nikolaushaus? Hat man das Symbol schon mal bei ihm gesehen?«, fragte Antlkofer.

Tom zuckte mit den Schultern. »Muss ich leider passen, Frau Kollegin … bisher gar nichts bekannt!«

Antlkofer überlegte. »Wir müssen auf jeden Fall mal recherchieren, ob man das Ding vielleicht in Island oder in der isländischen Mythologie kennt.«

»Anfrage läuft schon – beim Kulturattaché der isländischen Botschaft!« Tom hatte alles im Griff und war auch auf Nebenkriegsschauplätzen sämtlichen Herausforderungen gewachsen. Selbst als Antlkofer sich zu Beginn über seinen Wandschmuck »Frei statt Bayern – Bundesland Franken!« amüsierte. (»Oa eignes Bundesland, des schafft's ihr doch nie!«), war er um eine Antwort nicht verlegen: »Wer braucht denn noch Bundesländer wie euch – mier Franggn sinn scho Eurobäische Medrobolregion! Und a eig'ne fränggische Bosdleidzahl hammer scho seit 93!«

Während Tom jetzt die Münchnerin im Schnelldurchlauf über den Erlanger Ermittlungsstand informierte, dachte Charly nach.

Es war an der Zeit, die Ermittlungen gegen »Nik the Ripper« noch stärker zu zentralisieren. Tom hatte bereits angedeutet, die SOKO-Arbeit gern auch in Coburg weiterzuführen. Walther dagegen, der »Nur-noch-hundert-Tage«-Mann aus Würzburg, würde wahrscheinlich alles andere als begeistert sein. Doch jetzt mussten Nägel mit Köpfen gemacht werden. Als Stärkung der SOKO, als weitere Kräftebündelung ließe sich eine solche Maßnahme gegenüber Dr. Stein und Ritter bestens verkaufen. In der Öffentlichkeit erst recht. Die PK morgen war der ideale Rahmen.

Mittwoch

BILD: »Sommer zurück! Viele Feste: Schlägt der Ripper wieder zu?«

fz: »Tag 70: SOKO auf Hochtouren. Heute PK in Coburg.«

09:10 Uhr / PD Coburg

»Sagt mal, haben wir Vollmond? Heut is doch widder nur Scheiße im Rohr!«, brüllte Schnauzer im Nebenzimmer und schmetterte den Hörer wieder auf die Gabel.

Charly stand auf, zog die Tür zu und ging schwerfällig wieder zurück zum Schreibtisch. Seine Oberschenkel schmerzten bei jedem Schritt. Muskelkater wie seit Jahren nicht mehr. Neunzig Minuten, noch dazu im defensiven Mittelfeld der Polizei-Elf und nicht auf der Lieblingsposition als hängende Spitze – ich hätte gestern Abend wissen müssen, worauf ich mich einlasse, dachte er leicht resigniert. Von wegen »nur mal schnell aushelfen« ... Und dann noch viereins verloren, gegen ein paar junge Schnösel von den städtischen Werken.

Er versuchte, sich wieder auf sein Konzept für die Pressekonferenz am Nachmittag zu konzentrieren, doch es gelang ihm nicht. Seufzend warf er den Kugelschreiber in die Ablage, streckte die Beine aus und suchte nach dem wahren Grund für sein Unbehagen: Es konnte nicht nur das verlorene Match sein. Es musste irgendwie auch mit Ritters Ausführungen in der morgendlichen Lagebesprechung zusammenhängen: »... der Gerd ... Staatssekretär Vöhringer ... unser bayerisches Pilotprojekt ... Bayern bundesweit Modellcharakter, wenn wir Erfolg haben ... brauchen dringend Fortschritte ... blablabla ...«

Das »bayerische« Pilotprojekt war eine einzige Frechheit: In der gesamten SOKO, mittlerweile auf zweiundsechzig Mann angewachsen, war mit Antlkofer eine einzige Bayerin unter lauter Franken. Hier musste ein Pflock eingeschlagen werden, grübelte er. Gegen diese weißblauen Wichtigtuer und ihren parteipolitischen Aktionismus. Von Ritter oder Löhlein war dabei keine Unterstützung zu erwarten. Löhlein hatte erst neulich die Silberne Ehrennadel des »Politischen Arbeitskreises Bayerischer Polizisten« erhalten. Für fünfundzwanzig Jahre Duckmäuserei im Dienst, grollte Charly innerlich.

Vielleicht sollte er Milena wieder mal einen Besuch abstatten. Auf eine SMS am Wochenende hatte er keine Antwort bekommen. Auch Bernie Winter, die alte Nervensäge, hatte sich nicht mehr gerührt.

»Hey, Charly! Moing, Alter!« Moser – seit Tagen penetrant gut gelaunt. Als Einziger im Haus schien er förmlich aufzublühen. Keine kriminalistische Kleinarbeit, kein Dr. Stein im Nacken, dafür tägliche Medienanfragen aus ganz Deutschland und dem Ausland: Auch für ihn ist es der Fall seines Lebens, sinnierte Charly. Eine aufdringliche Duftwolke stieg ihm plötzlich in die Nase. Er schnupperte demonstrativ.

»Oh, klassisch-herb heute ... Marke sechzig plus? Du vertrittst wohl die Coburger Polizei beim Mumienschieben in Schwabthal?«

Moser beließ es erst bei einem feinen Lächeln, bevor ihm doch noch etwas einfiel. »Erzähl uns doch lieber mal was von deiner Münchner Copilotin!« Wissbegierig ließ er sich auf dem braunen Besucherstuhl nieder. »Rein äußerlich kannst du ihr ja eine gewisse Klasse nicht absprechen. Volkhardt hält seit zwar seit der Teebeutelaffäre nicht allzu viel von der ›bayerischen Kratzbürste‹. Aber der ist ja verheiratet, moralisch gefestigt und hat fünf Kinder, ich spreche ihm deshalb mal die nötige Kompetenz ab ... Was hältst du denn von der *Lady in Black*?«

Charly winkte müde ab. »Fachlich gut, ansonsten zäh wie Juchtenleder. Die typische Karrierefrau halt, vergiss es.«

Moser ließ sich nicht beirren. »Soso ... also quasi eine Iris Berben für Arme ...«, sein Ton triefte vor Sarkasmus, »wäre die nichts für unseren Löhlein? Der Arme leidet schließlich wie ein Hund, seit seine Alte zum Herrn Stadtrat gezogen ist ... am Wochenende sind sie übrigens erstmals öffentlich aufgetreten!«

»Claudia Löhlein und Harald Mannsfeld?«, fragte Charly erstaunt. »Wo denn?«

»Bei der großen Derx-Charity-Gala. Lauschige Sommernacht im Rosengarten, nur geladene Gäste, strengste Einlasskontrollen. Die Top 400 aus Wirtschaft und Politik. Na ja, wenn ich mir den Mannsfeld und die gute Frau Löhlein anschaue, vielleicht nicht ganz …« Er grinste. »Angeblich war sogar Ackermann von der Deutschen Bank eingeladen. Musste leider in letzter Minute absagen.«

»Dafür war doch sicher der Herr Oberstaatsanwalt bei seinem Busenfreund präsent, oder?«, lästerte Charly.

»Dr. Stein?«, fragte Moser stirnrunzelnd. »Keine Ahnung, da musst du unseren Chef fragen: Ritter hat heuer auch eine Einladung bekommen. Erstmals.«

»Na, hoffentlich hat er sich nicht von Heinz-Uwe vertreten lassen …«

13:10 Uhr / Kripo Coburg, Presseraum

Die Luft war zum Schneiden, die Neugier und Erwartung fast mit Händen zu greifen: Nie zuvor hatten sich fast siebzig Journalisten und Medienvertreter in den Presseraum der Coburger Polizei gedrängelt. Getuschel und Geplauder in verschiedensten Dialekten. Wie wird das hier erst aussehen, wenn wir den Typen endlich haben?, dachte Charly.

Unauffällig betastete er den frischen Schnitt an seiner Wange, der immer noch höllisch brannte. Ausnahmsweise hatte er einen Rat Mosers befolgt und sich, am Waschbecken im Büro, vorhin schnell noch den Dreitagebart abgeschabt. Frisch rasiert und umgezogen, jetzt wieder in der ungeliebten Uniform, deren einziger Kommissarsstern in dieser Umgebung noch verlorener wirkte, saß er neben Ritter, Löhlein und Moser. Der Polizeichef, energiegeladen und sehr konzentriert, war als Erster an der Reihe.

»… arbeiten wir weiter rund um die Uhr mit Hochdruck an der Aufklärung dieser brutalen Morde. Die Sonderkommission, unter Leitung von Kommissar Herrmann, wird gezielt und planmäßig erweitert; erfahrene Kollegen aus Würzburg und Erlangen werden uns hier vor Ort in Coburg noch zusätzlich verstärken. Lassen Sie mich bei dieser Gelegenheit auch ausdrücklich dem Bayerischen

Innenministerium, Herrn Staatsminister Zirngibl und Herrn Staatssekretär Vöhringer, danken für ihre ... äh ... außergewöhnliche Unterstützung und Begleitung unserer Arbeit. Zum aktuellen Ermittlungsstand erfahren Sie jetzt mehr aus erster Hand von ...«, kurze Drehung und aufmunterndes Lächeln in Richtung Charly, »... Kriminalkommissar Herrmann. Bitte!«

Pflock. Jetzt gleich den Pflock einschlagen!

»Ja, meine Damen und Herren, ... wie von Herrn Polizeidirektor Ritter angekündigt, wird unsere Sonderkommission in den nächsten Tagen von zweiundsechzig auf einundneunzig Beamtinnen und Beamte aufgestockt ... Gleichzeitig wird unsere bisherige SOKO ›Nikolaus‹ zur SOKO ›Franken‹ ...«

Ein höchst irritierter Seitenblick Ritters, aufsteigende Wangenröte bei Löhlein.

Gleichmütig fuhr Charly fort: »... eine Umbenennung, die nicht nur für die ... quantitative wie qualitative ... Verbesserung unserer SOKO-Arbeit steht, sondern auch dem Umstand Rechnung trägt, dass neunundneunzig Prozent der Kolleginnen und Kollegen aus fränkischen Polizeidienststellen kommen. Gemeinsam wollen sie, wollen wir alle einem Täter das Handwerk legen, der sich auf fränkische Tatorte spezialisiert hat und höchstwahrscheinlich auch selbst in Franken lebt und arbeitet ... Unser aktueller Ermittlungsstand verdichtet sich nämlich heute zu folgendem Fahndungsaufruf ...« Er schaltete den Beamer ein:

Wer kennt eine Person, auf die möglichst viele dieser Eigenschaften zutreffen:

- *männlich, äußerlich unauffällig bis selbstbewusst*
- *25 bis 45 Jahre*
- *berufstätig, hohe Mobilität*
- *eventuell enger privater oder beruflicher Bezug zu Events und Großveranstaltungen wie Samba-Festival, Afrika-Festival, Bergkirchweih*
- *starker Bezug zu Messern: Jäger oder Sammler von Messern; trägt evtl. Messer in Gürteltäschchen oder Messerscheide am Unterschenkel*

– angepasster Lebensstil (lebt unauffällig, eventuell. sogar mit fester Partnerin zusammen); das »Unnormale« ist auf den ersten Blick nicht zu erkennen
– kurz vor erster Tat am 8. Mai vermutlich ein gravierendes persönliches Negativerlebnis (Destabilisierung der Persönlichkeit als tatauslösendes Ereignis; zum Beispiel Trennung von Partnerin, Verlust des Arbeitsplatzes)
– besonderer Bezug zum Symbol des »Nikolaushauses«

Wer kennt Personen, die sich beruflich oder privat

am 8. Mai in Erlangen,
am 29. Mai in Würzburg,
am 5. Juli in Coburg

aufgehalten haben und auf die die oben genannten Merkmale zutreffen?

Wer kennt Firmen, deren Mitarbeiter überwiegend in diesen Städten eingesetzt sind? Welche Firmen und Betriebe führten Aufträge am 8. Mai in Erlangen, am 29. Mai in Würzburg und am 5. Juli in Coburg aus?

In der anschließenden Fragestunde die übliche Mischung aus Sensationsgier und Dummbeutelei. Besonders Eisele von der BILD drängte unverblümt nach blutrünstigen Details: »Je konkreter wir berichten können, Herr Kommissar, umso stärker können wir doch die Bevölkerung sensibilisieren!«

»Und umso weniger müssen wir uns aus den Fingern saugen!« Ausgerechnet Ronald Senger – selbstironisch, knochentrocken. Unterdrücktes, verblüfftes Gelächter. Ungewohnt seriös blieb Senger gleich am Ball: »Was können Sie schon zur Tatwaffe sagen? Wurden alle drei Morde mit demselbenen Messer begangen?«

»Das lässt sich leider nicht so eindeutig wie bei Schusswaffen klären«, sagte Charly. »Sie können bei der Obduktion zwar Stichkanäle ausloten, aber es ist nicht möglich, diesen Stichkanälen ein individuelles Messer als Tatwaffe hundertprozentig zuzuordnen.

Bei Stichwaffen und Stichverletzungen ist nur eine Gruppenbestimmung möglich. Das heißt, wir können nur feststellen, ob das Messer X geeignet wäre, die Stichverletzung Y herbeizuführen.«

Sofort klinkte sich Eisele wieder ein. »Wie könnte denn das Messer aussehen, das geeignet wääre ...«, süffisant dehnend imitierte er Charlys Konjunktiv, »... das geeignet wääre, die tödlichen Stichverletzungen bei Jasmin Keller, Sylvia Koslowski und Ahanfouée herbeizuführen?«

Charly ließ sich nicht aus der Ruhe bringen.

»Das Messer hat eine acht bis zehn Zentimeter lange Klinge und ist etwa zwei bis drei Zentimeter breit. Eventuell einseitiger Wellenschliff. Kriterien also, die bundesweit auf einige tausend Messer zutreffen dürften. Wohlgemerkt Messer, die nicht erlaubnispflichtig und nirgendwo registriert sind.«

»Andere Frage, Herr Kommissar.« Ein ältlicher Hornbrillenträger stand in der letzten Reihe auf. »Engelbrecht aus Bayreuth«, murmelte Moser rasch dazwischen.

»Die Morde wurden ja alle in lauschigen Sommernächten begangen. Seit dem Samba-Mord war schlechtes Wetter, jetzt ist der Sommer mit Macht zurück. Steigt jetzt Ihrer Meinung nach das Risiko? Kann ich meiner fünfzehnjährigen Tochter guten Gewissens erlauben, am Wochenende auf das Bayreuther Sommernachtsfest zu gehen?«

Charly zuckte mit den Schultern. »Natürlich müssen wir davon ausgehen, dass das Risiko bei schönem Wetter steigt. Wir appellieren deshalb noch einmal ausdrücklich: Beachten Sie unsere allgemeinen Verhaltensempfehlungen. Meiden Sie dunkle Ecken und Randbereiche, gehen Sie nicht allein auf abgelegene Toiletten und Parkplätze. Melden Sie alle auffälligen Beobachtungen bitte sofort der Polizei. Bleiben Sie gelassen, konzentriert und aufmerksam – dann können Sie das Bayreuther Sommernachtsfest genauso gut wie jedes andere Fest besuchen.«

»SOKO *Franken*?«, fauchte Ritter. »Was ist das für eine Scheiße, Herrmann? Vor laufenden Kameras eigenmächtig eine SOKO umbenennen; eine SOKO, die bundesweit bekannt ist!«

Wütend, mit großen Schritten, marschierte er vor der Oberfrankenkarte in seinem Büro auf und ab; die Linke umklammerte hinter seinem Rücken fest das rechte Handgelenk.

»Ein unglaublich dreister Alleingang ist das, so was habe ich hier noch nicht erlebt! Was haben Sie sich da eigentlich gedacht?«

»Das war auch keineswegs geplant, Chef«, sagte Charly, sichtlich gelöst nach der erfolgreich gemeisterten Pressekonferenz. »Eine ganz plötzliche Bauchentscheidung, nennen Sie's kriminalistischen Instinkt: Ich höre Ihre Einführungsworte, ich spüre diese … diese gigantische Erwartungshaltung … da war mir plötzlich klar, wir können vor diesen Typen noch professioneller in die Offensive gehen, unsere Arbeit noch überzeugender rüberbringen!«

Ärgerlich wehrte Ritter ab. »Erstens ein Schnellschuss, zweitens im Alleingang, völlig unbedacht, und drittens: Was glauben Sie denn, wie das weiter oben, in Bayreuth und München, ankommt?«

Löhlein räusperte sich unbehaglich, schwieg aber.

Überraschend ergriff Antlkofer das Wort: »Also ich halte das für einen gelungenen Schachzug. Die SOKO zeigt sich damit aktiv, kreativ und offensiv. Das sind Pluspunkte in der öffentlichen Wahrnehmung …«

»… und das wird sicher auch ein Gerd Vöhringer in München registrieren!«, beeilte sich Charly unschuldig anzufügen.

Ritter warf ihm einen bösen Blick zu und spielte dann auf Zeit: Er setzte sich etwas umständlich hinter seinen Schreibtisch und drückte ein paar Tasten auf seinem Telefon.

Löhlein hüstelte wieder.

Aus den Augenwinkeln sah Charly, wie sich Antlkofer auf die Lippen beißen musste.

Bloß nicht lachen jetzt …

23:15 Uhr / Irgendwo in Franken

Im warmen Licht der Stehlampe, den Cognacschwenker in der Hand, saß er entspannt im Ledersessel und studierte einen neuen Katalog. Aus dem Radio drangen gedämpft Vokalharmonien des Kingston Trios:

»… hang down your head, Tom Dooley, hang down your head

and cry, hang down your head, Tom Dooley, poor boy, you're bound to die …«

Interessiert horchte er auf und schob den Lautstärkeregler der Hi-Fi-Anlage etwas weiter nach rechts. Leicht vornübergebeugt, lauschte er gebannt dem zweiten Vers der schaurigen Ballade:

»… I met her on the mountain, swore, she'd be my wife, but the gal refused me, so I stabbed her with my knife …«

Ein Grinsen zog über sein Gesicht. Er stellte wieder leiser und vertiefte sich erneut in die *»Solinger Meisterwerke – Masterpieces from Solingen«*:

»›Urban Survival‹ … ›Urban Hunter‹ … ›Penetrator‹ … Ein reinrassiges Kampfmesser, schon im geschlossenen Zustand eine ernst zu nehmende Waffe … was mit dem satten Klacken der Back-Lock-Verriegelung einrastet, lässt das Herz jedes Messerfreundes höher schlagen: die zehn Zentimeter lange Klinge aus rostfreiem 440-C-Stahl ist 3,5 Millimeter dick, vorn dreieckig ausgeformt und extrem spitz. Diese Form (›Gladius-Spitze‹) dringt bei einem Stoß besonders leicht und tief ein … eine nach innen gewölbte Schneide mit Wellenschliff, die rasiermesserscharf ist … die mattschwarze Pulverbeschichtung verstärkt den Charakter des Messers als Kampfklappmesser …«

Genüsslich nahm er einen Schluck Cognac, ließ ihn über die Zunge rollen und sanft nach hinten gleiten.

»… Bei diesem neuen Modell ist die Klinge einseitig angeschliffen, wodurch ein sehr kleiner Schneidewinkel und damit eine hohe Schärfe erzielt wird … Eine tiefe, glatte Daumenmulde lässt den Daumen beim Öffnen der Klinge blitzschnell die Öffnungshilfe finden und beim Aufklappen des Messers gut über den Griff gleiten … satt und sicher liegt das Messer in der Hand …«

Er ballte die Finger seiner rechten Hand zur Faust, öffnete und schloss sie blitzschnell, stieß wie mit einem Dolch kreuz und quer durch die Luft. Abrupt brach er wieder ab, schürzte nachdenklich die Lippen. Vielleicht doch nicht mehr so martialisch. Bloßes Töten, wie beim letzten Mal, war zu wenig, war simples Handwerk. Doch es ging um mehr, es ging um Kunst: sie zu überlisten, zu unterwerfen, mit ihren Todesängsten zu spielen, falsche Hoffnungen zu erwecken, sie bis zum letzten Atemzug vollständig zu beherrschen – jedes Stöhnen, jedes Schluchzen, jedes Schreien. Ein Kampfmesser wäre völlig fehl am Platz. Es galt, die Hohe Schule zu zelebrieren …

»… Ob zum Anzug oder zur Freizeitkleidung, dieses schlanke, kleine Messer kann sich sehen lassen … Mit zwei Klingen aus haarscharf geschliffenem Chirurgenstahl … ein Messer, das durch Ästhetik besticht und durch seine Funktionalität überzeugt …«

Nachdenklich fuhr er sich mit der Zunge über die Schneidezähne. Eine Fünfzentimeterklinge. Lachhaft. Äpfelschälen im Mädcheninternat. Nein, es musste eine andere Lösung geben. Hier vielleicht, neuneinhalb Zentimeter Klinge, hoch angesetzter Schliff, aber ohne diese pubertäre Aggressivität im Design, nicht zu rambomäßig:

»… Da der Trageclip bis zum Griffende reicht, ist ein nahezu völlig verdecktes Tragen möglich, was bei Messern dieser Größenordnung eher unüblich ist … eine Hülse am Ende des Griffs lässt das Messer beim Tragen in der Hosen- oder Jackentasche wie einen Kugelschreiber aussehen …«

Er schnalzte mit der Zunge. Genialer Design-Gag. Ein professionelles Werkzeug, das natürlich seinen Preis hatte: zweihundertfünfzehn Euro … eine Mordssumme, dachte er grinsend, für ein paar wenige, kraftvoll-sichere Stöße durch Haut und Fettschichten, durch Bindegewebe und Blutgefäße … minderwertigstes Material, überflüssige Zellhaufen, ohne jede Daseinsberechtigung …

Die »Nachtmusik« war jetzt in seichtesten Schlagergefilden gestrandet, »… die Gefühle haben Schweigepflicht …«, nervte ein piepsiges Micky-Maus-Stimmchen. Verärgert drückte er den Sendersuchlauf.

Jazz. Mit Klassik: »Play Bach«.

Entspannt verschränkte er die Hände hinter dem Kopf und

lauschte den rasanten Tastenläufen, die immer wieder den klassischen Choralsatz aufbrachen.

Jacques Loussier: auch er ein Grenzgänger, ein hochbegabter Außenseiter, der die Grenzen seines Handwerks sprengte, der kleingeistige Konventionen und Widerstände durchbrach – und neue, wahre Kunst erschuf.

Er beugte sich zur schwarzen Schreibtischplatte hinüber, die von einer dünnen Staubschicht bedeckt war, und griff nach ein paar frischen Computerausdrucken:

The Sun: »Mysterious Ripper frightens Germany«

Österreich heute: »Der Killer und das Nikolaushaus«

Der Blick: »Frauenmörder sucht deutsche Festplätze heim«

Schließlich noch den aktuellen »Fahndungsaufruf der Polizei«.

Er schüttelte amüsiert den Kopf.

Nichts, gar nichts wussten sie, die Blinden in ihrer »Franken-SOKO«, alles nur Spekulation, verzweifelte Hoffnung auf einen Zufallstreffer, auf die winzige Nadel im riesengroßen Heuhaufen! Verächtlich warf er den dünnen Papierstoß wieder zurück.

Lochen, heften, ablegen.

Damit begann schon der vierte Ordner, denn das internationale Medieninteresse hielt auch nach zwei mordfreien Wochenenden unvermindert an. Ein Hoch auf die Saure-Gurken-Zeit. Und ein letzter großer Schluck aus dem Cognacschwenker. Noch einmal wohlige Wärme; wunderbar aufblühend und gleich wieder verblassend, verschwindend … ersterbend. Aus.

The final curtain.

Und nur wer selbst den großen AUS-Schalter umzulegen wagte, nur der konnte den Glanz und die einsame Größe ermessen, die dem Täter, nein, dem Künstler, erwuchsen, aus dem scheinbar banalen Akt finaler Grenzüberschreitung: seinen majestätischen, seinen unaufhaltsamen Aufstieg zum Alleinherrscher über Leben und Tod – Macht, pure Macht, in ihrer allerhöchsten Potenz!

Der Kühlschrank in der Küche begann wieder zu brummen.

Ein wollüstiger Schauer überlief ihn. Tief befriedigt rieb er sich die Hände und ließ die Fingerknöchel knacken.

Sein Blick fiel wieder auf die »Solinger Meisterwerke«. Prächtige Dienste hatten sie schon geleistet, hatten unvergessliches Schreien und Winseln hervorgerufen und jäh wieder beendet.

Aber nach dem Spiel war vor dem Spiel – und für jede professionelle Vorbereitung war eine gute Fachzeitschrift unentbehrlich.

»... Wegen des Trageclips kommen allerdings nur zwei feste Griffvarianten in Betracht: der Faustgriff und der ›Icepick‹ ... In beiden Griffvarianten konnte das Messer problemlos durch zwei Lagen Gewebeband, ähnlich dick wie eine militärische Einsatzweste, gestoßen werden. Ebenso problemlos die Durchdringung eines 1,5 Millimeter dicken Lederstücks. Das entspricht in etwa der normalen Dicke von Lederjacken. Auch wuchtige Schnitte waren kein Problem. Dazu wurden Leder und Gewebeband auf drei Lagen Karton befestigt und frei aufgehängt. Im Faustgriff wurden mit kräftigem Armschwung beide Materialien auf nahezu der gesamten Kontaktfläche zerschnitten ...«

Donnerstag

BILD: »›Nik the Ripper‹: Sieht so sein Messer aus?«

AZ: »Wo steckt die Bestie? Polizei sucht und hofft«

fz: »Tag 71: Neue Franken-SOKO gibt Gas!«

07:05 Uhr / Coburg, Am Ölberg

»... auch diesen Fahndungsaufruf können Sie natürlich rund um die Uhr im Internet bei uns nachlesen unter www.radioeins.de. Das Wetter im Radio-1-Land, präsentiert vom Autoland Rödental: überall wolkenlos, aktuell Kronach neunzehn Grad, Lichtenfels zwanzig und Coburg, hier bei uns in der Seifartshofstraße, ebenfalls zwanzig Grad. Und so soll es auch das ganze Wochenende bleiben, Hoch Nicola bringt uns blauen Himmel, Sonne pur und allerbestes Grill- und Badewett...«

Knacksend verstummte das Radio. Schnell wischte Charly noch die Toastkrümel vom Tisch und verstaute die Espressotasse. Aus dem halb vollen Geschirrspüler roch es unangenehm säuerlich. Naserümpfend drückte er die Klappe wieder zu.

Küchenfenster dichtmachen, kurzer Blick in den Flurspiegel, Hemdkragen richten. Zwei Spritzer »Beckham«. Tür zu, Abgang.

Zähneputzen vergessen! Egal – das Schächtelchen mit den Odol-Bonbons klapperte aufmunternd in der Brusttasche, als er die Treppe hinunterlief.

Der alte Döring gegenüber stand wie immer um die Zeit vor seinem Gartentor, gestützt auf seinen Spazierstock. Sein zahnloses Gesicht hellte sich auf, als Charly aus der Tür kam.

Und täglich grüßt das Murmeltier ...

»Mngg Nchbar! Fangt na fei endlich!«, krächzte er, wie jeden Morgen seit dem Samba-Mord, undeutlich herüber.

»Dauert nümmer lang! Mir hamm na doch scho fast!«

09:20 Uhr / SOKO Franken

Die offizielle Begrüßung der SOKO-Neuzugänge war vorbei, Charly schaute auf die Uhr. Ritter hatte schon vor zehn Minuten den Lageraum verlassen.

Jetzt war intensives Beschnuppern untereinander angesagt – große Kaffeepause mit zwangloser Grüppchenbildung. Zwei Schritte weiter schilderte Walther mit kaum unterdrückter Wollust Ahanfouées Leichenfund in dem alten Felsenkeller:

»... da gab's am Fundort selbstverständlich Fremd-DNA in rauen Mengen: das Erbrochene unseres BILD-Reporters nämlich! Sie machen sich keine Vorstellung von diesem infernalischen Gestank ... in einem finsteren, muffigen Keller ... eine alte Leiche ... und obendrauf die frische Kotze!«

Genüsslich brach er einen Riegel Zartbitterschokolade ab und schob sich ein Stückchen langsam in den Mund.

Sind wir nicht alle ein bisschen Bluna, dachte Charly. Jeder von uns verarbeitet den Horror auf seine Weise. Saufen. Quarzen. Den *tough guy* spielen. Immer härter werden – gegen andere. Oder öfter mal einen blasen lassen. Oder alles zusammen.

Sein Blick fiel auf Barbara Antlkofer, die etwas abseitsstand, vor einer Pinnwand mit Tatortfotos aus dem Coburger Hofgarten, dem Randersackerer Keller und dem Erlanger Dixi-Klo. Gedankenverloren fuhr sie mit dem Rand der Kaffeetasse an ihrer vollen Unterlippe entlang. Charly stellte sich neben sie.

»Es wäre gut, wenn Sie dann den Einstieg machen: OFA, Aspekte des Täterprofils, kurzer Ausblick. Okay?«

Sie reagierte mit einem typischen halb überraschten, halb amüsierten Blick. Große graublaue Augen; dichte, dunkle Wimpern.

»Gern, Herr Kommissar. Vielen Dank für Ihr ... Vertrauen.«

Ihre Mundwinkel bewegten sich ganz leicht, kaum wahrnehmbar, schienen unschlüssig, bevor sie plötzlich doch die fast schon vertrauten Grübchen formten.

»Sie sollten öfter mal lächeln, Frau Doktor«, hörte er sich sagen.

Ihre Überraschung währte nur einen Wimpernschlag. »Dann geben Sie mir doch öfter mal Grund dazu, Herr Kommissar«, lächelte sie über den Rand ihrer Kaffeetasse.

»Sexuell motivierte Serientäter werden in Deutschland, statistisch gesehen, erst nach dem fünften Mord gefasst«, führte Barbara Antlkofer aus. Souverän und gelassen stand sie vor den einundneunzig Beamten der SOKO Franken, die ihr interessiert lauschten.

»Die Aufklärungsquote für sexuell motivierte Serientäter liegt bei 71,7 Prozent. Sie ist damit deutlich niedriger als bei normalen Morden, weil es eben an der Täter-Opfer-Beziehung fehlt, weil der Serientäter nicht aus dem persönlichen Umfeld seiner Opfer stammt. Die Opfer waren einfach zur falschen Zeit am falschen Ort. Sein Motiv, sein eigentlicher Antrieb sind seine bewusstseinsdominanten Allmachtsphantasien. Sie inspirieren und beherrschen ihn: Er will überwältigen, schlagen, foltern, quälen, töten, verstümmeln. Und erst das konkrete Ausleben dieser Phantasien verschafft ihm sexuelle und seelische Befriedigung – oder, wie es in der Fachliteratur so schön heißt …«

Sie griff nach einer bunt markierten Fotokopie auf dem Schreibtisch neben ihr:

»Das Ausleben der Phantasien bestätigt seine vermeintliche Omnipotenz … Die bloße Vorstellung wird durch das Ritual ersetzt und ermöglicht narzisstisch-autarkes Selbsterleben …«

Unterdrücktes Aufstöhnen im Auditorium.

»Leuchtet mir ja alles ein, Frau Doktor«, warf ein junger, vierschrötiger Oberkommissar ein. Er war erst heute mit Tom Scherzer aus Erlangen neu zur SOKO gestoßen. »Aber was heißt das jetzt konkret für meine aktuellen Ermittlungen?«

Zustimmendes Raunen der Kollegen.

»Dazu komme ich ja gerade, Herr Oberkommissar!«

Ihr verschmitztes, fast vergnügtes Lächeln zeigte, dass sie derartige Einwände offenbar gewohnt war.

»Serientäter sind unfähig, Empathie, Mitleid, für andere zu empfinden. Gleichzeitig besitzen sie aber ein enorm hohes Verdrängungspotenzial, das ihnen ermöglicht, normal und unauffällig weiterzuleben. Und wie der Fall Ahanfouée zeigt, haben wir es mit einem Mann zu tun, der nicht nur unauffällig, sondern höchstwahrscheinlich selbstbewusst und kommunikativ auftritt. Dass dies übrigens keine Seltenheit ist, zeigt ein Blick auf einen der größten Serienmörder des zwanzigsten Jahrhunderts, den US-Amerikaner Ted Bundy. Mindestens achtundzwanzig, vielleicht sogar über sechzig Opfer zwischen 1974 und 1978. Gutaussehend, charmant und redegewandt, überredete er seine Opfer, ihn an abgelegene Orte zu begleiten ... Wenn sich also in solchen Persönlichkeitsstrukturen ein hohes Verdrängungspotenzial paart ...«, ein flüchtiger Blickkontakt mit Charly, »... mit völliger Unfähigkeit, Mitleid zu empfinden, dann resultiert daraus fast immer – hohe Tötungsbereitschaft!«

»Sprich, wir können sicher sein, dass auch unser Mann wieder zuschlägt«, folgerte Charly laut.

»Genau. Und leider spricht überhaupt nichts dagegen, dass der nächste Mord wieder Ausmaße annimmt wie bei Ahanfouée.«

Tom Scherzer, wie immer mit weißem T-Shirt unter einem, diesmal schwarzen, Jeans-Hemd, referierte aus Erlanger Sicht kurz die Fahndungsbemühungen nach Eyvar Stolfjursson, in die auch die isländische Polizei eingebunden war. Bisher leider ergebnislos. Der frühere Handballstar blieb spurlos verschwunden.

Ungewohnt ausführlich schilderte Walther die jüngsten Ermittlungen im Fall Ahanfouée.

Der Ü-Wagen des Bayerischen Fernsehens beim Afrika-Festival war mit gleicher Besetzung auch in Erlangen vor Ort gewesen.

»Irgendein Hauptabteilungsleiter des Münchner Senders hat sich bei unserem Polizeipräsidenten echauffiert, weil wir den Ü-Wagen zwei Tage aus dem Verkehr gezogen und auf den Kopf gestellt haben. Er war baff, als er erfahren hat, dass unsere Spurensicherung eine winzige Blutspur entdeckt hat. Leider stellte sich dann heraus, dass sie nicht von Ahanfouée stammt, sondern von einer Technikerin des BR, die sich im Ü-Wagen geschnitten hatte.«

Auch auf dem Parkplatz nahe dem Felsenkeller habe es »nur die parkplatzüblichen k-u-k-Spuren« gegeben: Kondome und Klopapier. Keine konkret verwertbaren Spuren, keine Zeugenhinweise.

Schließlich hatten die Würzburger noch dem Eigentümer des Randersackerer Kellers auf den Zahn gefühlt: Der Winzer Bruno Ewald, dreiunddreißig, laut Walther »rein optisch ein unehelicher Sohn von Ottfried Fischer, tatsächlich ein phlegmatisches Mamasöhnchen mit Babyface und Alkoholproblemen!«, hatte den Keller schon seit Jahren nicht mehr genutzt und sich nie darum gekümmert. Der Junggeselle, am Tatabend allein zu Hause vor dem Fernseher, war außer mit seiner Mutter nie mit anderen Frauen gesehen worden. In seiner Nachbarschaft waren allerdings zuletzt mehrere Büstenhalter und Slips von Wäscheleinen verschwunden.

Ewalds alter VW Jetta war außerdem mehrfach vor einem berüchtigten »Massage-Studio« gesehen worden. »Wie wir weiter ermitteln konnten, wollte Bruno Ewald dort von der lokalen Hausfrauen-Domina regelmäßig bestraft werden«, führte Walther unter dem Gefrotzel der SOKO-Beamten aus.

»Der Mann ist verklemmt, unbeholfen und alles andere als kommunikativ. Wir lassen zwar gerade einen DNA-Abgleich mit der Spermaspur aus dem Coburger Hofgarten durchführen. Aber Ewald passt leider in keiner Weise, liebe Frau Doktor Antlkofer«, eine freundliche, doktorväterliche Handbewegung Richtung Barbara, »in unser Täterprofil eines fränkischen Al Bundy.« Kunstpause, vereinzeltes Gelächter. »Verzeihung, natürlich Ted Bundy!«

Schnauzer verwies auf einen rückwirkenden Datenabgleich mit der bayerischen »Haft-Entlassenen-Auskunfts-Datei Sexualstraftäter«, kurz HEADS.

»Damit soll dieser Personenkreis auch nach Haftverbüßung unter Überwachung bleiben und zumindest meldetechnisch ständig lokalisiert werden. Seit dem Start des Programms 2006 ist nur ein einziger Sexualstraftäter nach seiner Haftentlassung in Franken ansässig geworden, ums mal so auszudrücken. Das war im Januar dieses Jahres ein gewisser Karl-Anton Schralsky, achtundfünfzig, jetzt wohnhaft im Raum Forchheim ...« Schnauzer wandte sich an Scherzer: »Tom, du kennst den wahrscheinlich besser als wir?«

Scherzer verzog das Gesicht. »Vergiss es! Ein grenzdebiler Kinderficker. Stottert und kann grade mal seinen Namen schreiben. Halte ich für völlig ausgeschlossen. Aber ich lasse mich mal auf den neuesten Stand bringen.« Er kritzelte rasch etwas auf seine Unterlagen.

»Dann zum Nikolaushaus«, fuhr Schnauzer fort. »Unsere große Anfrage an sämtliche Polizeidienststellen hat mühevolle Kleinarbeit gebracht, aber keine einzige heiße Spur bisher. Keine Auffälligkeiten vor der ersten Tat, dafür jede Menge Nachahmer, seitdem das Symbol in den Medien breitgetreten wurde: Verschiedene Schulmauern wurden verziert ...«

»Die Callenberger Unterführung!«, warf Volkhardt ein.

»... richtig, dazu diverse U- und S-Bahn-Abteile im Verkehrsverbund Großraum Nürnberg und so weiter. Eine besonders geschmacklose Randerscheinung gibt's seit Kurzem in verschiedenen Clubs und Diskotheken im Oberpfälzer Raum, aber auch schon in Sonneberg, Kulmbach und Erlangen: »Nik-the-Ripper-Partys« mit freiem Eintritt für alle bauchfreien Girls mit aufgeschminktem Nikolaushaus. Und, wie ich vor einer halben Stunde erst erfahren habe: Gestern Nacht wurde ein großes Nikolaushaus in das Cabrio eines bekannten Clubspielers geritzt, der zum FC Bayern wechselt!«

Schnauzer wartete, bis Gejohle und Buhrufe wieder abgeebbt waren.

»Ergebnislos auch die flächendeckende Überprüfung der Tattoostudios ...«

»Er ist kein Typ für Tattoos«, meinte Barbara Antlkofer. »Zu alt.«

Sie hatte sich mit Charly ins Verhörzimmer gesetzt.

»Der klassische Tätowierkunde ist achtzehn bis fünfundzwanzig Jahre alt und sehr stark auf den eigenen Körper fixiert. Passt nicht zur Aggression, zum Vernichtungsdrang gegen andere.«

Charly verschränkte amüsiert die Hände hinter dem Kopf.

»Merkwürdige Eingrenzung. Haben Sie da irgendwelche persönlichen Vorkenntnisse?«

Sie nickte. »Wenn ich bei mir aus dem Küchenfenster schaue, sehe ich direkt in ein Tattoostudio.«

»Da sehen Sie aber höchstens, wie alt die Kundschaft ist. Und nicht, wie pervers.«

»Ach, für Sie ist wohl jeder Tätowierter ein Perverser?«

»Nein, natürlich nicht! Da war nur kurz das Gefühl, dass bei Ihnen mehr dahintersteckt. Dass es irgendeinen persönlichen Background gibt ... 'tschuldigung, lassen wir das!«

Sie hatte auf ihrer weißen Bluse einen kleinen Fleck entdeckt und begann, mit dem Fingernagel daran zu kratzen.

»Sie haben ja recht«, sagte sie schließlich, ohne aufzublicken.

»Ich habe einen Sohn. Florian, grad achtzehn geworden. Und wir haben da eine sehr schwierige Phase miteinander. Auch wegen dem blöden Tätowierstudio.«

Impulsiv drückte Charly ihre Hand, spürte, wie sie erst zuckte – und sich dann doch nicht entzog.

»Geht alles vorbei, glauben Sie mir. Meine Valerie ist zweiundzwanzig, studiert jetzt an der FH. Wir sehen uns jede Woche mindestens einmal. Sind Sie … sind Sie auch geschieden?«

»Seit vier Jahren.«

»Dreizehn.« Er brach ab.

»Polizistenehen sind Problemehen«, sagte sie leise, »wie bei Fernfahrern. Bei Schichtarbeitern allgemein.«

»Das ist es nicht allein.«

»Sondern?«

»Diese ätzende Selbstgerechtigkeit. Die dir nach und nach deine Seele zerfrisst, ohne dass du es selber merkst. Weil du ja rund um die Uhr der *good guy* bist. Immer das Recht auf deiner Seite hast. Und dann dieses permanente Misstrauen, mit dem du zwanghaft hinterfragst und alles und jeden in Zweifel ziehst.«

Sie schaute ihn nachdenklich an, strich sich mit der ringlosen Hand langsam durch ihr schwarzes Haar.

»Ich glaube, Sie sind ein sehr guter Polizist«, sagte sie unvermittelt.

Strahlend blauer Sommerhimmel. Ein schwarzes Eichhörnchen hastete über den kranken Kastanienast vor dem Fenster. Und weiter hinten drückte die Veste ihren fetten Arsch auf den Festungsberg.

»Ein guter Polizist? Vielleicht hätte ich lieber ein guter Mensch werden sollen«, sinnierte Charly düster. »Einfach nur ein guter, dummer Mensch …«

Missmutig drückte Charly auf die Taste seines Privathandys.

»The person you've called is temporarily not available. Please call again later.«

Kein Kontakt mehr zu Milena. Auch Bernie war schon seit Tagen nicht mehr zu erreichen.

»Herr Winter ist geschäftlich unterwegs und erst am Montag

wieder erreichbar«, hatte die »SeCOrity«-Sekretärin geflötet. Charly erkannte ihre auffallend gezierte Stimme sofort wieder: Angie Leiss, Kosmetikschülerin in den Achtzigern, Stadtcafé-Bedienung in den Neunzigern, im Steinweg mit einer eigenen Kneipe gescheitert. Zuletzt Bardame im »Le Chat«.

»Typischer Wanderpokal«, hatte Bernie damals über die solariengebräunte Blondine mit ihren Bo-Derek-Zöpfchen gelästert. »Wer sie dreimal gehabt hat, muss sie behalten!«

Und dann konnte er selbst nicht die Finger von ihr lassen, dachte Charly. Winters Weibergeschichten waren im Kollegenkreis längst legendär. »Dein Schwanz bricht dir noch mal das Genick«, hatte er seinen Freund gewarnt. Bernie hatte nur gelacht. Und eines Tages ihn, den Ahnungslosen, mit in das kleine Thai-Restaurant im Landkreis genommen. Zum Abschluss »Zweimal Dessert nach Art des Hauses« bestellt. Worauf die beiden Bedienungen lächelnd das Lokal schlossen und ihre zwei letzten Gäste ins Hinterzimmer führten: Ein alter Polstersessel, ein abgewetztes rotes Sofa ...

Bernie beschwichtigte seine Bedenken: »... ist doch nix dabei ... reines Privatvergnügen ... kein dienstlicher Bezug für dich.«

Bis die Brasilianerinnen ins Spiel kamen. Und Luden-Lothar, Bernies alter Bekannter, eine Institution des fränkisch-thüringischen Rotlichtmilieus, wegen schweren Menschenhandels aufflog. Und, zur großen Überraschung aller, auspackte.

Nur diese mysteriöse Erbschaft seiner Frau hat Bernie damals vor dem Rausschmiss gerettet, dachte Charly. Ein Abgang wie ein Paukenschlag: *Dance with the Saragossa Band* im Festungshof, *ay ay ay ay ay ...*

Alkohol in Strömen, kaffeebraune Tabledancer und ein whiskytrunkener, gönnerhafter Kripo-Chef: »Guter Mann, Herrmann, werde mich für Sie einsetzen! Degradierung kommt ja gar nicht in Frage – Sie bleiben halt bis zu Ihrer Pensionierung Kommissar ...«

Genauso war es gekommen – Freund Bernie dagegen war mit »SeCOrity« dick im Geschäft, hatte überall die Finger drin.

Vielleicht gerade auch in Milena.

Abrupt erhob sich Charly, zog die Hosen hoch und drückte auf die Spülung.

»Ach, hier sind Sie!«

Barbara Antlkofer saß allein im abgedunkelten Videoraum. Auf dem Bildschirm lief der Zusammenschnitt der drei polizeilichen Tatortvideos.

Nahaufnahme des Unterleibs von Jasmin Keller. Weiße Haut. Zoom. Blutig rot das eingeritzte »Haus vom Nikolaus«.

»Sie haben das doch jetzt schon öfter gesehen als ich?«, fragte Charly verwundert.

Sie drückte auf Stopp. »Hier: Das Nikolaushaus beginnt mit dem Fundament. Links unten.«

Charly zog einen Stuhl heran und setzte sich rittlings neben sie.

»Längst bekannt, Frau Kollegin. Er zeichnet das Haus jedes Mal anders. Koslowski beginnt auch links unten, aber mit der linken Außenwand. Ahanfouée rechts unten, Fundament.«

»Wie viele Möglichkeiten bleiben ihm also noch?«

»Nach meiner Rechnung fünfundachtzig.«

Sie legte die Fernbedienung auf den Tisch und verschränkte die Arme.

»Das Haus ist seine ganz persönliche Handschrift«, sagte sie. »Das einzige Element, das alle drei Morde verbindet.«

»Neben dem Rahmen«, warf Charly ein.

»Wie …? Ja, natürlich, neben dem Rahmen ›Volksfest‹. Alle drei Tatabläufe unterscheiden sich, wir haben keinen konstanten Modus Operandi. Nur diese unverwechselbare Signatur …«

»Ich kann es langsam nicht mehr sehen, dieses scheißverfluchte ›Haus vom Nikolaus‹!«, brach es urplötzlich aus Charly heraus. »Tag und Nacht nix andres, ich träume schon davon! Leckt mich doch alle am Arsch, mit dieser hunds-ver-fluch-ten Kat-zen-scheiße!« Im Stakkato hämmerte er mit der Faust auf den Tisch.

Barbara blieb völlig ungerührt. »Ein uraltes Kinderspiel. Gleiches Spiel, gleiches Ziel – aber immer wieder ein anderer Weg. Und jetzt spielt er es mit uns und demonstriert uns seine Macht und Überlegenheit … immer wieder neu …«

»Er verarscht uns!«

»Er sagt uns nur: ›Ich beherrsche das Spiel. Und genauso beherrsche ich euch und den Rest der Menschheit. Mit einfachsten Mitteln …‹ Er ist nicht nur hasserfüllt und sadistisch, er ist auch überheblich, er trieft vor Arroganz … Ich bin sicher, das Haus steht unbewusst auch für eine tiefe Verachtung der Gesellschaft.«

»Sag ich doch; er verarscht uns alle!«

»Sie sollten es trotzdem etwas anspruchsvoller formulieren, wenn wir dann bei Dr. Stein sind …«

»Nix gibt's – das ›Haus vom Nikolaus‹ steht für Verarschung!«

»Das ›Haus vom Nikolaus‹ selbst steht natürlich auch für ein gesellschaftliches Symptom, Herr Oberstaatsanwalt«, führte Charly aus. Wieder saßen sie auf der schwarzen Kunstledercouch vis-à-vis Dr. Stein. »Ausdruck wachsender Ziel- und Orientierungslosigkeit heutzutage, Stichwort ›Der Weg ist das Ziel‹.«

»Das ist doch Soziologengesülze!«, fuhr Stein ärgerlich dazwischen. »Ich dachte, Sie sind Kriminalist?«

»Eben!« Charly begann genüsslich zu dozieren. »Und jeder Kriminalist lernt schon ganz am Anfang, dass er immer wieder ›das Verhalten der Umwelt im Wechselspiel mit dem eigenen Wollen‹ des Täters bewerten muss …«

Das Telefon unterband eine drohende Eskalation.

»Stein … ja, Hans-Walter, ich grüße dich!« Die verfinsterten Gesichtszüge entspannten sich merklich. »Was kann ich für dich tun?«

Charlys Blick wanderte hinüber zum Silberpokal mit der Figur eines Golfspielers: »Hans-Walter Derx / Dr. Alfred Stein«. Direkt dahinter ein weiß-rot-gelbes Bundesband »Franco-Thuringia Heidelbergensis«. Ob es sich auch um eine innige Bundesbruderschaft handelte?

»… richtig … ja, ich rufe dich spätestens um zwölf zurück … ade, Hans-Walter!«

Er legte auf. Barbara ergriff die Chance, das Gespräch in ruhigere Bahnen zu lenken.

»Das Nikolaushaus symbolisiert traditionell ein Spiel. Und grad für einen sadistischen Serienmörder ist das Ganze doch ein unglaublich erregendes Spiel. Mit seinen Opfern genauso wie mit der Polizei und mit der Gesellschaft.«

Stein blickte mit deutlicher Skepsis über seine Lesebrille hinweg.

»Selbstverständlich ist das ›Haus vom Nikolaus‹ für diesen Kranken nur ein Spiel«, bekräftigte Charly. »Nicht mehr und nicht weniger. Es gibt keinen tieferen Sinn. Keine versteckte Botschaft, die uns weiterhelfen könnte.«

Er blätterte kurz in seinen Unterlagen und zog ein Blatt heraus.

»Hier – passt wie die Faust aufs Auge. Der englische Kriminalpsychologe Paul Britton beschreibt das Innenleben eines Serienmörders: ›Er ist ein Spieler ... Dieses Spiel ist für ihn das Aufregendste und Hinreißendste, was er je gemacht hat, sein schönster Akt von Selbstverwirklichung. Das ganze Land schaut ihm zu, atemlos vor Angst und Sensationsgier. Die Intensität seiner Empfindungen, von Befriedigung, Macht und neuer Lust lässt sich nur schwer vermitteln ... er ist absolut süchtig ... das Verlangen nach diesem Zustand wird ihn immer wieder packen.‹«

Triumphierend klappte er die Mappe wieder zu. »So tickt unser Mann, Herr Dr. Stein! Und genau deshalb verspreche ich mir sehr viel von unserem Ermittlungsansatz proaktive Strategie.«

»Was verführt Sie denn zu dieser Hoffnung?«

»Die Anmaßung und vor allem die Eitelkeit dieses Mannes. Er ist erwiesenermaßen PR-geil. Mord allein genügt ihm nicht, er will Reaktionen darauf spüren, er genießt die öffentliche Angst und Hysterie. Ahanfouées Leiche war leider zu gut versteckt, also musste er einen anonymen Wink nachschieben.«

»Einverstanden. Aber wie wollen Sie sich das jetzt konkret zunutze machen?«

»Zuerst mal ist Schadensbegrenzung angesagt.« Charly deutete mit einer Kopfbewegung durch das offen stehende Fenster in die Vormittagssonne hinaus.

»Wir kriegen das erste heiße Sommerwochenende seit Samba. Zig Feste in ganz Franken. Da muss es erst mal um Deeskalation gehen. Ich will ihn über die Presse persönlich erreichen. Er soll sich weder ignoriert noch provoziert fühlen. Kein weiterer Mord an diesem Wochenende; das wäre schon eine erste Bestätigung für die Richtigkeit unserer Strategie. Und Senger ist unsere beste Waffe.«

»M-hm ... Und wie soll der zweite Schritt dieser Strategie aussehen?«

»Öffentliche Tatortführungen. Wir beginnen nächste Woche hier im Hofgarten.«

»Da werde ich selbstverständlich auch vor Ort sein.« Kurz, knapp, unmissverständlich. »Überwachung?«

»Dreißig Uniformierte und vierzig Zivile im Hofgarten. Weitere Uniformierte und Zivile an allen Zugängen und im weiteren Umfeld. Wir wollen jede Autonummer unserer Gäste, sogar die Parkhausvideos werden lückenlos ausgewertet.«

»Machen Sie das, Sie bekommen grünes Licht von mir. Auch für alle weiteren Aufnahmen.«

»Alle weiteren?«, fragte Charly erstaunt

»Alle weiteren, für sämtliche Videoaufzeichnungen während dieser Veranstaltung! Und jetzt entschuldigen Sie mich bitte.« Stein stand auf, wand seinen knochig-hageren Körper im Maßanzug unerwartet geschmeidig hinter dem Schreibtisch hervor. »Ich habe vor zwölf noch ein paar dringende Termine und Telefonate abzuwickeln. Wir sehen uns spätestens nächste Woche im Hofgarten wieder ... Wiedersehen, Frau Doktor ... Herr Kommissar ...«

Freitag, 00:40 Uhr / Bayreuth, Sommernachtsfest

Hastig klappte Anna Behringer die Sperrholztür des WC-Wagens zu und klapperte die drei Gitterblechstufen hinunter. Irritiert blieb sie stehen: Keine Schlange mehr, niemand wartete. Die Sechzehnjährige blickte sich ratlos um.

Wo waren Jenny, Tom und die anderen? Sie hatten versprochen, vor dem Klo zu warten. »Ihr wisst doch, dass ich mich in Bayreuth nicht auskenne, allein finde ich nie zurück zum Auto!«

Die Besucherströme, die sich noch vor einigen Minuten aus dem Festgelände in die umliegenden Straßen ergossen hatten, waren versickert. Anna schüttelte ungläubig den Kopf. Gut, sie war die Letzte einer Viererschlange gewesen. Und es hatte wirklich etwas länger gedauert als normal: Zu dumm, dass sie ihre frisch gekauften OBs im Auto vergessen hatte. Unbehaglich zupfte sie ihre weiße Hüfthose zurecht.

Ein milchiger Schleier hatte sich über den Nachthimmel gelegt.

Hier stand der Toilettenwagen, dort hinter der Baumgruppe war die Picknickwiese ... nein, dort, die großen, dunklen Bäume ...

Krampfhaft versuchte sie sich zu orientieren.

Ich hab doch gar nicht so viel getrunken ... keinen Wodka Red Bull ... nur des Scheiß-Container-Bier ... mei Opa braut a viel besseres, wir ham nämlich a Familienbrauerei in der Fränkischen Schweiz, des Drei-Kronen-Bräu ... Stolz hatte sie es auch heute wieder erzählt, zuletzt dem Francisco, genannt Franz. Ein unrasierter spanischer Student mit strahlend weißen Zähnen ... wo war er jetzt?

Warum hab ich vorhin net besser aufgebasst?

Immer nur blindlings im Strom der Menge mitgeschwommen, den anderen hinterher ...

Tief in ihr machte sich Beklemmung breit. Instinktiv tastete sie, zwischen bauchfreiem Top und Hüfthose, nach ihrem Nabelpiercing.

Sanftes Drehen beruhigte sonst immer. Diesmal nicht.

Da! Entferntes Stimmengewirr, eine Autotür. Erleichtert lief sie los. Unter ihren Ballerinas knirschten die Steinchen. Noch eine Hecke.

Eine Werbetafel der Sponsoren.

Dort, nach den beiden großen Bäumen, musste der Park zu Ende sein ... Straßenlampen ... Gleich dahinter. Hinter den letzten großen Sträuchern. Anna keuchte, wurde langsamer.

Der Anblick der beleuchteten Teerfläche traf sie wie ein Hammerschlag. Kein Parkplatz. Keine Freunde, kein bekanntes Auto. Nur Mülltonnen und Container.

Und weiter hinten ein paar südländisch aussehende Männer rings um einen aufgemotzten alten 3er BMW. Weiße Jeans, Muskelshirts.

Anna ging instinktiv in Deckung, duckte sich tief hinter zwei schwarze Mülltonnen.

Provokantes Lachen, giftige Antworten. Die Luft vibrierte. Anna kauerte sich noch tiefer zusammen.

Mach bitte, dass mich keiner entdeckt und dass ich schnell wieder zurückfind ...

Vor ihren Füßen, achtlos weggeworfen, die fz von heute:

»Was Frankens Super-Cop über den Ripper denkt:
›Er ist gerissen, intelligent, kein primitiver Massenmörder ... er muss nicht mehr krampfhaft an einem Image feilen ... ich halte ihn für fähig, zu warten ...‹«

Arschloch, dachte Anna. Fangt lieber endlich das Schwein!

Die Stimmen am Auto wurden immer lauter und gehässiger. Anna spürte, wie sich ihr Magen zusammenkrampfte.

Plötzlich Autotürenschlagen, ein Motor heulte auf. Mit quietschenden Reifen schoss der Wagen davon.

Anna schluckte vor Erleichterung. Dann gefror ihr Herz zu Eis. Eine Blechdose wurde über den Asphalt gekickt. Genau bis zur Mülltonne, hinter der sie saß.

Ein Mann war noch da.

Schmächtig, Pferdeschwanz, die Hände tief in der schwarzen Lederjacke vergraben, stand er keine zehn Meter entfernt. Seine

Stiefelspitzen zeigten genau auf Anna, die sich, atemlos vor Angst, immer winziger zusammenkrampfte.

»*Shparoshnje!*«

Ein aggressiver, fremder Fluch; direkt vor der Tonne jetzt, wütendes Aufreißen, der Deckel schlug nach hinten um, traf Anna am Kopf, pures Adrenalin schoss durch ihren Körper, pushte sie aus der Verkrampfung hoch und weiter, weiter, nur noch weiter. Das Blut rauschte in ihren Ohren, sie hörte den verblüfften Ausruf hinter ihr längst nicht mehr, nur weiter, weiter, immer weiter ... dort drüben!

Endlich Lichter! Die Picknickwiese ... Endlich! Paare, Menschen, gute Menschen, Picknickdecke ... keuchend brach sie zusammen, stürzte in abgrundtiefe, gnädige Dunkelheit.

Montag

Neue Presse und Coburger Tageblatt: »Heute im Hofgarten: Polizei informiert live am Tatort«

fz: »SOKO Franken greift an! Großoffensive in Coburg – Dem Killer auf den Fersen!«

09:17 Uhr / Coburg, SOKO Franken

Was für ein gelungenes Wochenende, dachte Charly. Zufrieden schob er Faxe und Zeitungen zu einem Stapel. Kein Mord, keine Vermisstenmeldungen. Die Bestie hatte stillgehalten, die Presse blickte nach vorn.

Er drehte sich auf dem Bürostuhl nach hinten, versuchte ein Gähnen halbherzig zu unterdrücken und rekelte sich wie ein fauler Kater in der Sonne.

»Nix passiert am Wochenende – sauber, Charly!« Moser, unter dem rechten Arm einen dicken Pack Zeitungen fürs Archiv geklemmt, in der linken Hand einen Becher Kaffee balancierend, streckte vorsichtig den rechten Daumen nach oben: »Und ich dachte immer, proaktiv ist nur mein Joghurt!«

Charly hob grinsend den Zeigefinger. »Dieses war der erste Streich – doch der zweite folgt sogleich!«

»Zweiter? Wieso zweiter?« Quax blieb stehen, stutzte und versuchte vergeblich, den rutschenden Zeitungspacken zwischen Ellbogen und Rippen einzuklemmen.

»Tatortführung im Hofgarten ...«, begann Charly gerade, als Quax den Kampf gegen die Schwerkraft endgültig verlor. Geschätzte vier Pfund Papier pflatschten auf den Fußboden.

»Feuerdunnerkeil noch amoll nei!«

Sein alter Flößerfluch aus dem Frankenwald. Wütend stellte er den Kaffeebecher ab und machte sich daran, die zerfledderten Zeitungsteile wieder aufzulesen.

»Horrido!«

Fässla walzte herein, der »grüne Kugelblitz«, wie ihn Ritters Vorzimmerdame Renate einmal bezeichnet hatte: einhundertneunundsechzig Zentimeter bestens gelaunte Körperfülle und ein Gesicht, das, mitsamt seinen vielen Krähenfüßchen und Lachfältchen, so gut durchblutet war, dass es einer explodierenden roten Wanderkarte ähnelte. Aus seiner schwarzen Unterschriftenmappe mit dem Aufdruck »Wichtig! Sofort auf den Tisch!« fingerte er die Auswertung des wöchentlichen Fußballtipps heraus:

»Warst fei scho amoll besser, Kolleche! Wos iss'n mit deim Glubb los? Testspiel in Hof verlor'n, gegen Bayern Hof!«

»Merk dir eins – wir schlagen die richtigen Bayern und net die falschen! Macht euch kommende Saison auf was gefasst!«

Dröhnendes Lachen, ein eleganter Haken um den Altpapiersammler, und Fässla war wieder draußen.

Seufzend ließ sich Charly herab, Quax zu unterstützen, bis dieser alles wieder fest eingeklemmt hatte.

Mit breitem Grinsen drückte er ihm noch seinen Kaffeebecher in die freie Hand. »Denk dran: Wer zu faul zum Laufen ist, der trägt sich zu Tode! Altes fränkisches Sprichwort!«

»Halt, stopp!« Löhlein eilte heran, drehte den verdutzten Moser wieder um hundertachtzig Grad gegen seine Laufrichtung. »Bleib gleich mit da, Quax! Schaut euch bloß mal die Überregionalen an.« Mit dramatischer Geste präsentierte er zwei Zeitungen. »Die BILD: ›SOKO Franken: Zunehmend hilflos?‹, und hier erst, die Süddeutsche: ›Serienmord in Franken: Verzweifelter Aktionismus der Polizei‹«, las Löhlein hektisch vor. »Sag mal, hat Ritter das wirklich alles mit München so abgesprochen?«

»Weiß das der Gerd?«, soufflierte Moser mit Unschuldsmiene.

»Bassd scho!«, grunzte Charly im Brustton der Überzeugung. »Der Gerd würde doch am liebsten selbst ein Grußwort sprechen!«

»Na ja, wenn das so ist, umso besser – also servus, bis später!« Erleichtert grüßte sich Löhlein aus dem Zimmer.

»Vöhringer wollte wirklich ein Grußwort sprechen?«, zweifelte Moser.

Charly grinste. »Hab ich das gesagt? Ich hab nur gemutmaßt, dass er sicher gern eins sprechen würde …«

17:01 Uhr / Coburg, Hofgarten

»Na, Meister, großer Tag heute?«

Sengers typisches Haifischlächeln, dazu ein kräftiger Händedruck des eher schmächtigen Chefreporters im zerknitterten Safarihemd.

Charly nickte. »Sieht ganz so aus.« Sein Blick schweifte über den Schlossplatz.

Landestheater, Palais Edinburgh, Schloss Ehrenburg – zwischen den imposanten Fassaden tröpfelten aus allen Richtungen Neugierige heran; aus der Schwarzen Allee, der Wettiner Anlage und der Grafengasse bis auf den Schlossplatz.

»Keine Absperrungen«, hatte Barbara gefordert. »Absperrungen sind Aussperrungen.«

Und keine Zugangskontrollen. Wir müssen die Hemmschwelle so niedrig wie möglich halten. Er muss sich absolut sicher fühlen. Bis zu uns vorstoßen. Sich einbringen.

Nur dann erkennen wir ihn.

In der Platzmitte das Rondell: Herzog Ernst I. von Sachsen-Coburg-Gotha, souverän und elegant, die Coburger Verfassung von 1821 fest in seiner Hand. Um ihn herum gepflegter englischer Rasen, ein paar Kugelbäume und ganz außen, entlang der schmiedeeisernen Umzäunung, ein schmaler Kranz bunt bepflanzter Blumenbeete. Eine abgeriegelte grüne Insel, mitten auf dem staubigen Schlossplatz.

Aber immer gut für einen Wettgewinn. »Wetten, dass das Rondell genauso groß ist wie der Marktplatz?«

»Niemals!«, war ihm gestern auch Barbara spontan auf den Leim gegangen. Beim Blick auf den maßstabsgetreuen Stadtplan musste sie ihre Niederlage eingestehen, ein Abendessen stand jetzt offen.

Um das Rondell herum waren grün-weiße Polizeikombis und Kleinbusse aufgestellt als erste Anlaufstelle für die Neugierigen: Allgemeine Polizeiwerbung, Flyer, Kugelschreiber, »Weißer Ring«. Und die große Hinweistafel: »Hier Sammelpunkt für Tatortführung 17:30 Uhr«.

Noch zwanzig Minuten.

Achtzig SOKO-Beamte waren im Einsatz, über die Hälfte davon in Zivil; alle auswärtigen Kollegen als Touristen getarnt, mit Fotoapparaten und Camcordern bewaffnet. Stein hatte Wort gehalten, alles abgesegnet und sogar Ritters letzte Zweifel lässig beiseitegefegt.

»Wir sind ein Pilotprojekt, also probieren wir auch juristisch mal was Neues aus!«

Eine wild gewordene Wespe raste blindlings gegen Charlys Wange. Reflexartig wehrte er ab, streckte sie mit einem *lucky punch* in den Staub des Schlossplatzes, wo sie benommen herumzappelte.

»Eine trockene Baustelle ist das, Kollege!«

Winter, braun gebrannt wie eh und je, das blondierte Haar nach hinten gegelt, mit Flipflops und Oakley-Sonnenbrille.

Dazu ein selbstgefälliges Surferlächeln.

»Servus.« Charly hielt sich zurück. Anspannung und Konzentration waren unverzichtbar. Kein Klamauk jetzt.

Winter, der Exprofi, schien es zu spüren. Mit prüfendem Blick musterte er Charly.

»Okay, okay!« Halb abwehrend, halb entschuldigend hob er beide Hände. Drei klobige Ringe, einer links, zwei rechts. »Hätte es mir ja denken können, du bist voll fokussiert. Kein Problem, alles klar!«

Er senkte seine Stimme zu vertraulichem Flüstern: »Aber mit dem Zeitungsfuzzi war schon mal was!«

»Wie … was war mit ihm?«

»Ich hab die ganze Zeit überlegt, als er vorhin neben dir war. Eine ganz typische Haltung, so eine Art lauernde Arroganz. Und dazu dieses Grinsen – den Typen hatte ich schon mal in der Mangel!«

»Du? Den Ronald Senger von der fz?« Charly zog skeptisch die Augenbrauen hoch.

»Hundertpro. Schau mal so 82, 83 nach; Disco in Meschenbach. Oder war's das ›Marabella‹ in Finkenau?«

»Vielleicht auch das ›Galaxis‹ in Rödental?«, fragte Charly spöttisch. »Auch ich war damals ganz schön auf Achse … privat natürlich, mit dem R5-Club noch …«

»Ja, ja, die gute alte Zeit, als die Angeli Negri und die Gitanos noch aktiv waren! Egal – da war irgendwas mit drei, vier jungen BGSlern, die zwei Tussis anmachten und nach Hause bringen wollten. Versuchte Vergewaltigung oder so, nix Größeres«, grinste Winter. »Wenn ich mich recht erinnere, wurde das Verfahren eingestellt.«

Inzwischen waren sie am Tatort angelangt.

Station 1 – Der Mord.

KOK Jäckel und KKin Werth. Sprechfunk war heute Pflicht. Auf dem Tisch eine Auswahl Hieb- und Stichwaffen aus der Asservatenkammer, gesichert unter Plexiglas. Ohne jeden Bezug zum Fall. Nur zum Heißmachen. Neugier erregen, aus der Reserve locken, zur Kontaktaufnahme reizen. Durch Fakten Emotion erzeugen ... Mit einseitig ausgewählten Fakten, Fakten, Fakten zielgerichtet manipulieren. Was große Nachrichtenmagazine können, können wir schon lange, dachte Charly.

Alle Messer, Dolche und »Survival-Knives« waren furchteinflößende zwanzig Zentimeter lang, fast doppelt so lang wie die mutmaßliche Tatwaffe. Auch dieser Widerspruch könnte zur Nachfrage provozieren.

Die ersten interessierten Betrachter scharten sich bereits um den Schaukasten. Ein paar Schritte weiter teilte Quax knallbunte Handzettel aus. »Opferrisiko: Meiden Sie ...«

Direkt neben ihm, gelbes Absperrband und die Station »Tatort/Fundort«. Bewusst falsch angelegt, nämlich zehn Meter zu weit links, und beeindruckend schlicht mit Kranz und Blumen dekoriert. Der wahre Tat- und Fundort war unmarkiert und scheinbar völlig unbeachtet, tatsächlich aber unter schärfster – verdeckter – Überwachung: *Target One* hatte Antlkofer den echten Tatort genannt. Wer sich hierher »verirrte«, durfte sich intensivsten polizeilichen Interesses sicher sein.

Target Two lag am Reiterdenkmal: ein improvisiertes kleines Podium, davor Tische, Stühle und Barbaras Kollege »Dipl.-Psychologe Hansfritz Hellebrand (Polizeipräsidium München) – Diskutieren Sie mit Bayerns bestem Profiler!«

Antlkofer durfte keinesfalls selbst an die Front, darin war man sich in der SOKO sofort einig gewesen. Keine unbewussten, ungewollten Einblicke in die Ermittlungen riskieren.

Hellebrand war ein schlanker, halbverglatzter Brillenträger mit dem betont lässigen Gehabe eines Gymnasialsportlehrers. Er besaß genügend Lebens- und Berufserfahrung, um die Neugierigen mit klug formulierten Binsenweisheiten zu versorgen und mit Schwänken und Anekdoten bei Laune zu halten. Zudem konnte er Notizen machen, ohne Verdacht zu erregen.

»Bitte groß und deutlich schreiben«, hatte sich Tom gewünscht. Er saß in Jeans und weißem Poloshirt als unauffälliger Handlanger neben dem Profiler, um dessen spontane Notizen sofort auszuwerten und weiterzureichen.

»Interaktive Ermittlungsstrategie« war das Zauberwort, die interne große Headline der Aktion. Niemand wusste, ob der Killer wirklich anbeißen würde. »Sein Profil, seine Persönlichkeitsstruktur – alles spricht dafür!«, so lautete Barbaras Lieblingsantwort auf Zweifler in den eigenen Reihen. »Er ist kommunikativ, er sucht die große Bühne, den großen Rahmen. Und er ist eitel, er will seine Überlegenheit demonstrieren ...«

»... na, hoffentlich nicht wieder an Ort und Stelle«, lästerte Tom.

»Ruhe, Kollege! Wir bieten ihm großes Kino: Wir zeigen unsere polizeiliche Dummheit, wir bieten ihm die Chance, unauffällig mehr zu erfahren. Wir wiegen ihn in Sicherheit und verleiten ihn schon an Ort und Stelle zu Fehlern.«

»Das FBI hat solche Methoden schon in den Achtzigern erfolgreich ausprobiert«, beeilte sich Charly hinzuzufügen. »Und was sogar in den USA funktioniert hat, könnte erst recht bei uns in Franken hinhauen!«

Unten auf dem Schlossplatz schlenderten junge und ältere Ehepaare und Grüppchen von Jugendlichen und Studenten von Station zu Station. Zwei Radtouristen in grellbunten Trikots standen mit voll bepackten Rädern vor dem einzigen nicht polizeilichen Stand: »In memoriam Jasmin Keller« war eine Initiative von Kommilitonen, die Unterschriften sammelten für einen Gedenkstein im Hofgarten.

Die Luft stand. Schwülwarm und drückend.

Selbst hier, im Schatten des Reiterdenkmals, mochten es gut und gern achtundzwanzig bis dreißig Grad sein.

»Jetzt a Seidla, schö frisch ei'gschenkt!«

Die Stühle vor Hellebrand waren fest in Rentnerhand, dahinter standen die Neugierigen schon in Zweierreihen. Nachdenklich musterte Charly die erwartungsvollen Gesichter.

Ob *er* sich schon darunter befand?

Vielleicht der Hagere im Trägerhemd, mit der starken Brustbehaarung und dem stechenden Blick? Der Tätowierte im Bayerntrikot? Der akkurate Silberscheitel mit Lacoste-Polo und Segelschuhen?

»Warum wird so ein Perverser nicht gleich kastriert?«, ereiferte sich eine unglaublich korpulente kleine Frau mit zwei schleifchengeschmückten Yorkies.

Hellebrand hatte geschickt gleich zu Beginn um Fragen gebeten. Er nickte der entrüsteten Fragestellerin freundlich zu.

»Sie haben recht, das liegt natürlich nahe, und auch dazu hat man in den letzten Jahrzehnten intensiv geforscht und untersucht. Das Ergebnis ist überraschend klar: Sexuell motivierte Gewalttäter und Vergewaltiger werden immer von einem abgrundtiefen Hass angetrieben und gesteuert. Hass auf die Eltern, auf die Vorgesetzten, auf die Gesellschaft – da gibt's tausend Möglichkeiten! Aber letztlich ist es immer dieser tiefe Hass, der die Perversionen erst auslöst. Und Hass ist unabhängig von den Hormonen. Auf Deutsch ...«, Hellebrand legte eine Pause ein, blickte über seine Lesebrille hinweg in die Runde, »auf Deutsch: Wenn Sie diesem hasserfüllten Killer jetzt auch noch Schwanz und Sack abschneiden, ihn also seiner Männlichkeit berauben, dann gießen Sie erst so richtig Öl ins Feuer! Dann steigern Sie seine Wut, seine Aggressivität, seine Gewaltphantasien ins Unermessliche! Er kann nicht mehr vergewaltigen, dafür wird seine hasserfüllte Mordlust noch größer – verstehen Sie?«

Er lächelte der Fragestellerin freundlich zu. Sie glotzte verblüfft und nickte verlegen.

Wildes Gefuchtel plötzlich hinter der letzten Zuschauerreihe: Charly erkannte Winter, der mit clownesken Grimassen und Verrenkungen auf einen tiefgebräunten Glatzkopf in der Reihe vor ihm zeigte: Groß, breitschultrig – wollte Bernie auf die entfernte Ähnlichkeit mit Ritter anspielen? Der Gute wird immer kindischer, dachte Charly verdrossen, bis es ihm plötzlich selbst auffiel: Der Kahlkopf säuberte sich, nachdenklich lauschend, mit einem Messer die Fingernägel!

Tom schien Charlys Blick zu spüren, nickte unmerklich zurück, bevor sein Stift übers Papier flog, das er gleich darauf nach hinten weiterreichte. Gleich würde ein weiterer, heftig filmender Tourist auftauchen.

»Ja, da gibt's doch nur eins: Rübe runter! Auf der Flucht erschossen!« Ein erregter Rentner in Reihe eins, seine faltigen Hände auf dem Spazierstock zitterten. Sofort erhob sich beifälliges Gemurmel ringsum: »Genau! Todesstrafe, nichts anderes!«

»Auge um Auge, Zahn um Zahn!«

Und Brustwarze um Brustwarze?, fragte sich Charly. Homo homini lupus, hatte der alte Pfarrer im Konfirmandenunterricht in Untersiemau immer betont. Und schon damals hatte ihn nur die Handvoll Gymnasiasten halbwegs verstanden …

Hellebrand musste jetzt aus der Defensive kommen.

We gotta get out of this place.

Der Psychologe räusperte sich. »Ich habe selbst eine Tochter«, begann er. Die Zwischenrufe verstummten.

»Sie war neunzehn, als ihre beste Freundin überfallen und brutal vergewaltigt wurde. Sie schwebte tagelang zwischen Leben und Tod. Wir wohnten damals Tür an Tür mit dieser Familie und haben hautnah mitgelitten, mitgeweint – und auch mitverflucht.« Er stockte, nahm die Brille ab und presste Daumen und Zeigefinger gegen seine Nasenwurzel.

Der Glockenschlag von St. Augustin wehte herüber, dicht gefolgt von Ehrenburg und Morizkirche.

Grandioses Timing.

Hellebrand hatte sich wieder gefangen. »Sie überlebte. Zumindest körperlich. Seelisch wird sie nie mehr so sein wie früher … Aber jetzt kommt's!«, er wurde laut, »ein Vierteljahr später haben wir diese Drecksau geschnappt. Und ich war zur Gutachtenerstellung fünf Wochen lang täglich mit ihm zusammen. Unter vier Augen. Ich bin Profi, ich habe zwanzig Jahre Berufserfahrung. Und hörte trotzdem immer wieder das hemmungslose Weinen der Mutter, das kurze, trockene Schluchzen des Vaters ... und sah immer wieder die Bilder der bis aufs Blut gequälten Tochter vor mir ...«

Hellebrand brach ab, trank aus seinem Wasserglas und verzog angewidert das Gesicht. »Aber ich wollte diesen Fall nicht wegen Befangenheit ablehnen, ich wollte diesen Typ restlos durchleuchten. Ihn systematisch ausquetschen, bis auf den letzten Tropfen!«

Er ballte beschwörend die Faust. »Hätte man ihn auf der Flucht erschossen, dann hätten sie nur eins erreicht: dass dieser eine Mann kein Verbrechen mehr begeht! Das erreichen wir auch mit Sicherungsverwahrung. Und wenn Sie, anstatt ihn hinzurichten, herausfinden, warum dieser Mann so durchgeknallt ist, so pervers geworden ist, dann können Sie daraus Schlüsse ziehen, bei vielen anderen Häftlingen kriminelle Früherkennung betreiben und oft noch rechtzeitig psychologisch gegensteuern!«

Hellbrand hatte sich in Rage geredet, auf seiner Stirn standen erste Schweißperlen. »Kurz und gut: Wir haben aus diesem einen brutalen Fall Honig gesaugt ohne Ende. Aus unseren Erkenntnissen sind unter anderem zwei Präventionsprojekte für jugendliche Gewalttäter entstanden, die an Schulen und in JVAs jetzt mit großem Erfolg laufen!«

Er holte ein dunkles Stofftaschentuch heraus und wischte sich schnell über die Stirn. »So machen Sie nicht nur den einen unschädlich. Der kommt sowieso nicht mehr raus, der hat zwölf Jahre mit anschließender Sicherungsverwahrung gekriegt. Nein, so verhindern Sie viele weitere Sexualstraftaten!«

Gut. Verständlich erklärt, ohne populistisch zu werden. Die nachdenklichen Gesichter waren deutlich in der Mehrzahl. Nur Senger, der anfangs eifrig mitstenografiert hatte, stand breitbeinig mit verschränkten Armen und schüttelte sichtlich unzufrieden den Kopf.

Etwas Festes bohrte sich plötzlich in seinen Rücken. Charly wirbelte herum. Ein amüsiertes Lächeln, hoch bis in zwei große graublaue Augen. Barbara.

»Jetzt hätten Sie mich aber fast erschreckt!«

Er packte ihr Handgelenk und musterte stirnrunzelnd ihre »Waffe«, einen zusammengerollten Flyer: »Die große fz-Sommer-Radtour – Fahren Sie mit!«

»Teilt Senger hier Prospekte aus?«, fragte er erstaunt.

Sie schüttelte den Kopf. »Zumindest nicht persönlich. Die lagen auf diesem leicht chaotischen Infotisch des ›Weißen Ring‹.«

Er hielt immer noch ihr Handgelenk umfasst. Sie hatte keinen Versuch unternommen, sich loszureißen. Langsam ließ er los. Sein Blick folgte ihrer Hand und irrte dann kurz über das psychedelische Flower-Power-Dessin ihres Oberteils.

Hauteng … dünner BH … kein Nippel zu sehen … trotzdem tolle Brust für eine Vierzigjährige …

Sie schien nichts zu bemerken und redete in ihrem leicht oberbayerischen Akzent unbekümmert weiter.

»Aber der traut sich was, ich finde das wirklich ganz schön dreist von dem!«

Charly nickte zustimmend. »Typisch Senger. Er geht immer einen Schritt weiter, setzt immer noch einen obendrauf!«

»Ich dachte, Sie schwören so auf ihn?«, fragte sie.

Ihr leicht spöttischer Unterton entging ihm nicht.

»Da müssen Sie irgendwas verwechselt haben«, parierte er. »Persönliche Freunde werden Ronald Senger und Charly Herrmann mit Sicherheit nie. Senger ist nicht bloß zynisch, er ist kalt wie eine Eisbärschnauze. Privat sicher unerträglich, ich möchte mal wissen, was solche Typen für einen Freundeskreis haben. Aber rein fachlich, in dieser Schlangengrube Boulevard, ist er momentan unbestritten der Erfolgreichste, der Beste.«

»Und hält auch umgekehrt große Stücke auf den ›fränkischen Super-Cop‹.«

Zwei perfekt gezupfte Augenbrauen schoben sich dezent nach oben.

Charly winkte ab und grinste: »Alles nur Teil der Strategie! Aber ich gebe zu, zwei oder drei Gemeinsamkeiten mit ihm gibt es tatsächlich.«

»Na, jetzt bin ich aber gespannt …«

Sie warf den Kopf in den Nacken und strich sich lächelnd durch ihr schwarzes glattes Haar. Ein winziger Hauch Parfüm – oder Spray? Oder beides? – schwebte herüber. Unendlich weit … aufregend fremd ... *some kind of Atlantic summerbreeze* ... Ich hätte Werbetexter werden sollen ...

»Senger hat mir was erzählt ...«, begann er umständlich, »na ja, nicht direkt erzählt, er outet sich ja nicht, er ist mehr der Kommentierer und Zuspitzer, der die andern vor sich hertreibt.«

»So wie Sie.«

»Bitte? Was?« Charly war perplex.

»Merken Sie das nicht? Sie versuchen doch auch, verbal zu dominieren.«

»Was heißt hier dominieren?«, ereiferte er sich. »Manchmal hat man eben die besseren Argumente!«

»Man?« Sie lachte. »Sie meinen ›Mann‹ mit zwei n! Aber sorry, ich wollte Sie nicht unterbrechen: Was hat Ihnen Senger denn erzählt?«

»Hat sich so richtig ausgekotzt über unfähige Vorgesetzte und über seine Nachfolgerin bei den Erlanger Nachrichten. Wörtliches Zitat: ›Journalistisch eine Null, aber sie saß halt so lange beim Chef auf dem Schoß, bis die Hose nass war und der Job in trockenen Tüchern!‹«

Barbara verzog keine Miene.

»Interessant.« Sie schaute an ihm vorbei, hinab zum Landestheater. »Und wo ist jetzt Ihre Gemeinsamkeit mit Senger?«, fragte sie.

»Wir haben beide ein Herz für Underdogs, für Außenseiter.«

Barbara lachte spontan auf. »Das ist doch nicht Ihr Ernst!«

»Wieso? Was haben Sie daran jetzt wieder auszusetzen?«, fragte Charly gereizt.

»Lässt sich doch gar nicht vergleichen. Senger hat doch kein Herz für andere, er will nur permanent ans Bein pinkeln, er will Denkmäler stürzen. Dagegen sind Sie, bei aller Abgebrühtheit«, sie bedachte ihn mit einem ironisch-koketten Augenaufschlag, »ein Idealist ... Und das meine ich jetzt wirklich positiv«, beeilte sie sich hinzuzufügen. »Ihnen nimmt man es ab, dass Sie ehrliche Sympathie für Underdogs empfinden.«

»Senger etwa nicht?«

»Senger benutzt die Außenseiterperspektive nur, um Emotionen zu schüren, um aufzuhetzen.«

Sie stand jetzt auf Tuchfühlung mit ihm. Atemlos spürte er an seinem Arm hauchfeinen Härchenkontakt mit ihr.

Über den Dächern und Türmen der Altstadt schwebte ein Heißluftballon am hellblauen Sommerhimmel. Rot auf weiß »Metropolregion Franken!«.

»Na, das spricht ja dann durchaus für mich, Frau Kollegin«, stellte Charly fest.

»Natürlich«, sagte sie ganz unbefangen. Der Härchenkontakt riss ab, weil auch sie jetzt die Hand an die Stirn legte, um den Ballon zu betrachten.

»Mensch, bei Quax läuft's ja hervorragend!«

Erfreut zeigte Charly zur Nordseite des Schlossplatzes. Strategisch günstig, zwischen den zwei Zufahrten Allee und Landestheater, hatte sich die Pressestelle mit drei Pavillons am schmiedeeisernen Zaun des Palais Edinburgh breitgemacht.

»Auf der Jagd nach dem Killer: Ständig aktuelle Fallinfos! Möchten Sie regelmäßige SMS- und E-Mail-Newsletter der SOKO Franken? Tragen Sie sich in unsre Liste ein!«

Vor dem Megatransparent herrschte Riesenandrang.

»Das ist stark!«, staunte Barbara. »Die Chance lässt er sich hoffentlich nicht entgehen.«

»Tausend Handynummern möglichst rasch abarbeiten – da lacht das Ermittlerherz!«, kommentierte Charly sarkastisch.

»Aber ›Jagd nach dem Killer‹, das sieht schon sehr hollywoodmäßig aus. Kann mich nicht erinnern, dass das in der Vorbesprechung dabei war.«

»Nicht wirklich«, grinste Charly. »Hat gestern Nacht erst meine Tochter mit einer Freundin gepinselt und gesprayt. Aber Sie sehen, es erfüllt seinen Zweck!«

»Allerdings«, nickte sie anerkennend. »War also eine ganz spontane Eingebung?«

»Selbstverständlich! Ist mir vor gut vier Wochen ganz spontan eingefallen …«

Dienstag

SZ Online: »Tatortführung in Coburg: Ein Abenteuerspielplatz für Erwachsene? Die SOKO Franken und ihr rätselhaftes Event«

10:10 Uhr / Coburg, SOKO Franken

»Mensch, Charly, ich hab ein ganz schlechtes Gefühl. Ganz, ganz schlechtes Gefühl!«

Mit wichtig-verkniffener Miene und verschränkten Armen wippte Löhlein auf der Schreibtischkante vor und zurück.

»Du wiederholst dich«, raunzte Charly. »Wie der Schulrat in der Feuerzangenbowle.« Wütend schlürfte er vom Kaffee, den Barbara gerade gebracht hatte. Schwarz und heiß.

Löhleins kleinliches Getue ging ihm auf den Geist. Während der Lagebesprechung hatte er schweigend dabeigesessen, jetzt wusste er alles besser. Charly griff zur fz:

»›*SOKO Franken: Spektakuläre Tatortbesichtigung … Innovativ kriminalistisches Neuland betreten … bundesweit Aufsehen erregt*‹« Das ist O-Ton Ronald Senger!«

»Senger zählt nicht, der ist von uns gekauft!«

»Mensch, Heinz, du kannst einem ganz schön auf den Sack gehen! Das war professionelle PR gestern und eine einzigartige Falle! Du hast doch vorhin gehört, wir haben jetzt auf einen Schlag einen Datenpool mit neunhundert Fotos, über fünfhundert Handynummern und E-Mail-Adressen potenzieller Interessenten und fast dreihundert Autokennzeichen!«

»… und das war erst der Anfang!«, klinkte sich Quax ein. »Wart erst mal noch Erlangen und Würzburg ab!«

»Ich hab euch schon mal gesagt, ich halte gar nichts von dieser Schnittmengentheorie«, ereiferte sich Löhlein. »Der Typ kann noch so eingebildet sein, er wird sich auf keinen Fall dreimal mit Handynummer eintragen oder in der Nähe parken!«

»Heinz, es reicht doch schon, wenn er nur einmal auffällt«, beschwichtigte ihn Schnauzer aus dem Nebenzimmer, wo er gerade einen Computerausdruck abholte. »Hier zum Beispiel!«

Triumphierend wedelte er mit einem Datenblatt. »Das war gestern einer der Interessantesten. An jeder Station ist er aufgefallen mit besonders neugescheiten Fragen.«

»Stimmt«, bekräftigte Antlkofer und deutete auf das Foto. Ein untersetzter, kräftiger Bürstenhaarschnitt mit randloser Ralf-Rangnick-Brille. »Der ist mir auch aufgefallen. Ein Besserwisser, ein richtiger G'scheitmeier.«

»Wenn's danach ginge, müssten wir halb Coburg einsperren«, erwiderte Löhlein patzig.

»Wart's ab: Das ist ein gewisser Maik Wentzel, siebenunddreißig, ledig, aus Eisfeld in Thüringen. Arbeitet für den Erfurter Sicherheitsdienst ›Safe And Strong (SAS)‹, übrigens schärfster Konkurrent von Bernie Winters ›SeCOrity‹. Und jetzt, Achtung«, Schnauzer unterbrach sich mit dramatischer Geste, »Trommelwirbel und Tusch! Maik Wentzel war – Zeitsoldat! Und zwei-Jahre-in-Af-gha-nis-tan! Seitdem vier KAN-Einträge wegen Beleidigung, Sachbeschädigung, Körperverletzung.«

»Hochinteressant!« Charly rieb sich seinen völlig verspannten Nacken. »Den Knaben knöpfen wir uns mal vor. Informelle Befragung, eventuelle Alibis, freiwilliger DNA-Test Fragezeichen – die ganze Litanei!«

Die Tür wurde ungestüm aufgerissen, Tom Scherzer stürzte herein.

»Männer – die Porsche-Spur ist heiß!«

»Was?«, fragte Charly ungläubig, »die Porsche-Spur? Die Halterabfrage war doch negativ!«

Tom winkte großspurig ab. »Vergiss die Halterabfrage! Wir haben in Bamberg einen Jaguar-Händler aufgespürt, der einen 911er als Ersatzwagen führt. Und genau den hat er am Samba-Wochenende ausgeliehen!«

Freudig erregt ballte er die rechte Faust. »Und zwar an einen Coburger! Den ihr bestimmt alle kennt!«

Charly sprang auf, sein Stuhl fuhr an das Sideboard, dass die Kaffeemaschine klapperte. »Jetzt spuck's schon aus!«

»Halt dich fest: Derx. Alexander Derx.«

Ein Aufschrei aus drei Kehlen, Löhlein starrte mit offenem Mund ins Leere. Barbara fasste sich als Erste wieder: »Ist das der Sohn?«

»Nein«, sagte Charly, »das ist der Schwiegersohn des großen Hans-Walter Derx. Er hat den Namen seiner Frau Corinna angenommen.« Er übernahm gleich das Kurzbriefing für die auswärtigen SOKO-Mitglieder: »Alexander Derx, geborener Oberstadler, österreichischer Staatsbürger. Er war Skilehrer, Coach und Motivationstrainer, ein braun gebrannter Sonnyboy. Bei einem Teambuilding der Derx-Führung am Dachstein lernte er Corinna kennen, jüngstes Mitglied der Geschäftsführung und einzige Tochter des Patriarchen.«

»Also Liebe auf den ersten Blick«, sagte Barbara mit unverkennbarem Spott in der Stimme.

»Zweifellos! Corinna Derx ist ja rein äußerlich mehr der herbe Typ, so in Richtung ... mhmm ...« Charly überlegte.

»Camilla!«, jauchzte Moser auf. *»Camilla meets Hansi Hinterseer!«*

Er klatschte sich mit Charly ab.

»Schwiegerpapa Hans-Walter muss getobt haben. Und Hansi alias Alexander sitzt zwar mit im Betrieb, aber in seiner Freizeit mimt er gar zu gern den Porsche fahrenden Provinz-Playboy.«

»Stopp mal!« Wie von einer inneren Stimme gelenkt, hob Quax plötzlich die Hand. »Der fliegt doch heute noch in die USA!«

Das wiehernde Gegröle verstummte schlagartig.

»Wer sagt das?«

»Steht in der fz auf Seite vier, ›Leute heute‹!«

Ritter war informiert und hatte grünes Licht gegeben. »Ich gehe fest davon aus, dass der Oberstaatsanwalt Sie begleiten wird!« Doch Dr. Stein war nicht erreichbar, nachdem er sich mit akuten Magenbeschwerden abgemeldet hatte. Der Stellvertreter kam erst morgen aus dem Urlaub zurück.

Fluchend knallte Charly den Hörer auf. »Dann ziehen wir das eben ohne Schwarzkittel durch! Auf geht's, Tom – wir zwei gegen den Rest der Welt!«

Schnauzer blickte skeptisch über seinen Monitor. »Wollt ihr

nicht wenigstens im Geschäftszimmer der Staatsanwaltschaft eine Nachricht hinterlassen?«

Charly fegte die Bedenken mit einer Handbewegung beiseite. »Ist doch eine rein informelle Zeugenbefragung.«

»Und wenn im Geschäftszimmer auch nur eine Aushilfe sitzt, weiß am Ende die ganze Anwaltsbrut Bescheid, bevor wir bei ihm im Büro sind«, ätzte Tom. »Friede den Hütten, Krieg den Palästen! Erhebt Euch Bürger, an die Waffen – Salut, Schnauzär!« Fröhlich pfeifend stimmte er die Marseillaise an und verließ mit Charly das Zimmer.

Es war der erste kritische Punkt der Ermittlungen. Ein *Point of no return.* Sie schritten den langen Gang hinab, an den Toiletten vorbei, dreiundzwanzig Schritte bis zur Treppe.

Vorstoß in die einflussreichste Familie der Region. Die eng befreundet war mit dem Oberstaatsanwalt. Dem Oberstaatsanwalt, dessen Anwesenheit jetzt wohl vieles erleichtert hätte. Und manches vielleicht entscheidend erschwert, dachte Charly düster.

Mechanisch griff er nach dem Schulterholster, als sie nach draußen traten. Alter Aberglaube.

Der Himmel war dunkelgrau, und auch Scherzers Marseillaise war verstummt, als sie sich in den metallicgrauen BMW schwangen.

13:05 Uhr / Coburg, Werksgelände der DERX AG

An der Pforte, dem »Info-Service-Checkpoint«, saß ein sportlich-dienstbeflissener Mitarbeiter mit weißem Hemd und blauschwarzer Krawatte mit Firmenlogo. Sein professionelles Lächeln erstarb, als er Charlys Dienstausweis sah.

»Einen Moment bitte … ich schaue mal, ob Herr Alexander Derx im Hause ist.« Er griff zum Hörer, rollte etwas zur Seite. Seine Stimme sank zu undeutlichem Flüsterton herab.

»Mmh … mmh … schwierig«, schnell ein verstohlener Seitenblick zu Tom und Charly, »verstehe …«

Tom trommelte leise mit den Fingerspitzen auf das »Info-Desk«, bis Charly schließlich der Geduldsfaden riss. Ungeniert beugte er sich über den Tresen und zog ein buntes Organigramm zu sich heran:

… »Mag. h.c. Alexander Derx, Room Nr. 1411, Supervisor Coaching«

»Hopp!«

Ein entrüsteter Aufschrei des Telefonisten kam zu spät, leichtfüßig nutzten beide die Verblüffung eines Fensterputzers, der gerade herauskam, und schlüpften durch die Besucherschleuse.

Ein breiter heller Flur mit edlen Fliesen, an der Wand ein Dekostreifen in den Firmenfarben Schwarz-Blau.

»1411, das muss hier sein, Gebäude 1, vierter Stock.«

»Du verkehrst hier öfter?«, fragte Tom.

»Ich doch nicht«, grinste Charly. »Bernie Winter wollte hier verkehren. Ich war dabei, als er damals nach dem Doppelmord in der Metzgergasse eine angebliche Tatzeugin hier dreimal im Büro aufgesucht hat, nur weil er scharf auf sie war!«

Sie ließen den Lift links liegen und spurteten wie auf ein geheimes Kommando die Treppe empor, Scherzer immer einen halben Schritt voraus.

»Stopp!«

Im dritten Stock, der Vorsprung war auf vier Schritte angewachsen, bremste Charly den agilen Kollegen.

»Wos denn, fress halt zum Frühstück ned so viel!«, stichelte Scherzer.

»Denk du ned dauernd ans Fressen, jetzt geht's wirklich ans Eingemachte!«

Sie gingen gemäßigten Schrittes weiter bis in den vierten Stock.

»1411,

Mag. h.c. Alexander Derx, Supervisor Coaching.

Anmeldung 1410 Frau A. Benjassali«.

Frau A. Benjassali war milchkaffeebraun, hatte volle Lippen, eine etwas zu große Nase und akzentfreie Eiseskälte in der Stimme.

»Die Herren von der Polizei? Herr Derx ist leider geschäftlich außer Haus. Kann ich Ihnen einen Termin reservieren?«

Ein dumpfer Schlag aus dem angrenzenden Chefbüro. Charly setzte alles auf eine Karte und stieß die nur angelehnte Tür sofort weit auf.

Ein Aktenordner lag verstreut auf dem Boden. Ein Mann kniete dahinter, in Jeans, weißem Leinenhemd und mit breitem, entwaffnendem Hansi-Hinterseer-Lächeln.

»Kommen's rein, meine Herren. Und entschuldigen's bittschön die Unannehmlichkeiten!«

Er stand auf, schloss die Tür und begrüßte Charly und Tom per Handschlag. »Ich bin Alexander Derx. Nehmen's doch bittschön Platz!«

Ein anthrazitfarbenes Designersofa, überraschend bequem. Charly erwiderte die österreichische Charme-Offensive mit Coburger Direktheit. »Herr Derx, Sie lassen sich verleugnen, obwohl Sie den Grund unseres Besuchs noch gar nicht kennen – warum eigentlich?«

Das Lächeln wurde noch breiter. »Ganz einfach, Herr Kommissar … ich fliege um vierzehn Uhr in die USA und hab deshalb Anweisung gegeben, keine Besucher mehr durchzustellen. Was kann ich auch auf die Schnelle noch für Sie tun?«

»Auf die Schnelle – gar nichts!«, erwiderte Charly. »Ich denke eher, dass wir ein sehr ausführliches Gespräch miteinander führen.«

Derx' Lächeln war nicht kleinzukriegen. Vermutlich ein muskuläres Phänomen. Er legte behutsam die Fingerspitzen aneinander und blickte von Charly zu Tom und wieder zurück.

»Schaun's meine Herren, ich weiß zwar immer noch nicht, wie und womit ich Ihnen weiterhelfen kann. Aber ich bin sehr gerne bereit, mich ausführlich mit Ihnen zu unterhalten. Nur, wie gesagt …«, er wies bedauernd auf seine Armbanduhr, eine Breitling Navitimer mit schwarzblauem Armband, »mein Flug geht schon um vierzehn Uhr, ich müsste eigentlich schon im Auto sitzen.« Geschmeidig glitt er von seinem rückenschonenden Spezialsessel, sogar seine Handbewegung Richtung Ausgang wirkte freundlich einladend.

»Wissen's was? Wir machen bei unserer Frau Benjassali jetzt gleich einen Termin fix, in der nächsten, halt, übernächsten KaaWee können wir uns dann gern ausführlich in aller Ruhe mit'nander unterhalten.«

»Lieber Herr Derx, mit Verlaub«, auch Charly erhob sich jetzt betont lässig, »ich glaube, Sie haben den Ernst der Lage noch nicht erkannt: Wir ermitteln im Mordfall Jasmin Keller.«

Der penetrante Sonnyboycharme zerplatzte wie eine Seifenblase. Finster, fast feindselig, fixierte Derx die beiden SOKO-Beamten.

»Frau Keller war mir nur ganz flüchtig bekannt«, sagte er vorwurfsvoll. »Mit diesem tragischen Todesfall habe ich nicht das Geringste zu tun.« Abrupt drehte er sich um und öffnete die Tür. »Frau Benjassali, machen's mit den Herren bittschön einen Termin aus, übernächsten Montag ... nein, Dienstag ... meine Herren, wenn Sie mich jetzt bitte entschuldigen!« Er angelte nach seinem Sakko.

»Wir sehen uns dann gleich um vierzehn Uhr in der Neustadter Straße bei mir im Büro«, erwiderte Charly gelassen.

Derx erstarrte.

Sofort schob Tom nach. »Unsere Frau Krüger hilft Ihnen gerne weiter, wenn es Probleme mit den Besucherparkplätzen geben sollte.«

»Moment mal – das ist doch nicht Ihr Ernst!« Mit Genugtuung registrierte Charly, dass Alexander Derx völlig aus der Fassung geraten war. Obwohl seine Sekretärin gerade telefonierte, brauste er lautstark auf.

»Ich fliege in einer Stunde in die USA, und daran werden Sie mich nicht hindern! Sie haben nix Richterliches und nix vom Staatsanwalt in Händen!«

»Weil ich voll auf Ihre Kooperation setze, Herr Derx. Sie sind unser wichtigster Zeuge in einer brutalen Mordserie.« Charly sprach bewusst gedämpft, er wartete noch kurz ab, bis die Benjassali wieder auflegte.

»Sollten Sie uns allerdings versetzen, müssen Polizei und Staatsanwaltschaft Ihre Rolle kurzfristig noch einmal neu bewerten: Wäre Ihnen eine medienwirksame Verhaftung kurz vor dem Einchecken wirklich lieber?«

»Was wetten wir?«, fragte Tom, als sie das Gebäude 1 wieder verließen.

»Zehn Kristallweizen gegen zehn Kitzmann. Er wird kommen.« Schnell noch ein ironisches Winken für den Mann am Service-Info-Checkpoint.

Derx. Schwarz und blau. *»Black and Blue«*, das Stones-Album von 75 – seicht und oberflächlich …

»Doch, der Herr Magister Alexander Derx wird kommen! Vielleicht mit Verspätung, vielleicht gleich mit Anwalt, aber er wird uns heute definitiv noch die Ehre geben.« Charly rieb sich die Hände. »Und dabei kann ihm kein Schwiegerpapa und kein magenkranker Oberstaatsanwalt helfen!«

13:55 Uhr / Coburg, SOKO Franken

»Verflucht noch mal, Herrmann, jetzt schießen Sie aber gewaltig übers Ziel hinaus!«

Ritter stand förmlich unter Strom. Die Hände hinter dem Rücken verschränkt, marschierte der bullige Polizeichef vor dem Big Board »WÜ-ER-CO« des Lageraums auf und ab wie ein eingesperrter Königstiger.

»Hans-Walter Derx persönlich hat ins Telefon geplärrt, dass ich den Hörer so halten musste!« Er streckte seine Hand eine volle Armlänge vom Ohr weg.

»Völliger Mangel an Takt- und Fingerspitzengefühl, dilettantisches Vorgehen und so weiter!« Er machte wieder kehrt, stützte sich auf den Schreibtisch und nahm Charly ins Visier.

»Das würde ich ja noch in Kauf nehmen, das buchen wir alles ab unter erstens cholerisch, zweitens großkotzig, drittens überspannt! Aber unter uns, Herrmann, jetzt ganz unter uns«, er senkte seine Stimme, wie er es unter vier Augen gern tat, zu dramatischem Flüsterton herab, »was haben Sie sich als Kriminalist dabei gedacht? Ein bloßes informelles Gespräch, zugegeben mit einem wichtigen Zeugen, was spielt es da für eine Rolle, ob Sie das heute oder nächste Woche machen?«

Charly betrachtete nachdenklich die Fingernägel seiner rechten Hand, bevor er Ritters Blick kühl erwiderte.

»Eine ganz entscheidende Rolle, Chef. Von diesem Gespräch hängt schließlich ab, ob aus dem Zeugen ein Verdächtiger wird.«

»Was wollen Sie heute ganz konkret von ihm?«

»Am besten, er gibt uns gleich freiwillig seine DNA. Er war der Letzte, der mit der kleinen Keller zusammen war. Er hatte Gelegenheit und passt, ohne der Frau Kollegin vorzugreifen, sicher auch in unser Täterprofil.« Charly wurde leidenschaftlich. »Und als SOKO-Leiter will ich mir nicht hinterher ans Bein pinkeln lassen«, ereiferte er sich. »Stellen Sie sich die Negativpresse vor: ›*Coburger Polizei fasst Derx mit Samthandschuhen an*‹«, der bewährte Trumpf musste gleich stechen, »wie kommt denn das in München an?«

Ganz kurz verzog Ritter das Gesicht, als hätte er auf eine Zitrone gebissen, um gleich darauf unwillig abzuwehren: »München, München! Und wie kommt es in München an, wenn Derx seine Parteikontakte spielen lässt und dort intrigiert?«

»Aber hallo, Chef!« Jetzt konnte sich Tom Scherzer nicht länger zurückhalten. »Das darf uns doch nicht interessieren, wer da vielleicht welche Kontakte hat. Wir müssen einen Serienmörder aus dem Verkehr ziehen!«

»Verschonen Sie mich mit Ihren Belehrungen, Kollege Scherzer!«, bellte Ritter. »Polizeiarbeit ist das eine, politische Kontaktpflege und professionelle Informationsarbeit das andere! Begreifen Sie endlich dieses Wechselspiel, von dem wir alle abhängig sind!«

Tom schüttelte störrisch den Kopf. Charly bemühte sich schnell um Deeskalation.

»Chef, es ist doch Fakt, dass Derx keinerlei Schaden erlitten hat. Es ist nichts nach außen gedrungen, und er hat auch keinen geschäftlichen Termin verpasst. Er will doch nur als Zuschauer zum ›US-Bank-Championship‹, einem Golfturnier in Milwaukee.«

»Ende der Diskussion«, befahl Ritter. »Ich sehe, dass Sie beide unter Höchstbelastung arbeiten. Ganz klar, dass da auch Fehler passieren. Gehört zu meiner Fürsorgepflicht, Ihnen optimale Unterstützung zu gewähren, um das hohe Qualitätslevel der SOKO Franken aufrechtzuerhalten. Ab sofort deshalb«, er machte eine kurze, bedeutungsschwangere Pause, »ab sofort werden Sie den Kollegen Löhlein verantwortlich einbinden. Alle öffentlich relevanten Entscheidungen laufen über seinen Tisch!«

Die erste Kippe seit gefühlten zwanzig Jahren, noch dazu eine echte Lucky, spontan geschnorrt von Gräbner, dem dicken Hauselektriker.

Charlys Finger zitterten vor Gier.

Das alte grüne Plastikfeuerzeug aus dem Schreibtisch, wa-rum-sprang-es-ver-flucht-noch-mal-nicht – doch, jetzt, endlich! Gierig sog er, um die Glut anzufachen.

Nur ein, zwei tiefe Züge.

Höchstens drei.

Ein letzter, vierter.

Und noch ein ganz tiefer, allerletzter …

Schade um den Tabak; was für eine Verschwendung …

Er drückte die halb gerauchte Zigarette in den rot-silbernen Taschenascher »Partei für Franken – Politik für unsere Heimat!« und verharrte am offenen Fenster.

Direkt unter ihm standen zwei grün bemützte Kollegen vor dem Haus, ein dritter stieß gerade dazu.

Sechsundzwanzig Sterne auf sechs Schulterklappen.

Nur mit Mühe widerstand er der heftigen Versuchung einer spontanen Rachenschleimentsorgung. Derart hinterhältige Anschläge konnten, wenn überhaupt, nur aus fremden Bürofenstern erfolgreich abgeschlossen werden.

Ein frontaler Überraschungsangriff dagegen war Ritters Entscheidung gewesen, ihm Löhlein vor die Nase zu setzen. Dieser war von Ritters spontanem Entschluss genauso überrascht worden und mühte sich unter vier Augen schwerstens um Schadensbegrenzung:

»Wird alles nicht so heiß gegessen, wie es gekocht wird, Charly! Du bleibst für alle und für die Öffentlichkeit der Chef, nur intern tauschen wir uns halt jetzt verstärkt aus …!«

Keine Zeit für Vertiefung: Derx klingelte durch, neuer Termin jetzt fünfzehndreißig, weil sein Anwalt noch auf der A9 bei Tennenlohe im Stau steckte.

»Also, gemmer widder nei!« Die Runde unter seinem Fenster löste sich diszipliniert wieder auf. Das Fenster ächzte, als Charly es wieder in Kippstellung brachte.

Derx erschien, auf die Minute pünktlich, im gepflegten Kolonialherrenlook. Ton in Ton die hellen Schuhe und der leichte Leinenanzug, Marke Plantagenbesitzer. Anstelle eines Tropenhelms trug er jedoch ein dunkles Basecap mit einem Emblem »Vermont – Montpelier«.

Im Schlepptau befand sich sein Anwalt, Dr. Ulf Viewegge aus Starnberg, der heute zufällig in Ansbach Termine wahrgenommen hatte. Dr. Viewegge war ein wettergegerbtes norddeutsches »Stoiber-Double« mit weißer Tolle. Er trug einen bayerischen Trachtenjanker (»aus der Edition Holladihü«, hatte Schnauzer gelästert) und war mit einem BMW 635 CSI vorgefahren. Charly verkniff sich die Frage nach einem Boot auf dem Starnberger See.

Viewegge agierte ausschließlich im Stehen, wobei er entweder selbstgefällig dozierte oder, mit verschränkten Armen und zusammengepressten Lippen, auf den Füßen wippte und konzentriert lauschte.

Alexander Derx ließ nur noch sporadisch den alten »Hansi-Hinterseer-Charme« aufblitzen. Einsilbig, fast widerwillig, bestätigte er, Jasmin Keller gekannt zu haben. Nur flüchtig, sie habe vor fünf oder sechs Wochen in der Firma vorgesprochen und Sponsoren für ein studienbegleitendes Projekt der Fachhochschule gesucht.

Nein, erklärte Derx, es sei noch offen, ob die Firma dieses Projekt unterstützen werde. Ja, er habe Jasmin Keller zwei- oder dreimal wiedergesehen. Nein, dies seien keine festen Verabredungen gewesen, man sei sich zufällig in der Stadt über den Weg gelaufen. Er habe keinerlei sexuelle Beziehung zu Jasmin Keller unterhalten »und nein, diese auch nicht gewünscht oder geplant!« – so die erboste Reaktion auf Charlys provokante Frage.

Auch Viewegge protestierte energisch »gegen diese Art der Befragung«. Charly ignorierte den Protest und ließ Tom vorsätzlich Verwirrung stiften durch die Frage nach Alibis für die Morde in Würzburg und Erlangen. Derx sah sich zu einem Telefonat mit seiner Sekretärin genötigt. Über die Lautsprecherfunktion des Dienstapparates lauschten alle der kühlen Erotik von Frau Benjassali.

»Am 8. Mai waren Sie laut Kalender von neun bis siebzehn Uhr in Nürnberg. Vertretung Ihres Schwiegervaters auf der IHK-Tagung ›Fusion zur IHK Metropolregion‹ … nein, keine Abendtermine eingetragen … und am 29. Mai steht ganztags ›Würzburg,

Sponsorenpool Afrika-Festival, VIP Access all Areas‹. Auch hier keine Abendtermine.«

Charly legte eine vielsagende Kunstpause ein. Derx wurde unruhig und kratzte sich immer wieder nervös im Brusthaar, das aus seinem offenen Kragen herauswucherte. Er gab zu, einige Messer zu besitzen, allerdings nur in seiner Jagdhütte in Obergurgl.

»Hatten Sie Geschlechtsverkehr mit Jasmin Keller?«, fragte Charly leise, fast vertraulich.

»Natürlich nicht!«, entrüstete sich Derx und deutete auf seinen breiten Goldring. »Offenbar ist Ihnen entgangen, dass ich seit Jahren glücklich verheiratet bin!«

Charly lächelte amüsiert und griff nach einer von Quax vorbereiteten Pressemappe.

»Zumindest ist mir nicht entgangen, Herr Derx, was immer wieder so in den Zeitungen steht. Ein paar Zitate und Bildunterschriften aus den letzten Wochen, Rubrik ›Leute heute‹ in der Frankenzeitung:

›Alexander Derx, nicht nur hier sehr aufmerksam bemüht um die letztjährige Faschingsprinzessin Silke II.‹

›Ein liebevoller Blick für Strohwitwer Alexander Derx von seiner sichtlich gelösten Gala-Begleiterin Aline Benjassali.‹

›Beim Rod-Stewart-Auftritt auf dem Coburger Schlossplatz ebenfalls im VIP-Bereich auf den Arkaden gesichtet: Charmeur Alexander Derx mit unbekannter schwarzer Schönheit. Hängt der Haussegen schief? Insider wollen wissen, dass Ehefrau Corinna und Schwiegervater Hans-Walter alles andere als erbaut sind über seine gesellschaftlichen Aktivitäten in der letzten Zeit …‹«

Charly schob alles zu Scherzer, der die Ausschnitte wieder einsortierte. Derx wandte sich wütend an seinen Anwalt.

Dr. Ulf Viewegge, mit der Erfahrung unzähliger Gerichtsverhandlungen, schüttelte künstlich lachend, in gespielter Fassungslosigkeit, seinen weißen Charakterkopf.

»So etwas habe ich noch nie erlebt! Das nimmt ja hier schon humoristische Züge an!«

»Na, dann kommen wir mal schnell zurück zum Samba-Festival!«

Derx erinnerte sich erst stockend, dann immer flüssiger, er sei erstmals gegen zwanzig Uhr, im Gedränge an der Caipirinha-Bar am Rondell, mit Jasmin Keller kurz ins Gespräch gekommen.

Gegen einundzwanzig Uhr dreißig seien sie sich dann oben auf den Arkaden nochmals über den Weg gelaufen. Beide waren zu diesem Zeitpunkt ohne Begleitung, zu zweit sei man dann »vielleicht eine halbe, dreiviertel Stunde zwischen Hofgarten und Arkaden umhergeschlendert, da haben uns sicher einige Leute gesehen ... aber wir haben uns recht angeregt unterhalten, ich hab selbst niemanden bewusst registriert«.

Irgendwann »deutlich vor dreiundzwanzig Uhr, vielleicht zweiundzwanzig Uhr dreißig« habe er sich dann von Jasmin Keller auf den Arkaden wieder verabschiedet. »Auf dem Schlossplatz habe ich dann das große Finale der ›Bateria do Samba Brasil‹ miterlebt, ich stand neben meinem Tennispartner, Steuerberater Roger Neidhardt, und seiner Frau Evelyn, die können das beide bezeugen.«

Nein, er habe keine Ahnung, was Jasmin Keller an diesem Abend noch vorhatte und ob sie noch jemanden treffen wollte. Sie habe immer behauptet, Single zu sein.

»Und das haben Sie gnadenlos ausgenutzt, oder?«, provozierte Tom jetzt. Bevor Derx reagierte, schnellte Viewegges gestreckter Zeigefinger nach vorn.

»Vorsicht, Herr Kommissar! Wenn ich Sie nochmals erinnern darf, dass mein Mandant hier höchstens als Zeuge sitzt und nicht als Beschuldigter!«

Charly rümpfte die Nase. »Ich frage mich in der Tat, ob wir nicht langsam von einem schwachen Anfangsverdacht gegen Sie reden müssen, Herr Derx!«

Er ignorierte das empörte Aufbegehren des Österreichers, um ruhig fortzufahren.

»Sie waren der Letzte, der Jasmin lebend gesehen hat, Sie waren sogar innerhalb des mutmaßlichen Tatzeitraums noch mit ihr zusammen. Ferner fällt auf, dass Sie am Tag des Erlanger Mordes im benachbarten Nürnberg weilten und am Tag des Würzburger Mordes sogar direkt auf dem Afrika-Festival ›Access all Areas‹ hatten.«

Derx war außer sich. »Un-er-hört-ist-das!« Im Stakkato schlug er mit der flachen Hand auf die Schreibtischplatte. »Sie befragen mich als Zeugen und unterstellen mir plötzlich dreifachen Serienmord!«

»Und das, ohne ihn über seine Rechte zu belehren.« Viewegge zog seine silbergrauen Augenbrauen zusammen. »Lassen Sie mich fürs Erste so formulieren«, begann er. »Sie haben noch viel, viel Arbeit vor sich, in jeder Beziehung. Ihre vermeintlichen Verdachtsmomente sind geradezu atemberaubend lächerlich! Was meinen Sie, wie viele Menschen sich am 8. Mai im Großraum Nürnberg aufhielten und am 29. Mai das Afrika-Festival besuchten? Mit Sicherheit etliche Hundert! Und in Coburg können Sie jetzt sogar zwei Zeugen befragen, ob mein Mandant blutbespritzt auf dem Schlossplatz stand und sich irgendwie auffällig benommen hat!«

Charly schwieg und starrte scheinbar geistesabwesend vor sich hin. Die Pause dehnte sich schier endlos. Endlich blickte er auf: »Eins würde ich noch gern von Ihnen wissen, Herr Derx: Hatten Sie … hatten Sie eigentlich … Geschlechtsverkehr mit Jasmin Keller?«

»Das hab ich doch schon tausendmal gesagt, nein, nein und nochmals nein!«, brüllte Derx und hämmerte erregt mit der Faust auf den Tisch.

Ganz schön dünnhäutig geworden, dachte Charly erfreut. Sein öliger Charme ist wie weggeblasen.

»Dann haben Sie das ja unmissverständlich klargestellt, vielen Dank, Herr Derx. Ich gehe davon aus, dass Sie unter diesen Umständen nichts dagegen haben, uns eine Speichelprobe hierzulassen?«

Sofort war Viewegge zur Stelle. »Sie müssen das unter keinen Umständen …«

Derx wehrte unwillig ab. »I hob die Klaane net umbrocht, und I hob nix mit ihr g'habt! Von mir aus rotz ich Ihnen gern was voll – damit dieser Spuk endlich ein Ende hat!«

»Danke für Ihre Unterstützung, meine Herren.« Charly drückte die Stopp-Taste des Aufnahmegeräts und stand auf. »Ich lasse schnell das Protokoll ausdrucken, Herr Scherzer wird Sie inzwischen zur Probenahme begleiten. Bis gleich!«

»Ned schlecht, Alder!«

Anerkennend reckte Tom den Daumen hoch.

Charly wickelte bedächtig einen Streifen Kaugummi aus. »Wie hat mein Opa immer gesagt: Stell dich blöd, dann bist du g'scheit!« Er drehte das Papier zu einem Silberkügelchen. »Für Viewegge sind wir zwar provinzielle Dummköpfe – oder waren es zumindest vorübergehend. Aber damit haben wir alles erreicht, unser Millionärsschwiegersöhnchen hat uns freiwillig seine DNA gegeben!«

Befriedigt schnippte er das Kügelchen quer durchs Büro. Es sprang vom Fensterrahmen zurück und landete knapp neben seinem geflochtenen Papierkorb.

»Das spricht natürlich für seine Unschuld«, mutmaßte Tom.

»Sieht leider ganz so aus.« Charly kratzte sich nachdenklich am Kinn. »Andererseits habe ich ganz bewusst immer von ›Geschlechtsverkehr‹ gesprochen. Da denkt erst mal jeder automatisch an die klassische vaginale Nummer. Und die ist ja bei der Keller definitiv nicht gelaufen.«

Tom zog zweifelnd eine Augenbraue hoch. »Du denkst, er hat sie nur oral benutzt und fühlt sich deshalb so sicher?«

»Könnte ich mir vorstellen. Er denkt jedenfalls nicht mit dem Hirn, sondern mit dem Schwanz.«

»Störe ich?« Barbara Antlkofer stand in der Tür, den Arm herausfordernd in die Seite gestützt: schwarze Jeans, rote Bluse, pechschwarze Mähne.

»Eviva España!«, murmelte Tom.

Über ihre Schulter grinste plötzlich der stoppelhaarige Quax ins Zimmer. »Männer, wie sieht's aus? Termine für die Tatortführungen am Berch und in Randersacker?«

»Hab ich Löhlein doch schon letzte Woche gegeben!«, giftete Charly. »Er muss halt mal die ganze Scheidungskorrespondenz von seinem Schreibtisch räumen!«

Satisfaction. Sein Privathandy.

»Ja, Valerie, was ist denn so wichtig?«

Sie schluchzte.

»Mama … sie ist in Kutzenberg … hat sich mit Schlaftabletten vollgepumpt.«

17:55 Uhr / Bezirksklinikum Kutzenberg, Station 3b

Dr. Sattler war ein altersloses, schmächtiges Männchen mit völlig haarlosem Schädel und einer überraschend ausdrucksstarken, wohltönenden Stimme.

»Ihre … Frau?«, fragte er Charly.

»Geschiedene.«

»Ihre geschiedene Frau ist ja nicht zum ersten Mal auf unserer Station.« Seine dünnen, blassen Finger wanderten flink und unberechenbar wie Spinnenbeine über sein Klemmbrett.

»April 1985, April 1990, September 1997. Dazu ein freiwilliger Aufenthalt im März 2004 … Drei Suizidversuche mit Zauderschnitten, eine schwere Depression mit Suizidankündigung. Jetzt erstmals ein Suizidversuch mit Schlaftabletten. Posttraumatische Belastungsstörungen … mmhm … mmhm … mhm …« Sein Zeigefinger fuhr immer schneller nach unten.

»Sagen Sie's doch ganz normal: Sie ist nie über den Tod unseres Sohns hinweggekommen«, sagte Charly ruhig.

Sie kamen an die Stahltür der geschlossenen psychiatrischen Abteilung. Der kleine Arzt zog die schwere Tür mit erstaunlichem Schwung auf, verblüfft schlüpften Charly und Valerie mit durch.

Dahinter empfing sie ein gänzlich unerwarteter Anblick: Decke und Wände in warmen Terrakottatönen, Aquarelle und Kunstdrucke in fröhlichen Farben.

»Das ist ja wie im Hotel«, entfuhr es Valerie.

Sattler nickte zufrieden. »Sie glauben gar nicht, wie wohl sich manche Patienten fühlen. Manche wollen gar nicht mehr heim in ihre … nun ja … manchmal etwas schwierige Umgebung.«

In einer Sitzecke des Aufenthaltsraums saßen Männer und Frauen in Bademänteln und Jogginganzügen. Neugieriges, interessiertes Köpferecken oder ausdruckloses Vor-sich-hin-Stieren. Ein oder zwei Grimassenschneider.

Keine Andrea.

Valerie hastete voran, um die nächste Ecke herum.

»Mama!«

Sie drückte heftig eine Frau, die allein an einem kleinen Holztisch saß. Charly hätte sie, acht Monate nach der letzten Begegnung, fast nicht mehr wiedererkannt.

Langes, ungepflegtes Haar, die letzte Blondierung halb herausgewachsen und von Brünett und ein paar grauen Strähnen verdrängt. Ein fahles, ungeschminktes Gesicht, dessen Züge aber die einstige Rasse und Klasse immer noch nicht ganz verleugnen konnten.

Mechanisch, ohne eine Miene zu verziehen, erwiderte sie Valeries Umarmung. Ruhig und friedlich blickte sie ins Leere.

»Der Tablettencocktail wirkt natürlich nach«, sagte Dr. Sattler leise und fragte dann laut: »Wie geht's Ihnen jetzt, Frau Herrmann?«

»Danke, gut. Mir geht's gut. Mir geht's immer gut.«

Wie ein Roboter, dachte Charly. Sie blendet sich vollkommen aus.

Das ist sie nicht.

Nicht Andrea, mit der ich sieben Stunden im Zug nach Paris gefahren bin. Nur um auf dem Eiffelturm einen Kaffee mit ihr zu trinken.

Das ist sie nicht.

Let's do some living after we die …

Stumm streckte er eine Hand nach ihr aus. Er spürte ihre warmen Finger, und obwohl sie ihn keines Blickes würdigte, wünschte er sich plötzlich einen Herzschlag lang, von ihr nicht mehr losgelassen zu werden.

Dann fiel sein Blick auf die Zeitung, die vor ihr auf dem Tisch lag.

Eine alte fz-Seite: »*Charly Herrmann, der fränkische Super-Cop*«. Sie war x-mal zerknittert und wieder auseinandergefaltet worden, die Ränder eng bemalt und beschrieben.

»TIMMI – warum?«

Und darunter mindestens fünfzig rote und schwarze Kritzeleien.

Mindestens fünfzig rote und schwarze Nikolaushäuser.

Die kleine Hankirche auf dem Nachbarhügel begann gerade mit dem Abendläuten, als Charly und Valerie wieder ins Freie traten.

Valerie holte tief Luft, Charly fingerte gedankenverloren in seiner Brusttasche. »Rauchen kann tödlich sein.« Die erste eigene Lucky-Schachtel seit zwei Jahren.

»Wieso fängst du mit der Scheiße wieder an?«, fragte Valerie aggressiv.

Charly klemmte die Kippe zwischen die Lippen, kniff die Augen zusammen und startete wortlos den Alfa. Im Schritttempo rollten sie durch das parkartige Klinikgelände mit seiner malerischen Kulisse aus alten Wohnhäuschen, Obstgärten und Kastanien.

Valerie saß kerzengerade auf dem Beifahrersitz und keilte weiter aus: »Was war das eigentlich diese Woche im Hofgarten, bei eurer Jasmin-Keller-Show? Das war ja wohl ganz schön lächerlich, wie du diese schwarzhaarige Tussi da angebaggert hast!«

Charly zwang sich, ruhig zu bleiben. »Ich habe niemanden angebaggert, schon gar nicht im Dienst.«

»Das sah aber ganz anders aus!«

»Was du dir immer einbildest und falsch interpretierst! Das war kein aktiver Flirt, da passieren höchstens mal so unbewusste Balzreflexe – wenn überhaupt.«

Sie passierten die Schranke und fuhren an alten, zurückgeschnittenen Linden entlang. Wiesen, Wälder, sanfte grüne Hügel, von Bamberg bis zum Staffelberg am Obermain.

Harmonie in Vollendung. Der schärfste denkbare Kontrast zu den Verwirrungen und Verletzungen in den Köpfen der Kutzenberger Patienten.

Valerie hustete. Übertrieben.

Genervt schaltete er den CD-Player ein.

»I see a red door and I want it painted black …«

Valerie drehte leiser. Sofort drehte Charly wieder lauter. Sie revanchierte sich mit einer neuen Verbalattacke.

»Warum hast du damals bloß zu trinken angefangen, das hat Mama doch erst den Rest gegeben … sie hat's mir doch mal erzählt, dass du dauernd mit Bernie Winter auf Tour warst!«

Charly sah rot. »Verflucht noch mal, Valerie, was ist das für 'ne beschissene Seifenoper jetzt? Du warst zwei Jahre damals, und ich war noch viel tiefer in der Scheiße als Andrea, ich war schuld –

schuld – schuld an allem! Wer hat sich denn um mich gekümmert?« Feiner Speichel flog auf die Windschutzscheibe, verschmierte beim Wegwischen nur noch mehr.

»Und genauso musste ich mich permanent bei deiner Mutter rechtfertigen, ganz genauso! Du ... du bist ...«

Er brach hilflos ab, spürte plötzlich einen massiven Block in seinem Magen.

Valerie drehte sich zur Seite und begann leise zu schluchzen.

22:57 Uhr / Coburg, Am Ölberg

Zap 34: »Rufen Sie jetzt a...«. Zap 35: »... der eben erst eingewechselte Nigerianer ...«. Zap 36: »... kamen bei einem Sprengstoffanschlag in Gaza ...«. Zap 37: »... kommt auch die etwas fülligere Damenfigur, wie unsere Véronique und Dagmar hier zeigen, sehr schön zur Geltung ...«. Zap 38: *»Hasta la vista, baby!«*

Genau.

Entschlossen befahl Charly »Aus«. Er fluchte, weil sich wieder das alte Tesaband von der Fernbedienung löste und das Batteriefach freigab.

Ein letzter Rest aus dem Weizenglas, die Zitronenscheibe rutschte mit. Schal und lauwarm.

Das Handy meldete sich.

Bernie Winter, gewohnt penetrant. »Hey, Alter, wie geht's? Alles fit im Schritt? Kannst doch bestimmt 'ne kleine Auflockerung vertragen: Ich könnte zwei wahnsinnig nette, neue Kolleginnen mitbringen ...«

Das Arschloch kennt nur noch Sex und Saufen.

»*Forget it*, Bernie! Morgen geht's ganz früh raus.«

»Ouh-ouh-ouh! Der Super-Cop auf heißer Spur? Na, dann vergiss die zwei Tussis. Ich wollte sowieso lieber hören, wie's mit unserer fränkischen Bestie, unserem ›Nik the Ripper‹, weitergeht ...«

Die Sensationsgier vibrierte förmlich durch Charlys Handy. Winter war gar nicht mehr zu bremsen.

»Nach was für 'nem Typen sucht ihr jetzt eigentlich? Was spucken denn die Profiler so aus?«

»Nix Neues, Bernie, überhaupt nichts Neues.« Rollo runter,

Schotten dicht. »Wir ermitteln nach wie vor in alle Richtungen, du weißt doch …«

»Möönsch, Charly! Warum nutzt du das nicht aus, warum nutzt du mich nicht aus? Ihr habt doch jetzt alle den Tunnelblick – ich nicht! Such mal 'nen Außenstehenden mit meiner Erfahrung, meiner Kreativität, meiner Verschwiegenheit … nee, jetzt wirklich ohne Scheiß, Charly: Für ein paar knackige Infos im Vertrauen könnte ich dir ganz schön was liefern, Inspirationen, Denkanstöße, ganz neue Ermittlungsansätze – mit tödlicher Sicherheit!«

Wieder sein raues, kehliges Raucherlachen, das für ihn so typisch war.

Charly betrachtete den alten Tesastreifen, der nur noch lose von der Fernbedienung herabhing. Dahinter die drei leeren Bierflaschen, die Fernsehzeitung und das Plattencover: Toto.

Stillleben.

Gleich wird auch Bernie verstummen.

»Charly? Bist du überhaupt noch dran? … Na, ich seh schon … zur falschen Zeit am falschen Ohr … schlaf weiter, Alter, ich melde mich wieder.«

Er schaltete ab, stand auf und öffnete das Wohnzimmerfenster.

Die Veste leuchtete: fahlgelb, faul und eitel.

Und Nikolaushäuser waren überall.

Verführerisch schlicht und grauenhaft sadistisch zugleich verseuchten sie sein Denken, sein Empfinden und seine ganze Vorstellungskraft. Sogar in Kutzenberg waren sie eingedrungen, in die Geschlossene, ins Zimmer seiner eigenen Frau, der Mutter seines einzigen überlebenden Kindes.

I know I've dreamed you a sin and a lie
Let's do some living – after we die
Wild horses …

Vielleicht sollte ich doch lieber weggehen, dachte er.

Ganz weg … aus Coburg und aus dieser Junggesellenbude.

Aufbrechen zu neuen Ufern.

Wild wild horses
We'll ride them some day.

23:46 Uhr / Irgendwo in Franken

Nur die Schreibtischlampe war an und sorgte für behagliche Atmosphäre. Leise vor sich hin summend, schloss er das Geheimfach seines Sekretärs auf. Behutsam nahm er eine kleine Schublade heraus, stellte sie neben seinen Laptop und öffnete eine geruchsdicht verschlossene kleine Plastiktüte.

Eine Handvoll krauser schwarzer Afrolocken quoll ihm entgegen; er schloss die Augen, steckte die Nase tief hinein, roch etwas Spray, Parfüm und, ja, er war ganz sicher, winzige Reste von Schweiß. War es Bühnenschweiß? Angstschweiß? Todes-Angstschweiß?

»Ahanfouée!«, hauchte er.

Er tastete weiter. Noch etwas Dünnes, Hartes befand sich in der Tüte.

Ein Stück weißer Kabelbinder.

Mit spürbar wachsender Erregung fingerte er das Einhandmesser aus seiner linken Hosentasche.

Schnelles, geschmeidiges Öffnen. Tausendmal geübt, traumwandlerisch sicher.

»Blank polierter, rostfreier Hochleistungsstahl mit kraftvoller Teilsägezahnung.«

Ein riskanter Ritt mit dem Daumen über die rasiermesserscharfe Klinge, dazu der Duft der schwarzen Afrolocken. Er spürte, wie ihm Kraft und Stärke in die Lenden schossen.

Er war der Unbesiegbare. Der Gebieter über Leben und Tod: langsam oder schnell, grausam oder gnädig …

Euphorisch forcierte er seinen Ritt auf Messers Schneide. Zu leichtsinnig! Scharf und schnell riss die Klinge Hornhaut, Unterhaut und Kapillaren auf, sofort perlte warmes Blut heraus. Wütend heulte er auf.

»Mistfotze, dreckige!«

Ärgerlich warf er die Trophäe neben seinen Laptop und presste die Daumenkuppe tief in ein Taschentuch.

»Ich schlitz euch alle auf …!«

Seine Rechte hetzte über die Tastatur, wütend loggte er sich ein.

Forum 12: Nik-the-Ripper.
Herzlich willkommen, Jacky. Momentan anwesend: 7.
Belle 76: … nee, bin aus Nürnberg! Nächstes Wochenende Bardentreffen, ich hab ein ganz mulmiges gefühl
tomboy: steck doch mal ein pfefferspray ein J
NoRisk 1: Pfeffersprays ausverkauft steht heute in sz online. Frankenweit riesige Nachfrage.

Grinsend tippte er ein:
Jacky: hi! denke mal mit spraydöschen kommste nicht weit bei nem echten ripper …
Belle 76: vielleicht kriegt ihn ja die SOKO bis Freitag
Jacky: SOKO? rofl – ein paar planlose, überforderte provinzbullen, dazu ein, zwei selbstdarsteller obendrauf, fertig ist das »expertenteam«!
tomboy: scheinst ja nicht viel von ihnen zu halten, jacky
NoRisk 1: einschlägige erfahrungen jacky????
Jacky: nö – gesunder menschenverstand. Nik is einfach zu clever und gerissen, der wird sich leider noch ein paar holen und quälen. vielleicht sogar verstümmeln.
Belle 76: aber jetzt geht doch keine mehr allein in irgendwelche dunklen ecken!
Jacky: LOL!! Merk dir eins belle: dumme weiber und blöde bullen sterben niemals aus!!!!
Belle 76: scheißmacho

Er wieherte vergnügt und löste vorsichtig das Taschentuch vom Daumen. Fachmännisch musterte er den haarscharfen Schnitt.

Tomboy: würde gar zu gern wissen was die profiler über den schon wissen
NoRisk 1: … zu wissen glauben …
Jacky: genau! Astrologen, Kaffeesatzleser! Liegt die Leiche im Wald, hat der Killer forstliche Bezüge, liegt sie im Wasser, werden die Angler überprüft
Tomboy: und wurde sie vorher vergewaltigt, verengt das den potenziellen Täterkreis um 50 prozent …!

Jacky: hehehe-derTäter ist männlich und zwischen 16 und 60
Tomboy: ... und nicht impotent!
Belle 76: SCHEISSKERLE!!
NoRisk 1: also belle halte dich bitte an das niveau dieses chatrooms
Jacky: lass uns doch mal persönlich diskutieren belle: vielleicht samstag beim bardentreffen!?!?
Belle 76: wüsste nicht warum ich dich dort treffen sollte
Jacky: na gut – dann eben bei dir zu Hause!
Tomboy: da bist du am sichersten vor dem ripper, belle
NoRisk 1: was läuft denn am wochenende noch, hat unser freund nik noch alternativen zu N?

Er tippte »*z. B.*« ein – und löschte kurz entschlossen wieder. Interessiert las er den Neuankömmling.

Caligula: hi fans! Norisk 1: wie wärs mit weinfest in sulzfeld oder albertshofen
Jacky: nicht dein ernst caligula! Das genie, der deutsche hannibal lecter soll über die dörfer tingeln ...?
Tomboy: remember berch-afrika-samba, unter 100.000 besucher macht ers nicht!
NoRisk 1: also nächstes wochenende höchstens N

Genug gechattet. Grußlos loggte er sich aus und griff zum Nürnberger Stadtplan.

Exakte Planung war das A und O. Kurzer Weg zum Auto, schneller, sicherer Rückzug, unauffälliges Verschwinden. Dazu die bewährte Ausrüstung: Jeans, alte Turnschuhe, kleiner Rucksack mit Wechselshirt, leichte Wendejacke. Nicht zu vergessen, in der rechten Hosentasche, das neue Prunkstück *»aus rostfreiem, beschichteten 12C27-Stahl, ein markantes Klingendesign mit kraftvoller Teilsägezahnung«*.

Die Klinge schimmerte jetzt wieder blankpoliert und makellos. Was für ein Werkzeug! Bereit für die Hand seines Meisters ...!

Mittwoch

fz: »SOKO: Auswertung läuft – Franken hält den Atem an!«

BILD: »Und was macht ›Nik the Ripper‹ jetzt gerade?«

11:18 Uhr / Coburg, SOKO Franken

»Telefon, Charly! Aktenzeichen XY!«

Charly pinnte das Tatortfoto aus Randersacker wieder an die Wand und eilte zum Schreibtisch zurück.

Moser konnte es nicht fassen. »Der Traum jedes Kriminalkommissars ... einmal im Fernsehstudio stehen, vor Millionen Sesselfurzern glänzen, von Rudi Cerne persönlich die Stichwörter bekommen ... Gratuliere, Kollege!«

Charly hatte noch nicht richtig aufgelegt, als sein privates Handy Alarm schlug.

Gereizt presste er es ans Ohr.

»Jaa ... was ist denn, Valerie ... Moing ... nein, Kaffee klappt heute leider nicht, sorry ... Was heißt, du packst heute Abend ... die Franken-Radtour der fz? Eine Woche in Turnhallen schlafen, du als Luxusgeschöpf? ... Na, beste Grüße an den Herrn Chefreporter, falls er mal auftaucht! ... mach ich ... viel Spaß, ciao!«

»Charly!«

Aus Ritters Tür streckte Löhlein den Kopf heraus. Erregtes Dunkelrot.

»Charly, bitte sofort – es brennt lichterloh!«

Die Uhr sprang auf 11:20 Uhr, als er in das Chefbüro trat.

Ritter stand breitbeinig im Raum, die Daumen im Gürtel eingehakt und ein markant-verkniffenes John-Wayne-Lächeln im Gesicht. Neben ihm Löhlein, einen Kopf kleiner, mit hektisch geröteten Backen.

Irgendetwas stimmte nicht.

Irgendetwas musste passiert sein.

»Kommen Sie rein, Herrmann! Könnte ein historischer Moment sein!«

Ritter wedelte mit einem Faxausdruck.

»Sieht nach Laborergebnis aus«, mutmaßte Charly.

»Richtig! Derx. DNA positiv!«

Millisekunden der Erinnerung, Erkenntnis und Erlösung – lautlos implodierten sie und formierten sich wieder neu … unendlich hell und strahlend schön …

»Wir haben das Schwein!«, brach es aus Charly heraus.

»Ja-ja-ja!« Löhleins typisches Grins-Nicken entgleiste zum rhythmischen Moschen, während sich John Wayne daneben betont cool gab:

»Ganz klar, erst mal ein Indiz, kein Beweis. Aber was für ein Indiz!«

»Dieses perverse kleine Millionärsschwiegersöhnchen, diese geisteskranken, scheißarroganten Geldsäcke!«

Blanke, pure Genugtuung; Sinn und Seele jedes persönlichen Triumphs …

»Also bitte, Herrmann, keine Sippenhaft. Geht hier nur um einen einzigen Geisteskranken!«

Sichtlich gut gelaunt streckte sich Ritter von eins neunzig auf eins zweiundneunzig.

»Folgendes, Kollegen: Erst mal Glückwunsch zu diesem schnellen Teilerfolg! Werde ich der ganzen SOKO gleich persönlich in der großen Lage aussprechen. Zweitens: Info Dr. Stein und Haftrichter erledige ich vorher noch schnell telefonisch …«

Charly unterbrach ihn. »Stein soll am besten gleich mit zur Lage kommen. Die paar Minuten warten wir gern auf den Herrn Oberstaatsanwalt.«

»Und Staatssekretär Vöhringer?«, warf Löhlein dienstbeflissen ein.

»Genau, Löhlein! Drittens Info an Gerd, auch das mache ich natürlich selbst.«

»Viertens Absage XY. Mach ich, wenn Moser die Pressemitteilung fertig hat«, ergänzte Charly. »Und fünftens die Tatortführungen absagen oder verschieben. Erst mal aussetzen, vielleicht kriegen wir ja ein schnelles Geständnis.«

»Gut!« Kurzes, aufmunterndes Kopfnicken des Chefs. »Dann neue große Lage elffünfundvierzig!«

Oberstaatsanwalt Dr. Stein traf auf die Minute pünktlich ein. Äußerlich ungerührt verfolgte er den kollektiven Jubelsturm der SOKO-Beamten, als Ritter das Laborergebnis verlas: Johlen, Abklatschen, immer wieder triumphierende Becker-Fäuste.

Zum ersten Mal ein gelöstes, strahlendes Lächeln von Barbara, die aber jede Umarmung geschickt vermied und es bei einem freundlich-distanzierten Händedruck beließ.

Stein schob sich, mit herbem Rasierwasserduft, knochig-resolut dazwischen.

»Gestatten ... Frau Dr. Antlkofer, der Haftbefehl ist unterschrieben, aber jetzt interessiert mich doch Ihre ganz persönliche Einschätzung: Wie passt der Tatverdächtige in Ihr aktuelles Täterprofil?«

Barbara zuckte mit den Schultern. »Kann ich Ihnen erst beantworten, wenn ich ihn persönlich befragt habe. Bis jetzt weiß ich alles über ihn nur aus zweiter Hand.« Sie lächelte, um dann sofort einen Giftpfeil hinterherzujagen. »Kennen Sie den Mann eigentlich?«

Steins Blick verfinsterte sich, die Lippen wurden sofort zum Strich.

»Ich würde Alexander Derx ganz sicher nicht zu meinen persönlichen Bekannten zählen«, antwortete er steif. »Erinnere mich nur, dass ihn mir Hans-Walter Derx mal kurz im Landestheater vorgestellt hat. Belangloser Pausen-Smalltalk, das Gläschen Sekt in der Hand ... könnte bei ›Cabaret‹ gewesen sein ... der klassische Skilehrertyp, war mein Eindruck damals.«

»Sehr eitel und sehr kommunikativ, er passt auf jeden Fall ins Täterprofil«, fasste Charly zusammen und rieb sich die Hände. »Das kann uns Frau Antlkofer sicher auch bald bestätigen – Bayern brauchen halt manchmal etwas länger!«

Er zwinkerte ihr vergnügt zu.

»Ach, der Haftbefehl, danke, Tom. Herr Oberstaatsanwalt, Frau Kollegin: Meine Verehrung – die Pflicht ruft!«

12:55 Uhr / Gemeinsame Pressemitteilung Polizei und Staatsanwaltschaft Coburg

»SOKO Franken meldet Verhaftung

COBURG. Bei der Suche nach dem Serienmörder ›Nik the Ripper‹, der in Erlangen, Würzburg und Coburg drei Frauen erstochen hat, kam es heute zur Verhaftung eines Tatverdächtigen.

Wie Oberstaatsanwalt Dr. Stein, Polizeidirektor Frank Ritter und der Leiter der SOKO Franken, Kriminalkommissar Charly Herrmann, mitteilten, wurde in Coburg der siebenunddreißigjährige österreichische Staatsbürger Alexander D. festgenommen. Er steht unter dem dringenden Verdacht, während des Coburger Samba-Festivals die zwanzigjährige Jasmin Keller erstochen zu haben. Die Tat steht in engem Zusammenhang mit zwei weiteren, ähnlich gelagerten Morden in Randersacker und Erlangen, die wegen ihrer Brutalität für bundesweites Aufsehen in den letzten Wochen sorgten. Die SOKO Franken mit hundertzwanzig Beamten überprüfte zuvor fast achttausend Hinweise aus der Bevölkerung. Zu D.s Verhaftung kam es aufgrund einer DNA-Spur.

Weitere Informationen folgen in Kürze.«

17:35 Uhr / Coburg, SOKO Franken

»Mann, ist der zäh!«

Ächzend ließ sich Charly auf den braunen Drehsessel plumpsen. »Schenk mir auch einen Kaffee ein, Schnauzer.«

Tom schwenkte nachdenklich seinen halb leeren Kaffeebecher mit dem Aufdruck »Franken – jetzt erscht recht!« und schüttelte den Kopf. »Damit kommt er doch niemals durch: ›Ich hab mir nur einen blasen lassen und hab mich dann verdrückt, da hat sie noch gelebt!‹ Selten so einen Blödsinn gehört!«

Walther musterte mit verschränkten Armen seine Schuhspitzen. »Vor allem, warum war er dann so schnell beim freiwilligen Test dabei?«

Schnauzer fuhr liebevoll mit einem Schnurrbartkämmchen durch seine schwarze Manneszierde.

»Gibt nur eine Erklärung, Jungs – der ist wirklich so naiv!« Er äffte den Tonfall des Österreichers nach: »Sie ham doch ümmer nur von G'schlechtsverkehr g'sprochn und net, dass Sie in der Mundhöhle Sperma g'sucht und g'fundn ham!«

Hämisches Gelächter, auf das Tom, gespielt weinerlich, noch einen draufsetzte. »I hob ihr doch gleich danach an Fisherman's geb'n!«

Der Lageraum tobte. Charly brachte mit links die Kaffeetasse in Sicherheit und ließ die Rechte auf die Schreibtischplatte herabsausen.

»Schluss jetzt, Kollegen! Wir machen weiter.«

Sein Handy schepperte. Unbekannter Anruf. Charly würgte mit Todesverachtung das letzte Stück staubtrockenen Geburtstagskuchen der Kollegin Berchtold hinunter.

»Herrma…«, er musste husten, »Herrmann.«

»Hier ist Derx. Hans-Walter Derx.«

Ein Kuchenkrümel hatte sich irgendwo zwischen Luftröhre und Stimmbändern eingenistet. Charly wandte sich ab und hustete heftig mit geschlossenem Mund.

Wer zum Teufel hatte dem Airbuszulieferer seine Handynummer gegeben?

»Ich höre, Sie sind überrascht, Herr Herrmann?«

Ein süffisanter Unterton, Charly ignorierte ihn. »Was wollen Sie von mir, Herr Derx?«

Derx lachte giftig. »Das kann ich Ihnen ganz genau sagen, Herr SOKO-Leiter! Als Kriminalist, mit Verlaub, taugen Sie nicht allzu viel. Mein Schwiegersohn ist ein Schlawiner, ein Hallodri, aber kein bestialischer Frauenmörder! Alexander ist viel zu schwach für das, was Sie ihm da anhängen wollen!« Er grunzte abfällig.

»Das wird sich zeigen.«

»Ich bin noch nicht fertig!«, bellte Derx. »Als Kriminalist sind Sie schon äußerst schwach! Aber wissen Sie, was Sie wirklich noch bereuen werden? Zweimal in meine Firma einzudringen und den Mann aus seinem Büro zu verschleppen! Das ist Rufschädigung, das ist eine grobe Dienstpflichtverletzung!« Er atmete schwer. Charly lauschte interessiert.

»Morgen treffe ich den Ministerpräsidenten beim Hightech-Symposium Bayern 21«, Derx senkt abrupt seine Stimme, »und eins kann ich Ihnen heute schon versichern, Sie waren die längste Zeit auf Ihrem Posten, Sie werden bald im Keller Akten sortieren oder am Goldbergsee Wasserschutzpolizist spielen.«

Arschloch. Charly hielt das Handy auf Armlänge weg und verstand immer noch jedes Wort.

»... Herr Kom-mis-sar, Sie ... Sie ... Sie sind ein Wurm!«

»Hallo ... Hallo ... Ich höre Sie nicht mehr ...«

Donnerstag

BILD: »›Nik the Ripper‹ gefasst! Coburger verhaftet«

AZ: »SOKO Franken schlägt zu: Verhaftung!«

fz: »Ist das die Killer-Bestie? Festnahme in Franken«

07:50 Uhr / Coburg, SOKO Franken

»Hört euch das mal an«, knurrte Charly fassungslos, »fz Seite zwei, ›*Post von Ronald Senger:*

Großer Jubel über diesen Coup der SOKO Franken – endlich! Endlich? Keine Vorschusslorbeeren: Alexander D. ist nur ein (allerdings schwer belasteter) Tatverdächtiger – nicht mehr und nicht mehr weniger. Vergessen wir nicht: Der Franken-Ripper ist, auch international, einer der furchteinflößendsten Verbrecher seit Jahrzehnten. Ob ein ›kleiner Provinz-Playboy‹, ›kein allzu heller Kopf‹ (zwei O-Töne aus gut unterrichteten Kreisen) dieses ›Format‹ besitzt? Es würde nicht verwundern, wenn D. am Ende doch nicht der Täter wäre. Oder, noch schlimmer, wenn jetzt die Stunde der Trittbrettfahrer schlägt: Tickende Zeitbomben, die sich mit einem einzigen Nikolaushaus zur gefürchteten Bestie stilisieren wollen … Die Angst spricht fränkisch. Keine voreiligen Siegerposen, liebe SOKO. Bleiben wir auf der Hut!‹«

»Der Typ ist doch krank!«, explodierte Charly. »Kriegt hier Vorzugsbehandlung und pisst uns dann ans Bein; sperrt dieses Arschloch endlich weg!« Rasend schnell knüllte er die Zeitungsseite zusammen und schmetterte sie quer durch den Raum Richtung Waschbecken.

»Ey, spinnst du? Des brauch ich fei noch für die Akten!« Empört kroch Quax unter das Waschbecken und faltete die Zeitungskugel wieder auf.

»Ganz sauber isser nimmer«, merkte Tom an.
»Der Charly? Sag ich doch scho lang!«, brummelte Quax.
»Schmarrn; der Chefreporter natürlich, unser Aktiv-Protegé – oder Proaktiv-Stratege!«
Charly hing schon am Telefon.
»Herrmann hier ... Senger, mir reicht's, jetzt ist Schluss mit unserer Zusammenarbeit! Ist doch abartig, was Sie da verzapfen, Sie schüren absichtlich Angst und stacheln auch noch andere Psychopathen an, das gehört vor den Presserat ... was? ... ist mir scheißegal, Senger, ich scheiße auf diese Form von Pressefreiheit, was Sie da machen, ist Anstiftung zum Lustmord!«
Erregt drückte er die rote Taste.
Totenstille in der Runde.
Scherzer grinste, Walther nickte, fast wie ein Demenzkranker, geistesabwesend vor sich hin. Löhlein starrte Charly fassungslos an.
»Das ist Selbstmord, Charly! Der grillt dich, der grillt uns alle bei lebendigem Leib! Und zwar Tag für Tag, schön langsam, über offener Flamme!«
»Ach, hör mir doch auf!« Charly war immer noch auf hundertachtzig. »Du scheißt doch wirklich in jede Hose, die man dir hinhält! Wir brauchen Senger jetzt nicht mehr. Und wenn doch noch was passiert, kommt er schon wieder angekrochen!«
Missmutig rieb er sich die unrasierten Wangen.
»Was ist jetzt mit dem XY-Termin?«, fragte Quax.
»Abgesagt. Derx hat zwar noch nicht gestanden, aber den kriegen wir schon hin.«

E-Mail von: winter@SeCOrity.de

hail to the chief!
congratulations mr. supercop! Heute abend kleine siegesfeier bei mir? 21:00, auch milena würde sich freuen ...
c u, bernie

AW: hail to the chief!

sorry bernie, heute abend schon vergeben. maybe next week?

Freitag, 20:50 Uhr / Bamberg, »Bolero«

»Schön, dass Sie Ihre Wettschuld noch nicht vergessen haben«, frotzelte Charly. »Ein Abendessen mit mir muss doch eine echte Herausforderung sein!«

Barbara Antlkofer warf den Kopf in den Nacken und lachte. »Deswegen war ich ja so dankbar für den Vorschlag mit Bamberg. Allein diese romantische kleine Sitzecke hier ... In Coburg hätte das bestimmt ... Missverständnisse ausgelöst, oder?« Sie strich sich eine Haarsträhne aus dem Gesicht.

Pechschwarz bis zum Ansatz. Unglaublich, dachte Charly, sie muss doch alle paar Tage nachfärben. »Was heißt Missverständnis«, überlegte er laut. »Ist das nicht alles eine Frage der Sichtweise?«

Nachdenklich drehte sie am Stiel ihres makellos glänzenden Rotweinglases. Das Spiegelbild des Kerzenscheins wanderte mit.

»Ist nicht das ganze Leben nur eine Frage der Sichtweise?«, fragte sie leise zurück.

»Natürlich. Oder hätten Sie vor vier Wochen geglaubt, dass Sie sich so schnell bei uns wohlfühlen?«

Sie schüttelte amüsiert den Kopf. »Wer sagt denn das, Herr Kollege?«

»Charly«, erwiderte er prompt. »Wir arbeiten jetzt lange genug zusammen, und der Ältere bin ich außerdem.«

»Sind Sie ... äh, bist du da so sicher?« Sie lächelte wieder, bis tief in ihre blaugrauen Augen. »Barbara ... Prost, Charly!«

Ein halbtrockener fränkischer Rotling. Göttlich fruchtiger Samt schwebte perlend zwischen Zunge und Gaumen.

»Ganz guad.«

»Wie bitte?«

»Da hams ... da hast aber an Guadn ausgsucht!«

»Gell, du hast wenig Erfahrung mit erstklassigen Franken?«, fragte er, nachdem er den ersten Schock überwunden hatte.

»Stimmt«, gab sie unbekümmert zu. »Der erste, ganz auf seine Art, war ... der Killer!«

»Dann möchte ich gar nicht wissen, wer der zweite war«, sagte Charly. »Und was hältst du jetzt wirklich von Derx?«

»Nein, vergiss es, sorry«, schob er sofort nach. »Es ist unser Abend!« Spontan ergriff er ihre schlanken, schmucklosen Hände. Sie wehrte sich nicht.

»Das hast du schon einmal gemacht«, sagte sie leise. Ihr tiefer, unergründlicher Blick irritierte ihn plötzlich.

War sie jetzt immer noch Psychologin – oder einfach Frau, mit einem Wahnsinns-Dekolleté in einer zwei Knopf weit offenen weißen Bluse? Oder konnte sie beides selber nicht mehr trennen?

Mach dich hier nicht zum Affen, ermahnte er sich. Bist schließlich nicht schwanzgesteuert wie Bernie. Oder Derx!

Er zog seine Hände zurück, korrigierte rasch die Lage seines Bestecks und spürte dabei immer noch ihren Blick auf seinem Gesicht.

21:04 Uhr / Irgendwo in Franken

Unruhig trat er ans geöffnete Fenster und betrachtete die grauen Wolken im Westen. Regen wäre Gift, dachte er, Regen wäre tödlich für den Mord. Er grinste schwach über das Wortspiel und klopfte mit dem Fingernagel auf das Barometer. Der Zeiger blieb stur auf seinem Mittelfeldplatz. Gut so.

Er schloss das Fenster und schnappte sich einen der kleinen Rucksäcke, die fein säuberlich auf dem Sofa aufgereiht waren. Jack Wolfskin? Handlich, praktisch, erfolgreich getestet als Samba-Rucksack. Nur die neonfarbene Wolfspranke störte ihn, sie sprang heute besonders auffällig ins Auge.

Weg damit. Jetzt zählte nur noch das Bauchgefühl, der Jagdinstinkt.

Adidas? Prüfend befingerte er das Gewebe: Kratzer, Schnitte, auffällig starke Abnutzungsschäden. Der Missbrauch als Unterlage für ein ganz spezielles Messertraining war unübersehbar. Weg damit.

Langsam griff er nach dem dritten im Bund. Ein schwarzer Oakley mit schwarzen Reißverschlüssen, nur das weiße Logo hob sich farblich etwas ab.

Er prüfte die Reißverschlüsse; erst langsam, dann ruckartig schnell, mit heftigem Zugriff.

Lautlos, gleichmäßig – perfekt!

Befriedigt wandte er sich den Gegenständen zu, die auf dem Couchtisch ausgelegt waren.

Die Jagdausrüstung.

Vorsichtig zog er das Einhandmesser aus dem Etui. Mit sanftem Knacken sprang die Klinge auf. Erst in letzter Minute hatte er sich gegen eine »kraftvolle Teilsägezahnung« entschieden: zu grob, zu viel Sauerei und Hautreste an der Klinge. Angewidert rümpfte er die Nase. Hier war die richtige Antwort.

»Das Junkyard kommt ab Werk schon rasierklingenscharf und exakt mittig geschliffen ... der Klingengang ist etwas streng, aber weich ... ein sehr stabiles Einhandmesser.«

Ein Prachtstück.

Vorsichtig setzte er die Klinge auf seinem Daumennagel ab und zog sie blitzschnell wieder weg. Winzige weiße Spänchen flogen auf, hauchfeine Kratzspuren blieben zurück. Schnell und geschmeidig klappte er das Messer wieder zu und schob es in seine vordere rechte Hosentasche.

Jetzt noch Kabelbinder, Klebeband, kleine Taschenlampe. Dann Feuchttücher, Tempos und ein paar frische Gefrierbeutel mit Verschlussklammern. Eine Sturmhaube, Handtuch und das Wechselshirt, dank sauberer Arbeit bisher nie gebraucht.

Die Tischplatte war leer, der Rucksack voll. Das Nürnberger Bardentreffen konnte kommen – hinein ins Vergnügen!

Er aktivierte die Zeitschaltuhr für Wohnzimmerlicht und Stereoanlage, schlüpfte in eine leichte Wendejacke und verließ pfeifend die Wohnung.

21:42 Uhr / Bamberg, »Bolero«

Barbara schleckte den Espressolöffel ab und platzierte ihn mit gespitzten Fingern auf ihre Untertasse.

»Phantastisch. Ein großartiges Essen.«

Charly nickte mit vollem Mund und kratzte den letzten Rest seines spanischen Schokoladendesserts aus der Schüssel.

»Krönender Abschluss eines unerwartet reizvollen Pilotprojekts.« Der Löffel klirrte, als er die leere Schüssel zur Seite stellte.

Sie schob ihre Hand über das weiße Tischtuch, bis ihre Fingerspitzen sanft an seine stießen.

»Was machen wir jetzt? Fahren wir doch noch zum Bardentreffen?«

22:52 Uhr / Nürnberger Bardentreffen

Der Mond, ein angebissener weißer Lebkuchen, hing böse über den Altstadtdächern. Es war schneidend kalt geworden. Ein plötzlicher Temperatursturz hatte in der letzten Stunde immer mehr fröstelnde Besucher auf den Heimweg getrieben.

Macht nichts, dachte er sorglos. Es verringerte sogar die Gefahr, entdeckt zu werden. Und ein Opfer würde sich heute auf jeden Fall noch finden. Sein Instinkt verriet es ihm. Wollüstig spürte er, wie das Klappmesser in der Hosentasche schwer und warm auf den Oberschenkel drückte.

Ready to explode!

Auf dem Brückengeländer stand eine leere Bierdose. Spontan ergriff er sie. Bierdosenträger wirkten langsam und ungefährlich.

»Oba-oba-ey-ey-ey!«, dröhnte es herüber von der Bühne zwei Straßenzüge weiter. Immer noch Donnie Ball and his DeltaBlizzards, fünf Briten in schwarzen Anzügen und karierten Hüten. »Oba-oba-ey-ey-ey«, nur noch ein dünnes, schwachbrüstiges Zuschauerecho.

Eine Frau kam um die Ecke, Handy am Ohr, intensives Gespräch. Schwarze lange Haare, Mitte vierzig.

Das Opfer. Get ready!

Sie steckte das Handy in ihren kleinen weißen Lederrucksack und schaute sich suchend um.

Noch zehn Meter.

Er ließ sich gegen die Hauswand fallen, täuschte einen Schluck aus der Bierdose vor und beobachtete sie aus den Augenwinkeln. Sie beachtete ihn überhaupt nicht.

Wonach suchte sie?

Seltsam verkrampft trippelte sie vor der Schaufensterfront auf und ab. Vielleicht eine leichte Blasenentzündung? »Antiquitäten An- und Verkauf«, danach ein offener Torbogen zu einem unbeleuchteten Innenhof. Wieder schaute sie sich nach allen Seiten um – und war urplötzlich von der Bildfläche verschwunden. Sie musste in den Innenhof gehuscht sein. Es war wie ein Sechser im Lotto.

Sein Puls raste.

Er stellte die Dose leise auf einem Fensterbrett ab und glitt mit katzenhafter Geschmeidigkeit die Hauswand entlang Richtung Torbogen.

Get ready …!

23:30 Uhr / Coburg, Am Ölberg

Andächtig schweigend standen sie auf dem kleinen Balkon. Die Veste leuchtete.

Weiter unten strahlte die Morizkirche mit ihren anderthalb Türmen.

»Das wollte ich noch mal sehen«, sagte sie leise. »An meinem letzten Wochenende hier.«

Charly lächelte. »Eine Bayerin bewundert die Fränkische Krone, so soll es sein.«

Ein robuster Rippenstoß war die Antwort.

»Im Ernst – wie hat's dir hier gefallen?«

Sie überlegte kurz. »Coburg ist auf jeden Fall was Besonderes … nicht zu groß, alles überschaubar … aber stolz und schick … mit großer Vergangenheit, mit Kunst … mit tollen Läden und wunderschönen Cafés … ich würde sagen: das fränkische Florenz!« Beide lachten.

»Bin ich nicht gut als City-Profilerin?«, fragte sie schelmisch.

»Absolut genial!« Er zupfte einen Faden von ihrer Schulter und ließ seine Hand dann behutsam über ihren Rücken gleiten. »Manchmal sind wir doch nicht so verschieden.«

»Nein«, hauchte sie, und er spürte sie warm und weich an seinem Oberarm, »wir haben alle die gleichen Bedürfnisse, wir drücken sie nur unterschiedlich aus …«

Jetzt! Ein schneller Sidestep durch den Torbogen, blitzartig nach allen Seiten sichern: Unwirklich fahles Mondlicht fiel in einen trostlosen Innenhof. Blinde Fensterscheiben mit Werbung »Altgold An- und Verkauf«, daneben »Haarverpflanzungen«.

Wo war sie?

Ein großer Waschbetontrog mit irgendeinem dürren Gewächs, eine Kellertreppe, ein Müllcontainer.

Und dahinter plötzlich ein leises Plätschern.

Get out!

Das Junkyard in seiner Hand zitterte vor Lust, als er gedankenschnell die Klinge entblößte.

»Wer hätte vor acht Tagen noch gedacht, dass wir ihn so schnell kriegen«, sinnierte Charly. »Jetzt ist er DNA-mäßig schon überführt.« Sanft legte er den Arm um sie. »Es war wirklich schön mit dir«, sagte er mit rauer Stimme.

Sie antwortete nicht und schien wieder ganz in den Anblick der historischen nächtlichen Skyline versunken.

»Was heißt hier *war?*«, fragte sie plötzlich, wirbelte herum und presste sich herausfordernd an ihn.

»Du weißt doch gar nicht, wie schön es *ist* mit mir!«

Er hatte sich näher herangepirscht, kauerte nur zwei, drei Schritte vom Müllcontainer entfernt hinter dem eingetrockneten Grünzeug. Endlich ließ das Plätschern nach und wurde leiser. Vor seinen Füßen bewegte sich etwas; ein Rinnsal lief auf ihn zu. Angeekelt wich er aus und umklammerte das Messer fester. Warte, du dreckige Schlampe, das wirst du gleich büßen!

Warum mussten Frauen im letzten Moment noch schnell auf die Toilette, überlegte Charly. Doch nur, damit wir uns noch um die Musik kümmern können ...

Während nebenan die WC-Spülung rauschte, warf er mit sicherem Griff den CD-Player hinter dem Bett an und knipste die Deckenleuchte aus. Schnell noch ein Odol-Bonbon zerbeißen.

»Angie ... Angie, when will those clouds all disappear ...
Angie ... where will it lead us from here ... ?«

Die Tür ging auf.

Langbeinig, nur noch mit Slip und offener Bluse: die leibhaftige Profilerin des Polizeipräsidiums München.

Sie kroch zu ihm aufs Bett, langsam und lasziv. Leise schnurrte sie etwas bayerisch Unverständliches. Er vergrub sein Gesicht in ihrem seidenweichen, schwarzen Haar, spürte warme Schenkel, zärtlich-neugierige Hände, volle, weiche Brüste; sie küsste immer hemmungsloser, intensiver, leidenschaftlicher …

»… there ain't a woman that comes close to you …«

Wie in Zeitlupe, ein perfekter Bewegungsablauf. Urplötzliche Überrumpelung, instinktiv und raubtierhaft …

Kraftstrotzend, prall und unbezähmbar; geschmeidig weich und sanft; feuchtheiße tiefe Unendlichkeit …

… wild aufbäumende Todesangst, unhörbar verklebte, unmenschliche Schmerzensschreie, immer mehr Blut auf der Kellertreppe: aussichtslose Zuckungen, ein welker Frauenkörper, erbärmlich verendend, wie ein Weißfisch auf dem Trockenen. »Oba-oba-ey-ey-ey«, grölten ein paar besoffene Heimkehrer draußen auf der Straße.

Triumphierend umkreiste er sein Opfer und setzte zum finalen Akt an …

… Raserei, Ekstase, *two stars colliding in an endless universe*, *explosions of love*, Supernova der Lust … die nur langsam wieder verglühte und verebbte …

»War ganz nett, oder?«, brummte er augenzwinkernd.

»Bassd scho«, suchte sie sich fremdsprachlich zu revanchieren.

»Typische FFB-Nummer halt«, bemerkte Charly nonchalant.

»FFB?«

»Franken fickt Bayern.«

Ihre Zähne gruben sich tief und schmerzhaft in seine Schulter.

Draußen leuchtete die Veste.

… er spürte, wie seine Wangen glühten vor Erregung. Vorsichtig lugte er über den Rand der Kellertreppe. Der Hof lag still und totenblass im Mondschein. Durch den Torbogen drangen vereinzelte Gesprächsfetzen von Passanten herein, wurden wieder leiser und verstummten schließlich ganz.

Er streifte den kleinen Rucksack ab und öffnete ihn. Mit frischen Tempos säuberte er seine schwarzen Puma-Schuhe und die Klinge des Junkyards.

Gut gemacht, Kleines.

Sorgfältig klappte er das Messer wieder zusammen und steckte es ein. Die benutzten Taschentücher kamen in eine Plastiktüte im Rucksack, ebenso das Feuchttuch, mit dem er sich, sorgfältig wie ein Chirurg, die Hände desinfiziert hatte. Schließlich wendete er noch rein präventiv seine Jacke, die auch diesmal wieder sauber geblieben war.

Er überprüfte sein gesamtes Aktionsfeld, warf einen letzten verächtlichen Blick auf die Tote und steckte sich dann eine Zigarette zwischen die Lippen, ohne sie anzuzünden. Als er verstohlen wieder hinaus auf die Straße trat, nestelte er zur Tarnung dezent an seinem Hosentürchen.

Im Halbschlaf spürte er ihre warme Hand auf seinem Unterarm. Alles war gut.

Doch irgendetwas stimmte trotzdem nicht. Ein Klingelton aus weiter Ferne. Das Handy lag noch irgendwo im Flur, zwischen Geldbeutel und schwarzen Pumps. Satisfaction, immer wieder Satisfaction. »07:48«, leuchtete auf dem Display.

»Herrmann«, knurrte er.

»Tom hier. Charly, es geht weiter.«

»Was geht verflucht noch mal weiter?« Krampfhaft suchte er den aufsteigenden Alptraum zu verdrängen und kannte doch bereits die Antwort.

»›Nik the Ripper‹. Gestern Nacht beim Bardentreffen in Nürnberg.«

Samstag, 09:25 Uhr / Nürnberg, Innenstadt

»Komm jetzt, lass uns durch, Kollege – wir sind von der SOKO!«

Ungeduldig hielt Charly dem übereifrigen jungen Polizeimeister seinen Dienstausweis unter die Nase. Im Schritttempo rollten sie die letzten einhundertfünfzig Meter bis zu den anderen Polizeifahrzeugen.

Mit Höchstgeschwindigkeit und nüchternem Magen waren sie über die A73 und den Frankenschnellweg nach Nürnberg gerast. Antlkofer sehr schweigsam, aber mit zwei, drei achtlosen Berührungen, die Charly als zärtlich empfinden wollte. Walther war in Breitengüßbach, wo er seine Schwester besucht hatte, erstaunlich gut gelaunt und frisch zugestiegen und Tom erst in Erlangen.

Ein trister Innenhof, eingerahmt von grauen Bürofensterfronten. Die Spurensicherer hatten ihre Arbeit gerade beendet und zwängten sich an den Autos aus ihren weißen Schutzanzügen.

Ein schmächtiger Zwei-Sterne-Mann mit dünnem schwarzem Errol-Flynn-Bärtchen kam argwöhnisch auf sie zu.

»Kriminaloberrat Dennerlein?«, riet Charly und streckte ihm aufmunternd die Hand entgegen.

»So isses!«, freute sich Dennerlein. »Dann sin Sie sicher die Franken-SOKO.«

Sein unverkennbarer Nürnberger Akzent war von einem preußisch-nasalen Schnarren unterlegt. Ohne Umschweife führte er, nach kurzen Shakehands, in den Tatort ein:

»Die Tote wurde heute früh um sechszehn entdeckt von einer Rentnerin, die hier jeden Morgen ihren Hund ausführt.«

»Man sieht's«, knurrte Walther und deutete mit der Schuhspitze auf zwei schwarzbraune Hundehaufen an der Hauswand.

Dennerlein nickte zustimmend und fuhr unbeirrt fort. »Sie lag hier auf der Kellertreppe. Rücklings, der Kopf nach unten, die Füße nach oben. Nackt zwischen Hals und Knien, die Bluse war nach oben geschoben, Slip und Hose hingen in der Kniekehle, nur noch an einem Bein.«

»BH?«, fragte Antlkofer schnell.

»Nein. Aus ihrer ... äh ... sehr anständigen Garderobe schließen wir aber, dass sie einen getragen hat.«

»Also wieder eine Trophäe.«

»Vermutlich«, bestätigte Dennerlein. »Auf jeden Fall ein grausames, schockierendes Bild: fast nackt und kopfüber nach unten gelegt. Das Blut aus den zwölf Einstichen im Brustbereich lief deshalb alles über Hals und Gesicht nach unten. Viel Blut auch aus dem Mund, sie hat sich die Zungenspitze abgebissen, die lag neben ihr auf der Treppe. Vermutlich hat er sie brutal in den Schwitzkasten geklemmt und dann regelrecht abgestochen. In die Bauchdecke hat er, sehr tief, das Haus eingeschnitten. Ihre Beine wurden gespreizt aufgestellt.«

»Eine pure Machtdemonstration«, stellte Barbara fest. »Das Opfer wird bewusst in einer demütigenden, entwürdigenden Position zurückgelassen.«

Schweigend starrten sie auf die Kellertreppe hinab. Fünfzehn Stufen, die letzten vier davon mit großen rostroten Lachen und Flecken übersät. Kleinere Tropfen und Spritzer schon oberhalb der Treppe, wo der Überfall offenbar begonnen hatte.

»Sie war beim Fernsehen?«, fragte Charly leise.

»Ja. Viola Benker-Geith war jahrelang in der Kulturredaktion im Studio Franken des Bayerischen Fernsehens in der Wallensteinstraße. Seit letztem Jahr war sie aber nur noch freie Mitarbeiterin.«

»Wieso das?«, fragte Walther interessiert. »Eine erfahrene, verdiente Kollegin ist plötzlich nur noch freie Mitarbeiterin?«

Dennerlein war die Frage sichtlich unangenehm. Er kratzte mit dem Daumennagel intensiv an seinem Errol-Flynn-Bärtchen.

»Stufe drei«, sagte er schließlich und zwinkerte Charly verschwörerisch zu. »Topsecret. Mein Chef kann gut mit dem Studioleiter, er kriegt immer Karten für Veitshöchheim ... also mein Eindruck ist, der Chef von der Benker-Geith steht mehr auf junges Gemüse. Und sie ist halt schon vierundfünfzig ... gewesen.«

Toms und Walthers Blicke trafen sich. Barbara starrte noch immer regungslos auf die blutbefleckten Treppenstufen.

Vorsichtig dehnte Charly seinen verspannten Nacken in alle Richtungen. Das blaue Himmelsquadrat über den grauen Fassaden des Innenhofs wurde gerade von einem weißen Kondensstreifen durchkreuzt.

»Das Haus vom Nikolaus!«, entfuhr es ihm plötzlich.

Dennerlein schaute ihn fragend an. »Was ist damit?«

»Wie sieht es diesmal aus? Mit welchem Strich hat er angefangen?«

»Das ist mir gleich aufgefallen: nicht normal, mit Wand oder Boden, sondern mittendrin, mit einer Diagonalen.« Er zeichnete mit dem Finger in die Luft: »So, von rechts unten nach links oben!«

Charlys Miene verdüsterte sich. »Hatten wir noch nicht, diese Variante«, sagte er mit rauer Stimme. »Das war dann höchstwahrscheinlich kein Trittbrettfahrer.«

Noch zehn Minuten bis zur Pressekonferenz.

Charly wollte gerade die Klotür wieder entriegeln, als er im letzten Moment zurückzuckte: eine altvertraute Stimme dröhnte plötzlich durch die Herrentoilette. *The godfather of arrogance.* Ronald Senger persönlich, offenbar bestens gelaunt und vorinformiert, im trauten Zwiegespräch mit einem anderen Journalisten.

»... überhaupt, Benker-Geith! Benker-Geith! Diese Doppelnamen, diese altfeministischen Brandzeichen«, ätzte Senger, »diese pseudointellektuellen ...«, er suchte nach einem passenden Ausdruck.

»... Arschgeweihe!«, hämte sein Kollege.

»Genau! Genau! Doppelnamen – diese pseudointellektuellen Arschgeweihe!«

»... der frühen Achtziger!«

Zwei Hände patschten vor Vergnügen gegen die geflieste Wand, dröhnendes Gelächter übertönte das Spülblubbern der Urinale.

Glucksend verließen sie die Toilette wieder.

Das Handwaschbecken hing einsam und unberührt.

Zwei Kirchenuhren schlugen gleichzeitig, als sie in der Direktion am Jakobsplatz den Raum für die PK betraten. Ein Hausmeister im Arbeitsmantel schloss sofort die zwei geöffneten Fenster.

Konzentriert lauschte Charly den einführenden Worten des Polizeidirektors. Die Marschroute war zuvor mit ihm, dem telefonisch zugeschalteten Dr. Stein und dessen Nürnberger Kollegen festgezurrt worden: kein Verschweigen des Nikolaushauses und eindringlicher Appell an journalistische Verantwortung, außerdem Zwischenbilanz der SOKO Franken.

»… und übergebe das Wort an den Leiter der SOKO Franken, Herrn Kommissar Herrmann!«

»Danke schön … Das Mordopfer konnte als die frühere TV-Redakteurin Viola Benker-Geith identifiziert werden. Sie wurde mit mehreren Messerstichen ermordet. Der Mörder hinterließ dabei auch … das Symbol des Nikolaushauses.«

Erregtes Gemurmel und vereinzelte Zwischenrufe. »Kann doch nicht sein!« – »Das gibt's doch gar nicht!« In der zweiten Reihe bemerkte Charly Senger mit seinem typischen Haifischlächeln.

»Bitte, meine Herren, ich bitte Sie!« Der Polizeidirektor, ein grauhaariger Grandseigneur mit auffälligem Siegelring, stellte seine natürliche Autorität unter Beweis, die Journalisten verstummten.

»Genau das war auch unsere Reaktion, als wir heute früh von dem Mord erfuhren. Sie alle wissen, dass für den sogenannten ›Samba-Mord‹ in Coburg seit drei Tagen ein dringend Tatverdächtiger in U-Haft sitzt. Die Überprüfung seiner Alibis für die Morde in Würzburg und Erlangen dauert noch an.«

Er räusperte sich kurz. »Ob es sich nun bei dem Mord an Frau Benker-Geith um einen Nachahmer handelt oder um jemanden, der auch für die anderen Taten in Frage kommt, lässt sich im Moment noch nicht sicher beantworten. Wir ermitteln selbstverständlich in beide Richtungen …«

Wo eigene Argumente fehlen, brauchen Sie Statistiken, hatte Charlys Münchner Ausbilder immer empfohlen. Nie war der Ratschlag so wertvoll wie heute.

»… wir arbeiten mit hundertzwanzig Mann rund um die Uhr, in den letzten siebzig Tagen wurden über sechstausend Hinweise abgearbeitet, knapp fünfzehnhundert Befragungen durchgeführt sowie zwölfhundert Kfz-Halter und über zwanzigtausend Handy-Gesprächsdaten überprüft. Wir stehen in ständigem Kontakt mit Experten des BKA und des Bayerischen Landeskriminalamts …«

Die Fragerunde eröffnete ein BILD-Mann, an dessen rechtem Ohr ein auffälliges weißes Pflaster leuchtete.

»Sie haben von einem möglichen Trittbrettfahrer gesprochen,

wie soll ich das verstehen: Kann jemand aus purer Neugier, aus Jux und Tollerei ein solches Verbrechen verüben?«

Charly schüttelte energisch den Kopf. »Vorsicht, verwechseln Sie bitte nicht Trittbrettfahrer mit Nachahmern! Trittbrettfahrer sind relativ harmlos und wollen nur Aufmerksamkeit erregen, wie zum Beispiel die Nachzieher bei anonymen Bombendrohungen. Der Nachahmer dagegen ist die berühmte tickende Zeitbombe: ein Mensch mit Gewaltphantasien, der immer wieder den drängenden Wunsch verspürt, selbst einen Mord zu begehen. Und hier«, er konnte sich nicht verkneifen, mit dem Zeigefinger auf die Journalistenschar vor sich zu deuten, »genau hier beginnt auch Ihre journalistische Verantwortung! Liefern Sie bitte nicht den Auslöser, den Funken, der das Pulverfass hochgehen lässt!«

Unwilliges Raunen ging durch die Reihen. Aus den Augenwinkeln sah Charly, wie der Nürnberger Polizeipressesprecher neben ihm unbehaglich die Beine übereinanderschlug. Er zwang sich zur Ruhe.

»Was ich damit sagen möchte, meine Damen und Herren: Lassen Sie uns bitte weiter so professionell wie möglich uns gegenseitig unterstützen und zusammenarbeiten. Es gilt wie immer: Bitte keine emotionalen Bilder, keine detaillierten Tatschilderungen und möglichst keine ungesicherten Vermutungen zum Motiv.«

Der Pressesprecher entspannte sich wieder.

Senger griff ein. »Eine Frage noch zum Nikolaushaus. Wie viel verschiedene Möglichkeiten gibt es, dieses Ding zu zeichnen?«

»Achtundachtzig«, antwortete Charly knapp.

»Und waren die bisher bei jedem der vier Opfer anders?«

»Ja. Waren sie.«

»Also vier von achtundachtzig«, merkte Senger süffisant an. »Keine weiteren Fragen, Herr Kommissar.«

»Kommst du noch mit zu mir?«, fragte Charly.

Barbara lehnte zögernd ab. Sie saß unnatürlich steif und aufrecht auf dem Beifahrersitz. Draußen flog der Coburger Vorort Niederfüllbach vorbei.

»Ich krieg den Kopf nicht frei … die Kellertreppe und das neue Nikolaushaus, alles in dieser Nacht!«

Impulsiv legte sie ihre Hand auf seinen Oberschenkel. »Meine Eindrücke vom Tatort sind noch frisch, ich muss jetzt unbedingt an meinen Laptop ran!« Sie beugte sich zu ihm hinüber und flüsterte ihm ins Ohr.

»Dafür bleib ich ja jetzt doch noch etwas länger hier ...«

Charlys Miene hellte sich wieder auf. »Wenigstens ein Vorteil. Lang lebe das Pilotprojekt!«

Montag

fz: »Bardentreffen: Brutaler Mord! Grausiges Geheimnis des Nikolaushauses – plant der Killer noch 84 Morde?«

SZ: »SOKO: Nach erneutem Mord Kritik an Presse.
München: Druck auf Innenminister wächst – kippt Verwaltungsreform?«

BILD: »Mord! ›Nik the Ripper‹? SOKO wieder bei null.«

08:05 Uhr / Coburg, SOKO Franken

»Wie geht's jetzt weiter, Herr Kommissar?«

Dr. Steins Züge waren verkniffen wie ein zusammengeknülltes Taschentuch. Ritter trug sein professionelles Pokerface zur Schau, Löhlein konzentrierte sich mit verschränkten Armen auf die Tischplatte.

»Welche Schlüsse ziehen Sie aus dem Mord in Nürnberg?«

Charly widerstand der nervösen Versuchung, auf dem Sitz umherzurutschen, und blieb bewusst ruhig und entspannt sitzen. »Wir müssen von mindestens zwei Tätern für die vier Morde ausgehen: In Coburg war's Derx, in Nürnberg definitiv nicht. Für Würzburg und Erlangen kommen beide in Frage, vielleicht sogar noch ein dritter.«

»Schön!«, lobte Stein süffisant. »Das klassische Ausschlussverfahren nach Professor Jauch und Doktor Pilawa. War's das schon? Oder möchten Sie noch jemanden anrufen?«

Ritter ging sofort dazwischen.

»Herr Dr. Stein, ich bitte Sie! Die SOKO wurde schließlich erst nach dem Samba-Mord ins Leben gerufen, sie hat diesen Mord bereits aufgeklärt, und Derx hat keine belastbaren Alibis für Ahanfouée und Sylvia Koslowski – richtig, Herrmann?«

»Absolut.« Charly nickte befriedigt. »Dr. Viewegge will übrigens allen Ernstes einen Haftüberprüfungsantrag stellen.«

Der Oberstaatsanwalt lachte sarkastisch. »Dieser Starnberger Schickimickianwalt glaubt doch nicht im Ernst, dass er damit durchkommt? Da müsste er schon eine DNA-Verwechslung im Labor nachweisen!«

»Ganz genau!«, bekräftigte Ritter und kratzte sich am Hinterkopf. »Aber die Situation insgesamt ist natürlich äußerst brisant. Hatte vorhin schon um siebendreißig einen Anruf aus dem Innenministerium ...«, Löhlein blickte interessiert auf, »... der Gerd, äh, Staatssekretär Gerd Vöhringer war völlig geschockt von dem neuen Mord. Der Minister wollte nächste Woche unser Pilotprojekt in der Innenministerkonferenz vorstellen. ›BayernSicher 21‹, ein Erfolgsmodell der bayerischen Polizei. Alles ist schon vorbereitet, Presseinfo, Logo, Internetauftritt, der ganze Schamott!«

»Tja, so ein neuerlicher Mord ist da natürlich ein herber Rückschlag«, spöttelte Walther. »Grad bei den politischen Ambitionen des Herrn Innenministers, jetzt, wo auch seine Verwaltungsreform den Bach runtergeht.«

»Und bei der Rundschau-Umfrage gestern hat er auch zwei Prozentpunkte verloren«, merkte Tom süffisant an.

Ritter klopfte ungehalten auf den Tisch.

»Zurück zum Thema! Fakt ist, auch der politische Druck auf uns wächst.« Er wandte sich an Barbara. »Neue Erkenntnisse zum Täterprofil?«, fragte er knapp.

»Wenig«, erwiderte sie. »Die Tat passt im Wesentlichen ins bekannte Raster: männlich, fünfundzwanzig bis fünfundvierzig Jahre, intelligent, gut organisiert, extrovertiert, beziehungserfahren, narzisstisch.«

»Und körperlich stark«, warf Ritter ein. »Auch jetzt gab's doch wieder keine oder fast keine Kampfspuren.«

»Stark, ja – aber eher die durchtrainierte, sehnige Art«, erklärte Barbara. »Ich schätze Richtung Turner, Triathlet, Freeclimber. Messerstecher sind schnell und beweglich, keine Boxer oder Bodybuilder.«

»Nein, ein schwerfälliger Riese wäre bestimmt schon aufgefallen«, überlegte Löhlein laut.

»Er ist eher der leichtfüßige Jäger«, bekräftigte Charly. »Hat sich bestimmt nicht in diesem Loch auf die Lauer gelegt und darauf gewartet, dass zufällig eine Frau hereinkommt. Bestimmt war er zufällig in der Straße, sieht Benker-Geith reingehen und reagiert sofort. Blitzschnell, instinktiv und gnadenlos.«

»Und was heißt das jetzt für Ihre Ermittlungen?«, fragte Stein trocken.

»Volle Offensive. Mittwoch bin ich bei XY, und nächste Woche nehmen wir die Tatortführungen wieder auf.«

»Unser Konzept für Randersacker liegt bereits fix und fertig in der Schublade«, erklärte Walter zufrieden.

»Dann holen Sie's da bitte schnellstmöglich raus!«, schnappte Stein zu und erhob sich. »Ansonsten einverstanden, wir sehen uns dann am Donnerstag wieder. Und blamieren Sie uns nicht in München, Herr Kommissar.«

»Wie hältst du bloß den alten Giftmolch aus?«, stöhnte Tom und verschränkte die Hände hinter dem Kopf. »Bin ich froh, dass wir bei uns so a nette, kompetente Frau als Oberstaatsanwältin ham!«

»Kann gar nicht sein, Herr Kollege«, meinte Walter mit listigem Seitenblick auf Barbara. »Nett, kompetent und weiblich – drei Widersprüche in einem Satz! Au!« Mit schmerzverzerrtem Gesicht rieb er sich das Schienbein.

»G'scheit recht!«, zischte Barbara. »Gegen müde Altherrenwitze helfen übrigens kalte Sitzbäder!«

»Soll ich dir gleich a Wännla einlassen, Bärbel?«, fragte Tom hilfsbereit.

»Hört's mit dem schiach'n Bärbel auf. I mog des net!«

Charly pfiff kurz und schrill auf zwei Fingern. »Aus jetzt! Wie weit seid ihr mit dem *cold case management*?« Er betonte die englischen Silben übertrieben deutlich. »Habt ihr ähnliche alte Fälle gefunden, und gibt's daraus neue Ermittlungsansätze für uns?«

Tom blies sich eine Haarsträhne aus der Stirn. »Mein Ansatzpunkt war das Nikolaushaus. Es ist ja in dieser Form noch nie zuvor aufgetreten. Aber wenn man die Suche erweitert auf sadistisch-rituelle Symbolik am Körper des Opfers, dann findet sich folgender Parallelfall ...« Er ging zum Whiteboard und zog ein Blatt unter einem Magneten hervor. »Der Nazi-Psychopath von Straubing damals: ein Kind aus der Asylbewerberunterkunft entführt, missbraucht und erwürgt. Hakenkreuze am ganzen Körper. Der Typ sitzt in der Geschlossenen, lebenslänglich mit Sicherungsverwahrung, und wurde überführt durch Zeugen und Phantombild. Bringt für unsere Ermittlungen also nix.«

»Kollege Walther?«

»Meine … Recherchen konzentrierten sich auf Mordfälle vor dem Hintergrund von Großveranstaltungen. Da gab es Anfang der Achtziger den Münchner Taxifahrer, der Frauen vom Oktoberfest heimfuhr, ihnen in die Wohnung folgte und sie dort vergewaltigte und erdrosselte.«

»Stimmt, ich erinnere mich. Was ist aus ihm geworden?«

»Nach fünfzehn Jahren entlassen, aber total abgestürzt. Dämmert als Penner in Münchner Obdachlosenwohnheimen seinem Ende entgegen.«

»Kommt also selbst nicht in Frage«, stellte Tom fest.

»Sowieso nicht. Und auch der Tatzusammenhang zum Fest wurde ja erst offensichtlich, nachdem der Täter gefasst war.«

»Mist!«, fluchte Charly.

Im Stillen fragte er sich, ob die Kollegen wirklich umfassend recherchiert hatten oder ob sie doch langsam ausbrannten: Täglich bis zu sechzehn Stunden im Büro forderten über kurz oder lang ihren Tribut. Zu Hause wurde der Kopf dann auch nicht mehr frei.

Er dachte an Nürnberg, an Viola Benker-Geith. Eine einstige Fernsehmacherin; abgestochen und verblutet auf einer finsteren, schmutzigen Kellertreppe.

The higher you fly, the deeper you fall.

Barclay James Harvest. Vor Jahren der absolute Favorit auf Bernies ersten privaten Kuschelpartys.

Bernie Winter, als Womanizer schon immer ein Naturtalent. »Zehn Schuss, vier Treffer!« war seine persönliche Zielvorgabe für ihre Discostreifzüge. »Zehn Schuss, vier Treffer« wurde zum geflügelten Wort, zum Running Gag. Obwohl der Praxisnutzen nie nachgewiesen werden konnte: Brachte Bernie es meist pro Abend auf zehn Ansprachen, so suchte Charly sich im Interesse der Vier-Zehn-Quote seine Zielansprachen äußerst sorgfältig aus: Zehn pro Monat erwiesen sich als realistisch und erfolgversprechender.

»Zehn Jahre, vier Schüsse!«, feixte Bernie damals gern. War ich denn damals auch nur ein Abstauber, grübelte Charly. Oft genug war ich doch auch der Ausputzer …

Plötzlich registrierte er die Totenstille im Raum und bemerkte um sich herum lauter grinsende Gesichter.

»Arschlöcher!«, knurrte er verlegen und setzte sich rasch etwas aufrechter. »Was ist eigentlich mit ESPE?«

»ESPE …?«

Charly sah förmlich die Comic-Fragezeichen über den Köpfen stehen.

»Eins zu eins, Kollegen! Ist jetzt wirklich schwach von euch: ESPE ist die Expertendatei beim BKA, schon mal gehört? Wir brauchen einen Computerfreak, der sämtliche Chatrooms, Foren und Blogs auswertet, die sich mit dem Killer befassen!«

»Wenn's weiter nix is«, zweifelte Tom.

»Alles, was seit Ahanfouée im Web gebloggt und kommentiert wurde? Das heißt, jedes Nachrichtenportal, jede Zeitungswebsite durchforsten, Tausende von Usern über zig Provider ermitteln!«

»Und am Ende kriegst du zweitausend Adressen auf den Tisch geknallt, dann geht's erst richtig los«, stöhnte Schnauzer. Missmutig fingerte er sein Schnurrbartkämmchen aus der Brusttasche.

»Aber in dem Haufen steckt er dann höchstwahrscheinlich auch drin!« Barbara warf einen herausfordernden Blick in die Runde. »Dieser Ansatz ist wirklich gut! Der Typ ist nun mal eitel und überheblich. Seine Arroganz schreit nach Anerkennung, nach Resonanz und irgendeinem Feedback und Austausch. Das geht doch nirgends besser als im anonymen Internet. Find ich gut!«

Überrascht spürte Charly unter dem Tisch sanften Druck an seinen Füßen.

»Danke, Frau Kollegin!«

»Hast du mal kurz Zeit, Charly?« Löhlein kratzte sich verlegen am Kinn; wie immer, wenn er im Dienst vertraulich werden musste.

»Freilich. Komm rein.«

Löhlein schloss die Tür und setzte sich. Umständlich schlug er die Beine übereinander und faltete die Hände.

»Geht um einen alten Kollegen ...«, begann er.

Fixier mich nicht so blöd. Und bring deine Sätze gefälligst zu Ende.

Ausdruckslos erwiderte er Löhleins Blick. Wie erwartet, zuckte dieser zuerst. Er öffnete die Beinhaltung wieder und setzte sich jetzt übertrieben breitbeinig.

»Winter ... Bernie Winter.« Wieder zögerte er kurz. »Hast du noch Kontakt zu ihm?«

Leichter Stich im Magen.

»Sporadisch ... zuletzt sind wir uns bei Samba über den Weg gelaufen«, sagte Charly vage.

Löhlein horchte auf. »Bei Samba? Ist ja interessant!«

»Wieso?«, fragte Charly mürrisch. »Was ist denn mit ihm?«

»›SeCOrity‹ soll nicht mehr so gut laufen ... hat mir eine Bekannte aus dem Finanzamt geflüstert.«

»Ja und?«

»Und das hat mich dazu gebracht, über den Exkollegen etwas nachzudenken ... Mensch, Charly!« Er schlug die geballte Faust gegen die flache Hand. »Der passt doch perfekt in unser Profil! Ein manischer Schürzenjäger, dem alles zu langweilig wird, der den besonderen Kick braucht! Der hat sich doch schon immer für gescheiter gehalten als alle anderen zusammen.«

»Ich erinnere mich«, sagte Charly vorsichtig, »besondere Freunde wart ihr zwei ja nie ... Wie war das damals mit der schwarzen Dealerin und der Dienstaufsichtsbeschwerde?«

Löhlein runzelte ärgerlich die Stirn. »Erinnere mich bloß nicht daran! Das war typisch Bernd Winter«, ereiferte er sich, »keine Loyalität, keine Kameradschaft! Nur Showman und Einzelkämpfer!«

Verfluchter Magen, dachte Charly. Wenn das alles vorbei ist, geh ich zur Spiegelung. Unter Garantie.

»Aber ein perverser Serienmörder, unser guter alter Saragossa-Bernie? Heinz, ich bitte dich!«

Löhlein streckte den Kopf nach vorn, fuhr mit dem Zeigefinger durch die Luft. »Du weißt, dass er mit ›SeCOrity‹ überall mitmischt! Auch bei Samba war er dabei. Fühl ihm auf den Zahn, Charly!«

»Is ja gut, ich kümmere mich drum!« Widerwillig schmierte Charly »Bernie« auf den Notizblock. Strich es dann wieder durch, schrieb »Winter?« und rahmte es viereckig ein.

Thema wechseln, jetzt sofort – damit dieses Feuerwerk im Magen endlich aufhört.

»Wie läuft's sonst, Heinz? Schon ans Singledasein gewöhnt?«

»Überhaupt kein Problem!«, behauptete Löhlein und wechselte seinerseits sofort das Thema.

»Was meinst du, wechselt der Chef nach München, geht er ins Innenministerium?«, fragte er im diskreten Flüsterton.

Charly überlegte.

»Bist du so sicher, dass der Gerd Minister wird?«, fragte er zweifelnd. »Nur dann wird's doch ein Thema!«

Löhlein blies die Hamsterbacken auf.

»Sicher, sicher, was heißt schon sicher? Es muss ganz einfach klappen«, stieß er plötzlich mit ungeahnter Leidenschaft hervor, »es muss!«

Charly starrte ihn fassungslos an.

»Leck mich am Arsch«, murmelte er. »Dass ich da nicht gleich drauf gekommen bin … du willst Ritter beerben?«

Löhlein legte den Finger auf die Lippen.

»Das hast du gesagt! Lieber würde ich natürlich selbst nach München gehen, so eine kleine Luftveränderung nach der Trennung wäre ideal!«

»Mannomann!«, ächzte Charly und fuhr auf dem Drehstuhl Karussell. »Also der Reihe nach: Ich fange den Killer ein – und im Zuge meines Erfolges wird Herr Staatsminister Zirngibl Ministerpräsident, Herr Staatssekretär Vöhringer wird Innenminister, Herr Polizeidirektor Ritter wechselt ins Ministerium, du wirst Polizeichef – und ich darf weiter Kommissar bleiben? Raus, raus, sofort raus hier!«

Löhlein lachte, stand auf und klopfte beim Hinausgehen zweimal auf den Tisch.

»Rein hypothetisch, Charly! Hängt alles von dir ab!«

»Verflucht, verflucht!«

Wutentbrannt riss er das Papierfach aus dem Kopierer. »Natürlich wieder leer! Euch soll doch alle der Blitz beim Scheißen treffen!«

»Mich auch?«, hauchte es hinter ihm.

Er fuhr herum.

Pechschwarz. Graublau. Grübchen zum Niederknien.

Mit dem Fuß stieß er die Tür zu, riss sie an sich und versuchte, sie zu küssen. Sie entwand sich blitzschnell und hielt ihn mit gestrecktem Arm sofort auf Distanz.

»Zwölf Jahre Karateerfahrung!« Sie zeigte ihr amüsiertes, leicht arrogantes, aber unwiderstehliches Lächeln. »Und außerdem woaß i was vui Bess'res, Herr Kommissar!«

»Das wäre?«, fragte er knapp.

»I fahr morgen mit nach München. Wennsd' mogst, kimmst nach XY bei mir vorbei …«

»Schwierig …«, bluffte er.

»Wieso?«

»Ich muss doch für die Reisekostenerstattung immer eine Hotelrechnung vorlegen … Au!«

Nachdenklich stand er am offenen Fenster in der Sonne und ließ zwei Zuckerstücke in den Kaffee plumpsen. Genüsslich leckte er den Tropfen ab, der an seinen Daumen gespritzt war.

XY und Barbara – der morgige Tag versprach, ein besonderes Highlight zu werden. Erst recht die Nacht …

Dennoch stieg in ihm das unangenehm beklemmende Gefühl von vorhin wieder hoch: Winter?

Löhlein hatte recht: Bernie war auf dem Papier ein ganz heißer Kandidat. Spätestens seit seinem aufdringlichen Interesse an den Ermittlungen und seinem Besuch bei der Tatortführung im Hofgarten. Ich muss jetzt an ihn ran, dachte Charly. Jede weitere Verzögerung fällt auf mich zurück. Ich will es selbst wissen.

Ein letzter Schluck süßen schwarzen Kaffees, dann griff er entschlossen zum Hörer.

»Bernie, ich bin's. Grüßen.«

»Servus, Alter! Was gibt's, du rufst vom Dienstapparat aus an?«

»Stimmt. Brauche was Dienstliches von dir … du erinnerst dich an deine Personaleinsatzlisten neulich? Vom Afrika-Festival und der Berch-Kerwa? Die brauch ich jetzt auch vom Bardentreffen.«

»Ah, ein neuer Schwung Tatverdächtiger ... fax ich dir gleich durch!«

»Wunderbar. Warst du selber auch unten?«, fragte Charly. Eine Spur zu beiläufig.

Ein Moment Stille, dann ungläubiges Auflachen.

»Nicht dein Ernst, Charly! Zählst du mich jetzt auch schon zu den Tatverdächtigen? Fuck! Komm, mein Guter, sag mir, dass das nicht stimmt!«

Charly zwang sich zur Ruhe. »Ich hab dich nur gefragt, ob du auch beim Bardentreffen warst ... und das hast du mir noch nicht beantwortet, mein Guter!«

»Ey ...« Bernie brach ab und schaltete übergangslos in den fünften Gang. »Ey, sag mal, deiner Profilerin haben sie wohl ins Hirn geschissen? Das kann doch nur so einer abgewrackten Bayern-Tussi einfallen! Ihr kennt mich doch alle! Ich war zwanzig Jahre Polizist, und eins lass dir gesagt sein, mein Lieber: Du verdankst mir, nur mir, dass du überhaupt noch Polizist bist!« Er atmete schwer.

»Ach ja, und am Wochenende war ich übrigens bei Milena.« Seine Stimme bekam einen gehässigen Unterton. »Mann, war die Kleine enttäuscht von dir, ich kann dir sagen ...«

»Guter Rat unter Freunden, Bernie: Du solltest nicht schon am Vormittag trinken. Ist nicht gut für dich, glaub mir!«

»Ach, leck dich selbst am Arsch!«

Dienstag, 11:10 Uhr / Coburg, Untersuchungsgefängnis

Alexander Derx war nicht mehr wiederzuerkennen. Charly staunte über die Veränderungen, die wenige Tage U-Haft bewirkt hatten. Aus dem überlegenen, charmestrotzenden Dauerlächler war ein blasser, angeschlagener Häftling mit dunklen Ringen unter den Augen geworden. Die blondierten Haare hingen schlapp und fettig ins unrasierte Gesicht.

Bei seiner Befragung war er fahrig und unkonzentriert, suchte immer wieder den Blick durchs Fenster in den blauen Sommerhimmel.

Nein, er wisse nicht, welches Fest am letzten Wochenende in Nürnberg gewesen sei. Das Bardentreffen sei ihm kein Begriff, nein, er kenne auch niemanden, wirklich niemanden, der an diesem Wochenende das Bardentreffen besucht habe.

»Mit welchem Sicherheitsdienst arbeiten jetzt eigentlich die Derx-Werke zusammen?«, fragte Charly unvermittelt. Tom schob fragend die Augenbrauen zusammen, und auch Derx schien einen Moment aus der Fassung gebracht.

»Wir haben unseren eigenen Werksschutz«, sagte er schließlich. »Obwohl es immer wieder Bewerbungen und Angebote von außerhalb gibt.«

»Von wem?«

Derx zuckte müde die Achseln. »Alle möglichen. Regional, überregional.«

»Kennen Sie Bernie … Bernd Winter von ›SeCOrity‹?«

Er schüttelte den Kopf. »Nein … und ich habe keine Ahnung, worauf Sie eigentlich hinauswollen, Herr Kommissar.« Er stützte den Kopf in die Hände. »Ich möchte mit meiner Frau sprechen. Lassen Sie meine Frau zu mir.«

»Ihre Frau …« Charly schaute fragend zu Tom.

»Ihre Frau ist natürlich informiert. Aber sie hat sich bisher nicht gemeldet und um einen Besuchstermin nachgesucht.«

Derx schob die Hände vors Gesicht und blieb regungslos sitzen.

»Ich bin kein Mörder«, zischte er, »ich-bin-kein-Mör-der!«

Er zog die Hände wieder vom Gesicht und verschränkte trotzig seine Arme.

»Ich hatte passiven Oralverkehr mit Jasmin Keller, verrichtete anschließend meine Notdurft und habe mich dann aus dem Staub gemacht, hinunter auf den Schlossplatz«, leierte er stereotyp herunter. »Dafür gibt es Zeugen, meinen Steuerberater, Herrn ...«

»Stopp, Herr Derx!«, unterbrach ihn Charly. »Das reicht! Auch wir kennen Ihre Aussage schon auswendig, glauben Sie mir!«

Derx drehte sich weg und schaute fasziniert durchs Fenster Richtung sommerblaue Freiheit.

»Ich bin kein Mörder«, wiederholte er tonlos. »Sagen Sie das bitte meiner Frau.«

Zwölfter oder dreizehnter Anruf heute. Unbekannte Handynummer. Widerwillig legte Charly das von Tom spendierte »Woschtlaabla«, dick belegt mit Aufschnitt und Gurke, zurück auf die Metzgertüte mit dem bunten Aufdruck »Thein – Ihr Coburger Frischemetzger«.

»Herrmann.«

»Hallo, Herr Kommissar, hier ist Ronald Senger von der Frankenzeitung!« Die ölige Stimme, imaginärer Soundtrack für das kalte Haifischlächeln.

»Ich wüsste nicht, was wir zu besprechen haben, Herr Senger. Rufen Sie doch bitte unsere Pressestelle, Herrn Moser, an.«

»Hab ich gerade«, behauptete Senger. »Es geht ja nur um einen kurzen O-Ton des SOKO-Chefs zur morgigen XY-Sendung!«

Ein erster leichter Adrenalinschub rollte heran.

»Keine Exklusiv-Statements mehr, Senger. Für die fz nicht, für niemanden!«

Senger war mit allen Wassern gewaschen und schaltete sofort einen Gang zurück. »Ist auch bei uns nicht alles optimal gelaufen, ganz klar. Lernprozess für alle. Gerade deshalb sollten wir jetzt professionell nach vorn schauen und uns gegenseitig unterstützen, wie Sie es ja auch auf der PK gestern erläutert haben ... Welche neuen Ansätze präsentieren Sie uns denn morgen?«

»Kein Kommentar«, mauerte Charly. »Morgen zwanzig Uhr fünfzehn im ZDF. Nicht zu vergessen, im Internet.«

Senger ließ nicht locker. »Ich bitte Sie, damit provozieren Sie doch erst wilde Spekulationen! ›Wo könnte der nächste Mord passieren ...?‹ und Ähnliches. Außerdem ...«, er lachte leise, »erinnern Sie sich noch an Bayreuth? Das Wochenende mit dem großen Sommernachtsfest? Wir, nein, Sie hatten alles im Griff! Und nur dank engster Zusammenarbeit mit dem garstigen Boulevard!« Er lachte erneut. Lauter. Dreckiger. »Schade, dass Sie von dieser erfolgreichen Linie wieder abgegangen sind. Keine proaktive Strategie mehr – und schon geht's wieder los ...!«

Pures Adrenalin. *No limits.*

Senger schwadronierte ungeniert weiter:

»... und in Bayreuth läuft wahrscheinlich irgend so ein junges Fötzchen rum und freut sich seines Lebens, ohne zu wissen, warum ...«

»Kleiner Wichser!«, brüllte Charly. »Selber keinen hochkriegen, aber anderen ständig ans Bein schiffen! Das ist menschenverachtend, Senger!«

AUS.

Tief durchschnaufen.

Eine schwere Hand legt sich von hinten auf seine Schulter. Eins neunzig finster dreinblickende Kahlköpfigkeit.

»Kommen Sie mal bitte mit in mein Büro!«

Die Hände hinter dem Rücken verschränkt, tigerte Ritter wieder hinter seinem Schreibtisch auf und ab. Endlich blieb er stehen, stützte sich auf die Stuhllehne.

Scharfer Blick, Marke Freitagabend-Krimi, dachte Charly. Komm schon, bringen wir's hinter uns.

»War das der Chefreporter von der fz, mit dem Sie da eben telefonierten?«

Charly nickte. »Ja.«

»Inakzeptabel, Herrmann. Absolut inakzeptabel.« Ritter sprach leise, doch mit schneidender Schärfe. »Note Sechs. Ein SOKO-Leiter, der sich schon am Telefon derart provozieren lässt und auf unterstem Niveau zurückkeilt, noch dazu gegenüber diesem miesen

Schreiberling, der nur darauf wartet, uns in die Pfanne zu hauen … untragbar! Ich glaube, Sie sind dem nervlichen Druck nicht mehr gewachsen: Frankens größte SOKO aller Zeiten, Überstunden ohne Ende, jetzt der vierte Mord … ist ja verständlich!«

Charly nutzte reaktionsschnell Ritters Atempause und hob die Hand:

»Einspruch, Chef! Erstens …«, Ritters Eigenart zu kopieren konnte nicht schaden, »… ich kenne Senger besser als jeder andere von uns! Zweitens, Sie kennen den Gesprächsverlauf nicht. Drittens …«, Charly stand auf, »… ich habe bewusst und gezielt unter der Gürtellinie ausgeteilt. Für Senger gibt es sowieso keine Gürtellinie, er empfindet das anders als Sie und ich.«

»Mmhmm …« Ritters Blick blieb finster, schweifte aber langsam zur Seite und blieb an der Yuccapalme hängen.

»Wie wird er Ihrer Meinung nach reagieren?

Charly machte eine wegwerfende Handbewegung.

»Gar nicht. Was will er denn groß machen? ›Aufregung vor XY‹ – und übermorgen gibt's sowieso kein anderes Thema als die Sendung!«

Ritter schien noch nicht ganz überzeugt. Nachdenklich fuhr er mit der Zunge hinter der Oberlippe entlang.

»Genau das ist das Problem … Ich will ganz offen sein, Herrmann: Ihre auffälligen Stimmungsschwankungen, von höchster Gereiztheit zu lässiger Coolness und wieder zurück, teilweise so seltsam unmotiviert … das macht mir ernsthaft Sorge!«

Ohnmächtige Wut stieg in Charly auf. Individualität, Flexibilität, rasches Einfühlungsvermögen, Entscheidungsfreude – all das »machte ernsthaft Sorge!«.

Stromlinienförmige Lutscher dagegen schossen die Karriereleiter empor. Er biss sich kurz auf die Unterlippe.

»Sie brauchen sich nicht zu sorgen, Chef. Ich bin Vollblutermittler. Ich bin und bleibe absolut authentisch.«

22:50 Uhr / Coburg, Am Ölberg

»I say hey hey he he get off of my cloud, hey hey he he get off of my cloud …« In Boxershorts und Strümpfen rockte Charly zwischen

Bett und Kleiderschrank lautstark mit: *»... hey hey he he get off of my cloud ...«* Zwei Minuten neunundvierzig volle Dröhnung – scheißegal, was die Nachbarn dachten!

Atemlos blieb er schließlich zwischen Reisetasche und geöffnetem Koffer stehen. Sein Blick fiel in den Schlafzimmerspiegel. Zwei hässliche Ringe oberhalb der Shorts waren unübersehbar. Reflexartig straffte er sich und spannte die Bauchmuskulatur an. Ein Problem, das letzten Sommer noch nicht so ausgeprägt war.

Langsam trat er näher, musterte sich erstmals seit langer Zeit ausführlich von Kopf bis Fuß.

Blässe. Ungesunde, schreibtischfarbene Blässe. Das Gesicht fahl, fast grau. Aus Fältchen waren Falten geworden. Und zeichneten sich nicht schon ganz leichte Tränensäcke ab – Morbus Derrick im Frühstadium ...?

Zu wenig getrunken heute, die Nieren müssen dringend entwässern, diagnostizierte er. Die Maskenbildnerin im TV-Studio morgen sollte es nicht unnötig schwer haben.

Er ging in die Küche hinüber, holte eine 1,5-Liter-Flasche Volvic aus dem Kasten hinter der Tür und ließ sich damit im Wohnzimmer aufs Sofa fallen.

»Allerletzte Chance«, hatte Ritter ihm zugestanden, »dunkelgelbe Karte!«

Letztlich hing alles von Sengers öffentlicher Reaktion ab, überlegte Charly. Und damit vom TV-Auftritt morgen Abend.

Nach der Unterredung mit Ritter hatte er kurz mit dem Gedanken gespielt, Senger anzurufen: Keine Entschuldigung, eher symbolisch, eine Art Versöhnungsgeste. Doch gleich darauf verwarf er die Idee wieder. »Keine Kriecherei!« – Karl-Heinz Herrmanns oberste Maxime. Senger hätte ohnehin sofort die wahre Absicht, die ängstliche Schwäche hinter einem solchen Anruf gespürt und gnadenlos ausgenutzt. Unnötige Unterwerfung also.

Er setzte die Flasche an und trank in tiefen Zügen. Erst jetzt merkte er, wie durstig er war.

Mittwoch

fz: »Ist SOKO-Chef der Belastung gewachsen? ... Hochspannung vor XY«

BILD: *»Heute XY ... Letzter Strohhalm der SOKO?«*

07:51 Uhr / Coburg, Polizeiparkplatz

Grinsend beendete Charly den Anruf. Ritter hatte von zu Hause per Handy Entwarnung gegeben (»Boulevardmäßig noch im grünen Bereich, Herrmann! Bitte jetzt einen professionellen TV-Auftritt, alle rechnen mit Wahnsinnseinschaltquote!«).

Ein kurzes Abklatschen noch mit den Kollegen, dann stieg er bei makellos blauem Himmel ins Auto. Ausnahmsweise, Ritter persönlich hatte es abgesegnet, in den eigenen Alfa Spider. Barbara war sichtlich angesäuert schon im Polo vorausgefahren. Es passte ihr überhaupt nicht, dass er, wegen eines diskret von ihm verschwiegenen Abstechers nach Kutzenberg, unbedingt getrennt fahren wollte.

Auf der A73 zog er sofort auf die linke Spur hinüber. Vollgas unter azurblauem Himmel – »Freiheit auf vier Rädern«, ein Slogan aus den goldenen Siebzigern, schoss ihm durch den Kopf. Was für ein Mordswetter ...

Forchheimer Annafest, Kulmbacher Bierwoche, Zeiler Weinfest standen an. Serienmörder in den USA waren laut FBI häufig Autofreaks, die das extensive, ziellose Umherfahren, das *cruising* liebten – wo fährt unser Mann jetzt, überlegte Charly und musterte neben sich auf der mittleren Spur den unrasierten, mürrisch dreinblickenden Fiat-Punto-Fahrer mit der Haßfurter Nummer. Vor ihm ein Werttransport »FSG – FrankenSicherGut«.

Winters Konkurrenz.

Wieder der Druck im Magen. Bernies Alibi war noch offen, Milena musste noch befragt werden. Bevor Löhlein noch misstrauisch wurde und die alte Freundschaft zwischen Charly und Bernie thematisierte. Von der Ritter überhaupt nichts wusste.

Er schaltete die Freisprechanlage ein. Milenas Nummer wusste er noch auswendig … zweimal die 69 am Schluss. Rufzeichen. Endlos-monoton-vergeblich. Kein AB, keine automatische Umleitung. *We're on a road to nowhere …*

10:10 Uhr / München-Unterföhring, TV-Studio

In einem kleinen Nebenraum der Cafeteria fand die unspektakuläre Begrüßung statt. Charly und vier Kollegen gruppierten sich zwanglos um ein paar Bistrotische: ein spindeldürrer KOK aus Cuxhaven – Taximord. Ein jovialer, rotbäckiger KHK aus Mannheim – Serienvergewaltigung im Rhein-Neckar-Raum. Ein akkurat gescheitelter Brillenträger aus Wiesbaden – Juwelenraub in Taunusstein. Eine lebhaft gestikulierende KOKin aus Köln – zwei verschwundene Mädchen.

Shakehands wie unter alten Kollegen, in aufgekratzter Stimmung bescheinigte man dem Cappuccino »nur Inspektionsqualität«. Ein klassisches »Wir-Gefühl«, dachte Charly. »Wir« kommen im Fernsehen, an unseren Lippen hängt heute die Nation …

Als Erster wurde er zum Einzelgespräch in ein erstaunlich kleines und schlichtes Büro gerufen.

Der Moderator, kleiner und blasser als gewohnt, erkundigte sich erst neugierig nach dem »Coburger Handballwunder«, bevor er den Sendeablauf erläuterte.

»Wir machen auf mit dem ›Haus vom Nikolaus‹, Sie sind gleich der erste Fall. Wir haben uns jetzt doch gegen eine Filmeinspielung entschieden. Die Schauplätze sind ja bekannt, die Tatabläufe selbst sind zu grausam.«

Charly nickte.

»Was wir einblenden, ist natürlich eine Karte mit allen Tatorten und Tatzeiten. Außerdem …«, er zog eine Farbkopie aus einer Mappe, »… das Nikolaushaus.«

Blutrot, dünn und hastig hingekritzelt.

»Täuschend echt!« Charly zog anerkennend die Brauen hoch. Der Moderator lächelte geschmeichelt.

»Folgende Fragen schlagen wir vor, Sie bekommen sie jetzt schon schwarz auf weiß.«

Er reichte ihm eine Liste mit vier Fragen, die Charly erst überflog und dann konzentriert durchlas.

»Okay, genauso war's mit Ihrer Redakteurin vorbesprochen – auch das Profil, sehr gut!«

Er faltete das Blatt zusammen und steckte es in die Innentasche seines Sakkos.

Der Moderator schaute ihn neugierig an. »Welche indirekte Botschaft wollen Sie dem Täter rüberbringen? Er wird ja sicher auch die Sendung verfolgen.«

»Davon gehen wir aus«, bestätigte Charly. »Seine Persönlichkeit hat narzisstische Züge, er ist eitel, überheblich und hält sich für klüger als den Rest der Gesellschaft. Das zeigt ja schon dieses perverse Spiel mit den verschiedenen Nikolaushäusern. Andererseits können wir natürlich nicht die Botschaft vermitteln: Du hast gewonnen, wir geben auf!«

»Sondern?«

»Wir wollen ihm suggerieren, dass die SOKO zwar sehr aktiv ist, aber letztlich keine neuen Ermittlungsansätze hat und auf der Stelle tritt. Je mehr wir ihn in Sicherheit wiegen, umso leichtsinniger wird er, umso eher begeht er einen entscheidenden Fehler.«

Der Moderator formte mit den Fingerspitzen ein Dach und überlegte wieder.

»War er nicht jetzt schon leichtsinnig, beim letzten Mord in Nürnberg?«, fragte er schließlich.

»Natürlich. Der erste Mord, der nicht in zeitlicher oder örtlicher Peripherie eines Festes begangen wurde. Ein stiller Innenhof, der aber jederzeit für andere, verirrte Wildpinkler erreichbar war.«

»Ähneln sich die Opfer eigentlich? … Außer Ahanfouée natürlich«, fügte er rasch an.

»Nicht wirklich«, sagte Charly. »Ahanfouée war klein, Koslowski groß; Keller dünn, Benker-Geith vollschlank. Wenn es für den Täter einen optischen Schlüsselreiz gegeben hat, dann erfahrungsgemäß am ehesten bei der ersten Tat, also bei Sylvia Koslowski.«

»Na gut. Hoffentlich habe ich mich jetzt nicht selbst verdächtig gemacht?«, fragte der Moderator.

»Wieso?«

»Na, wer sich sehr auffällig interessiert, gehört doch mit zum engsten Kreis der Tatverdächtigen, oder? Erst gestern habe ich einen interessanten Beitrag über Jack Unterweger gesehen.«

»Ach, den Österreicher!«

»Genau. Bringt in L.A. die Nutten um und gibt sich bei der ermittelnden Polizei dann als recherchierender Buchautor aus. Unglaublich! Also bis später, Herr Kommissar!«

Die junge Maskenbildnerin war Deutsch-Marokkanerin, hieß Rachida und war seit sechs Monaten im TV-Studio tätig. Mehr war ihr nicht zu entlocken. Konzentriert widmete sie sich Charlys Gesicht.

Die Uhr über dem großen Spiegel sprang auf 20:11 Uhr.

Ein letzter prüfender Blick, ein ebenso kurzes wie zauberhaftes Abschiedslächeln. »So, fertig – toi, toi, toi!«

»Na – alles klar auf Sansibar?« In der Tür stand bereits der nervige, gekünstelt-lockere Produktionsassistent Danny mit sorgfältig verwuscheltem Haar, Headset, Klemmbrett unter dem Arm und aufdringlichem Parfüm.

»Bitte hier, Herr Kommissar ... wir sind gleich so weit, noch dreidreißig ... Hallo, Frau Oberkommissar!«

Die Kölnerin würdigte ihn keines Blickes. Kalkweiß, mit Tunnelblick, stakste sie Richtung Rachida.

»Tja, das Lampenfieber!«, kommentierte Danny fachmännisch. »Da darf Rachida glatt noch einen Piccolo aufmachen ... Stopp, hier bleiben wir stehen, hinter der roten Linie.«

Überrascht bemerkte Charly, dass auf dem Boden vor ihnen tatsächlich eine gestrichelte rote Querlinie aufgemalt war. Links und rechts jetzt billige Sperrholzkulisse, dazwischen der Blick ins halbdunkle Aufnahmestudio: Auf einer schwarzen »X«-Bodenmarkierung stand der Moderator: schlaff, in sich zusammengesunken, mit geistesabwesendem Blick. »Mentale Vorbereitung«, flüsterte Danny. Im Hintergrund schemenhafte Bewegungen an den Telefonplätzen, immer wieder verdeckt von wieselflink umherhuschenden Kabelträgern.

Plötzlich aus dem Off der Countdown: »Zehn – neun – acht …«

Rotlicht. Ansage. Eurovisionsfanfare, Titelmelodie.

Eine leichte Beklemmung ließ sich nicht mehr länger unterdrücken, flutete heran und breitete sich in Charlys Brust aus. Ließ etwas nach, als der Moderator zu Leben erwachte und gewohnt souverän und vertrauenerweckend begann. Kurzer Rückblick auf die letzte Sendung. Zwei junge Bankräuber gefasst.

Danny begann, die Checkliste auf seinem Klemmbrett abzuhaken.

»Noch zwanzig«, zischte er plötzlich, ohne aufzuschauen. »Dann gehen Sie vor bis zu diesem Stehpult da links … noch zehn … drei, zwo, eins – *go!*«

Charly stolperte in den schwach ausgeleuchteten Bereich des Studios. Acht Schritte zum Stehpult. Es war höhenverstellbar, am Nachmittag war für jeden Kollegen die Idealhöhe zentimetergenau festgelegt worden.

»Kommen wir zu unserem ersten Fall heute. Eine unglaublich brutale Mordserie auf fränkischen Festplätzen hält seit einigen Wochen ganz Deutschland in Atem. ›Nik the Ripper‹, so nennt die Boulevardpresse den Mann, der bisher vier Frauen grausam ermordet hat. ›Nik‹, weil er das Symbol des Nikolaushauses an seinen Opfern hinterlässt. Ich begrüße bei uns«, kurzer Schwenk, Spot an, »… Kommissar Charly Herrmann, den Leiter der SOKO Franken, der diesem Mann auf der Spur ist. Guten Abend, Herr Herrmann!«

»Guten Abend.«

Entspannter, Adrenalin schonender Plauderton, die Fragen wortwörtlich vom Blatt: Mindestens zwei Täter, kein Nachahmer, kein Bekennerbrief.

»Wir haben eine Karte vorbereitet mit den vier Tatorten Erlangen, Würzburg, Coburg und Nürnberg, dazu die vier Tat-Tage. Es handelte sich bekanntlich um vier der größten Feste Frankens, das Nürnberger Bardentreffen, das Coburger Samba-Festival, das Würzburger Afrika-Festival und die Erlanger Bergkirchweih …

Und hier sehen Sie Bilder verschiedener Messertypen, die als Tatwaffen in Frage kommen.«

»Ja, die Tatabläufe sprechen für einen geschickten und erfahrenen Umgang mit solchen Messern. Wer also war beruflich oder privat auf den genannten Festen und ist als Messerfreak, als besonderer Messerliebhaber bekannt?«

»Nicht uninteressant, liebe Zuschauer: Die Belohnung für Hinweise, die zur Ergreifung des oder der Täter führen, wurde jetzt auf fünfzigtausend Euro erhöht!«

Fertig, dachte Charly. Das war's, alle Punkte wie besprochen abgehandelt. Von seinem Pult aus sah er den kleinen Kabelträger vorbeihuschen und schnell wieder abknien. Er entpuppte sich als knabenhafte junge Frau, deren schwarzer Stringtanga über den Jeansbund hinauslugte.

»Danke, Herr Herrmann! Wir wünschen der SOKO Franken alle möglichst raschen Erfolg; ich glaube, Sie können die Unterstützung der Medien sicher gut gebrauchen.«

Charly klopfte unbewusst, reflexartig einmal kurz aufs Pult. Zu laut. Irritiert hielt der Moderator inne. Der Kameramann hielt deshalb weiter auf Charly.

Du bist voll im Bild, in ganz DeutschlandÖsterreichSchweiz, sagwas!!

»Das ist richtig – wir bedanken uns für die professionelle Unterstützung vieler Medien. Glücklicherweise sind es nur wenige Journalisten, die übers Ziel hinausschießen und dabei, Sie kennen den Begriff der Sensationslust, der Quotengeilheit, regelrechte Stimmungsmache gegen die Arbeit der Polizei betreiben ...«

Der Moderator starrte ihn mit weit aufgerissenen Augen an.

Donnerstag, 01:25 Uhr / München, Hotelbar

»… *Tall and tan and young and lovely, the girl from Ipanema goes walking* …«

Gleichförmig plätscherte der Bossa nova dahin – doch selbst die magische Monotonie Astrud Gilbertos vermochte nichts mehr zu heilen: Verfluchte Livesendung … ein Schlenker, ein Satz zu viel. In jeder normalen Pressekonferenz wiedergutzumachen, wieder totzuplaudern.

Aber nicht hier, nicht live vor vier Millionen Zuschauern.

»Noch einen. Bitte.«

Charly klopfte mit dem leeren Whiskyglas auf den Tresen. Nicht aus Ungeduld, sondern weil er den Ton so mochte.

Stabiles Glas und massives Holz: Beständigkeit. Verlässlichkeit.

Die Barkeeperin, eine attraktive Bürgerin mit afroamerikanischem Migrationshintergrund, verzog keine Miene. Unbeeindruckt, mit einer einzigen flüssigen Bewegung, ergriff sie den Southern Comfort, kippte zwei Fingerbreit in sein Glas und stellte die Flasche wieder zurück ins Regal. »*Cheers.*«

Der vierte. Oder fünfte.

»… *and when she passes, each one she passes goes ›Ah‹* …«

Drüben noch ein letztes Paar; beide kurz vor der Midlife-Crisis, beide übertrieben jugendlich. Blonder Lover und *Lady in Black*.

Fast wie Barbara.

Lass die Eiswürfel klirren, Baby.

Hoch die Tassen.

Ein Schluck auf Antlkofer, die g'scherte Altbayerin. Immer noch eingeschnappt war sie, wegen der getrennten Anfahrt. Und weil er sich über die Gründe beharrlich ausschwieg. Aber Kutzenberg und Andrea gingen niemanden etwas an. Und für dümmliche Lügen war er erst recht nicht zu haben.

»Du, ich glaub, das mit dem Übernachten bei mir war doch keine so gute Idee«, hatte sie sich geziert.

Männlich stolz und abweisend hatte er sofort in die gleiche Kerbe gehauen. »Keine Angst – sowieso kein Thema, mein Hotelzimmer wartet schon!«

So hatte er die heiß ersehnte Münchner Nacht nicht in ihrem Bett, sondern am Steuer seines Autos verbracht.

Zweieinhalb Stunden planloses *city-cruising.*

Zuerst Berg am Laim. Immer enger zog er seine Kreise, traumatisch abgestoßen und doch magisch angezogen von der Straße mit der kleinen Mietwohnung unter dem Dach.

Mit siebzig im zweiten Gang schoss er schließlich daran vorbei. Und gleich noch einmal, nur noch mit dreißig.

Neuer Putz, neue Fassade, der Baum vor dem Haus war weg.

Kein Flashback. Nur Enttäuschung – und ein leiser Hauch von Schwermut.

Und dann urplötzlich der Hunger auf gieriges Verdrängen, Vergessen und Sich-selbst-endlos-verlieren-dürfen …

Rasch und unkompliziert.

Hinterher das alte, schale Gefühl trostloser Leere; unabänderliches männliches Schicksal: *»This is a man's man's world«,* James Brown beschrie es voller Inbrunst, während Charly den Alfa durch die Großstadtnacht zurück zum Hotel trieb.

Der allerletzte Schluck, die letzten Tropfen Eiswürfelnässe mit Whisky-Farbresten.

»Zahlen, bitte!«

Donnerstag, 10:20 Uhr / München, Hotel

»Verkatert«, dachte Charly, »SOKO-Leiter Herrmann ist eindeutig verkatert.«

Vorsichtig bewegte er sich am Frühstücksbuffet entlang und häufelte lustlos etwas Rührei mit Schinken auf seinen Teller.

»Wöllnse Gaffee?«

Eine sächselnde Servicekraft, viel zu dick geschminkt. Dazu ein schwülstiger Barry-Manilow-Song am frühen Morgen … Sein letzter Rest an Appetit verflüchtigte sich. Er schob das Rührei beiseite und nickte wortlos.

Vom Zeitungstisch holte er sich die zwei einzig vorrätigen Boulevardblätter.

BILD: »›Nik the Ripper‹ in XY: SOKO-Chef hetzt gegen Medien«

AZ: »XY-Eklat: SOKO-Chef flippt aus!«

Was Senger in der fz wohl abgesondert hatte?

Widerwillig rang er sich dazu durch, sein Handy einzuschalten und ab sofort wieder erreichbar zu sein.

»Achtung Autofahrer auf der A9 München–Nürnberg in Richtung Nürnberg: Zwischen Garching-Nord und Eching vier Kilometer zäh fließender Verkehr nach einem Unfall.«

»Mindestens acht«, grummelte Charly und rollte mit schleifender Kupplung wieder drei Schritte weiter. Missmutig trommelte er mit den Fingern am Lenkrad.

Nur zwei SMS hatten ihn gestern nach der Sendung erreicht.

Tom: heißer auftritt gut gemacht chef!

Valerie: papa bin so stolz auf dich!! lg vale

Kein Ritter, kein Löhlein. Kein gutes Zeichen.

Charly grübelte. Irgendein Schatten lastete auf ihm, den er nicht fassen, nicht zuordnen konnte. Ein ungeklärter Rest von gestern, ein Satz des Moderators im Vorgespräch vielleicht …

Endlich die Unfallstelle. Fast geräumt, aber Blinklichter und Fahrbahnverengung. Einfädeln lassen … für Porsche offenbar ein Fremdwort. Ein rumänischer Lkw ließ ihn schließlich die Spur wechseln.

Fernfahrer. Hohe Mobilität.

Er schaltete in den dritten, vierten, fünften Gang und trat das Gaspedal voll durch. Es war elf Uhr neununddreißig. Zeit, um Bernies Alibi zu checken.

Zu seiner Überraschung war Milena sofort dran.

»Ja, letzten Samstag hat Bernie bei mir übernachtet«, bestätigte sie arglos.

»Danke, Milena, das hilft mir«, fintierte Charly. »Dann stimmt das nämlich, was er mir erzählt hat. War ganz schön im Stress, der alte Bernie«, er täuschte ein leises Lachen vor, »… sagt, er ist gerast wie ein Verrückter, um wenigstens noch ein paar Stunden mit dir zu verbringen …«

Sie lachte, kokett und bedauernd zugleich und schnurrte in ihrem unwiderstehlichen slawischen Akzent vergnügt drauflos. »Ja, nur ein paar Stunden haben wir gehabt, um halb zwei war er da, und um fünf sind wir dann geschlafen … eingeschlafen!«

»Alles klar, Milena! Dann grüß Bernie von mir, ich melde mich bei ihm! Ciao, Milena!«

»Ciao, Charliii …«

Viola Benker-Geith war zwischen zweiundzwanzig und vier Uhr morgens erstochen worden. Charly war speiübel.

Noch fünf Kilometer bis zur nächsten Raststätte. Das Handy schreckte ihn auf. Valerie sprudelte vor Lebenslust schier über. »Die Radtour von der fz ist ja so toll, Papa, lauter lockere Typen, auch in deinem Alter … und so ein Superwetter … in Michelau werden wir gerade von der Gemeinde empfangen, ein sehr netter Bürgermeister, der führte uns persönlich durch das Deutsche Korbmuseum, ganz tolle Sachen, hast du das gekannt? Und gleich geht's weiter nach Lichtenfels, zur großen … wie heißt das gleich, hier ist der Zettel … ›Obermain-Beach-and-River-Partymeile vom Baggersee zum Flussbad!‹«

»Is ja gut, Vale, jetzt hol mal wieder Luft!«, beschwichtigte er sie. »Und wo seid ihr da jetzt genau? Michelau? … Scheiße, Mann!«

Ein alter R5, bis unters Dach beladen, scherte ohne Blinker aus, um einem Brummi Platz zu machen; Charly bremste scharf, brachte den schlingernden Spider gerade noch unter Kontrolle und verfeuerte akustisches Adrenalin per Dreiklangsfanfare.

Raststätte Fürholzen fünfhundert Meter. Blinker rechts, Scheißtanklastzug, gib Gas – nein, brems!

Rüber und raus.

Vorletzter Parkplatz, ganz hinten. Ein slowenischer S-Klasse-Mercedes stieß aufreizend langsam heraus.

»Mach zu, Mann!«

Ungeduldig trieb Charly den Alfa in die Lücke. Ohne sich abzuschnallen, wählte er Toms Nummer.

»Tom? Pass auf, hör mir einfach nur zu …«, er klappte mit zusammengekniffenen Augen die Sonnenblende herunter, »… Große fz-Radtour, jetzt von Michelau am Main entlang unterwegs nach Lichtenfels. Schick Streife raus, fahr selbst hinterher und holt sofort den Exkollegen Bernie Winter raus! Knöpft ihn euch vor, checkt seine Alibis für Nürnberg, Würzburg, Erlangen … ja, genau … sag Löhlein Bescheid und halt mich auf dem Laufenden … bis dann!«

Die Sonne brannte, zwei tschechische Lkws bliesen ihre dieselgeschwängerten Abgase über den warmen Asphalt. Wie in Trance trabte Charly mit dem Rufton im Ohr Richtung Rasthaus. »Geh endlich ran, verflucht noch mal!«

Er ignorierte die irritierten Blicke und drängte sich mitten durch eine Gruppe indischer Sari-Trägerinnen schnurstracks an den Tresen.

Valerie ging nicht ran. Auch die Mailbox war nicht aktiviert.

Endloses, leeres Tuten.

Frustriert ließ er das Handy sinken, schob es in die Brusttasche und zückte die Luckys. Er hatte die Zigarette noch nicht zwischen den Lippen, als ihn der Ordnungsruf der feisten Dirndlträgerin an der Kasse erreichte.

»Rauchverbot!« Sie zeigte auf das große Schild über dem Tresen, ihre kunstvoll geflochtenen Zöpfe zitterten empört.

»Sorry. Doppelten Espresso bitte.« Er steckte die Fluppe zurück in die Packung, zahlte und zog sich mit seiner Tasse an einen freien Tisch ganz hinten im Eck zurück.

Wieder meldete sich der Schatten, die nach Klärung schreiende, bruchstückhafte Erinnerung an irgendeinen Satz gestern vor der Sendung. War es die Kölnerin oder ein anderer Kollege gewesen? Nein, es musste der Moderator gewesen sein …

Satisfaction – »SMS von Valerie«

Entspannt lehnte er sich zurück und drückte »Zeigen«.

»ich hab sie. nik the ripper«.

Er las es noch einmal.

»ich hab sie. nik the ripper«.

Geschmacklose, beschissene, perverse, geisteskranke Vortäuschung einer Straftat … und doch spürte er, wie sich eine eiserne Faust um sein Herz schloss …

»ich hab sie. nik the ripper«.

Krampfhaft suchte er sich zu beruhigen. Kann nur ein Scherz sein. Typisch Vale! Aber sie ist Polizistentochter, sie weiß, was das bedeutet ...

Charlys Puls beschleunigte sich rasend schnell; er spürte, wie ihm der Schweiß auf die Stirn trat. Mit zitternden Fingern verschickte er: *»wo bist du«* und wählte sofort darauf ihre Rufnummerntaste. Wieder nur monotones, lebloses Tuten.

Erbarm dich, Herr ... er kniff die Augen kurz zusammen, schluckte, wollte spontan wieder wählen. Sein Handy war schneller. Tom.

»Wir haben Winter! Er spuckt Gift und Galle, will abwechselnd dich oder seinen Anwalt sprechen ...«

»Habt ihr Valerie?«, schrie Charly dazwischen, »habt ihr Valerie?« Verwunderte Blicke vom Nebentisch, Tom verschlug es die Sprache.

»Wen sollen wir denn noch alles haben? Bernie Winter war dein Auftrag! Was ist mit deiner Kleinen?«

»Bernie weiß, wo sie ist, er hat mir gesimst: *›ich hab sie. nik the ripper‹!«*

»Charly«, sagte Tom langsam, »vergiss es! Wir mussten Winter aus dem Servicefahrzeug holen, der hat sein zartes Ärschchen geschont und lieber der süßen kleinen Mechanikerin ein Ohr abgekaut – mit Wodka Red Bull bis zum Abwinken. Dein Kumpel hat ein echtes Alkoholproblem – der weiß definitiv nichts von deiner Tochter!«

Sorgfältig zog er die Fesseln des menschlichen Bündels noch etwas straffer und presste das Klebeband fester auf den Mund.

Der Kopf des Bündels zuckte und versuchte vergeblich, dem unbarmherzigen Griff zu entkommen.

»Ruhig!« Er klatschte ihr mit der flachen Hand schnell auf die Nase. Vor Schmerz stöhnte sie auf und warf den Kopf zur Seite. Ein dünner Blutfaden begann ihr aus der Nase zu laufen. Sie wimmerte leise.

»Doofe Nuss!«

Alle waren sie gleich, alle waren sie eitel – und strohdumm. So dumm, dass sie allein in dunkle Ecken gingen – wie Viola Benker-Geith. So dumm und eitel wie Valerie Herrmann: Ein paar lobende Worte für den tollen Papa und die Zusammenarbeit mit ihm, dann die freundliche Bitte, ein Stück mit vorauszufahren und die abendliche Fotokulisse mit vorzubereiten – schon war sie eingestiegen.

Wie Ahanfouée.

Alle waren sie dumm und eitel, alle waren minderwertige Kreaturen.

Er blickte auf die Uhr. Nur noch ein paar Stunden bis zum grandiosen Finale, mit Feuerwerk und Hymne …

Nicht auch noch mein zweites Kind! *Lord, have mercy on me …!* Charly vergrub das Gesicht in den Händen, versuchte, sich zur Ruhe zu zwingen. Er schob Tasse und Löffel klappernd zur Seite, stand auf und stolperte mit bleischweren Beinen wieder auf den Parkplatz hinaus.

Hundertachtzig … hundertfünfundachtzig … Charly trat das Gaspedal bis ins Bodenblech. Blauweiße Schilder huschten vorbei. Lenting … Köschinger Forst … Denkendorf … hundertneunzig … Das Dreispeichenlenkrad vibrierte wie eine Nähmaschine. Muss endlich zum Auswuchten, dachte Charly zusammenhanglos. Ohne vom Gas zu gehen, fingerte er mit der Rechten nach dem Handy, fiel ohne Vorwarnung über Löhlein her.

»Was ist los, Heinz-Uwe, warum hör ich nix von euch?«, brüllte Charly gegen das dröhnende Zwei-Liter-Aggregat des Alfa Romeo an. »Pennt ihr alle da oben? Ihr müsst doch endlich Großfahndung nach Valerie auslösen!«

Unverständliches Hintergrundgebrabbel, dann klinkte Ritter sich ein: »Bleiben Sie ruhig, Herrmann! Erstens: Wir durchkämmen jetzt diese gesamte Veranstaltung, Mann für Mann, Frau für Frau. Zweitens: Aus der Partymeile am Obermain kommt keine Maus mehr raus. Drittens: Sie fahren jetzt in Allersberg raus und steigen in Roth in den Polizeihubschrauber!«

Genüsslich wickelte er in seinem Versteck ein Salamibrötchen aus und biss herzhaft hinein. Letzte Stärkung vor einem wahrhaft historischen Abend: die Tochter des SOKO-Leiters ungestört zu quälen, zu foltern und schlussendlich zu erlösen – zu den Klängen von John Miles' *»Music«*, dem traditionell letzten Lied des Abends, mit dem das Brillantfeuerwerk draußen eingeleitet wurde!

Dramaturgie in Vollendung. Eine einmalige Chance zur Krönung seiner Serie. Valerie Herrmann war nicht geplant gewesen, doch jetzt galt es, diese Chance zur kriminalhistorischen Weltsensation zu nutzen, trotz aller Risiken.

Wollüstig kauend, erwiderte er den Blick ihrer angstvoll geweiteten Augen über dem verklebten Mund. Was für ein Super-GAU für den »fränkischen Super-Cop«! Welch grausame, unabsehbare Folgen: Rücktritt – Wahnsinn – Selbstmord? Maximale Eskalation, in millionenfacher Auflage; allerhöchste Lust und allertiefste Befriedigung!

Er schaltete ihr Handy wieder ein. Gut, dass er gleich die Karte gewechselt hatte. So war keine Ortung möglich. Jetzt war es an der Zeit, einen Gang höher zu schalten. Er sprach halblaut mit, damit sie alles hören konnte.

»SMS an Papa ... genau, hier ist er doch ... dreiundzwanzig Uhr geht's los ... du wirst sie nicht wiedererkennen, wenn ich mit ihr fertig bin ... Nik the Ripper ... senden!«

Die Rotorblätter des Polizeihubschraubers Eurocopter EC 135 P 2 knatterten ohrenbetäubend. Instinktiv zog Charly den Kopf ein. »Wie im Film«, dachte er noch und hastete los, auf die geöffnete Seitentür zu, aus der ihn der Bordmechaniker heranwinkte. Unverständlich gebrüllte Befehle, Speicheltröpfchen sprühten ins Gesicht, eine Hand presste ihn auf den Sitz, zeigte gebieterisch auf den roten Gurt.

Charly klickte sich ein und spürte das Magenkribbeln, als der Helikopter langsam abhob, drehte und dann rasant an Fahrt und Höhe gewann. Jetzt schon tief unter ihnen, ein graues Band mit lauter bunten Punkten, die A9, der sie Richtung Norden folgten. Der Fluglärm schien in der Höhe, im Inneren der Kabine, etwas nachzulassen. Verblüfft bemerkte Charly, dass sich zwei Sitze weiter plötzlich etwas bewegte: Barbara, bisher stocksteif und stumm in ihrem Sitz. Ihr Versuch eines Lächelns misslang gründlich.

»Bin schon vor dir eingestiegen«, erklärt sie überflüssigerweise.

Charly nickte. Wortlos zeigte er ihr sein Handy mit geöffneter SMS:

»23.00 geht's los. du wirst sie nicht wiedererkennen wenn ich mit ihr fertig bin. nik the ripper«

Ihre Augen wurden groß, suchten Blickkontakt, brachen ihn sofort wieder ab. Stumm griff sie nach seiner Hand, hielt sie fest, während sie beide regungslos nach vorn starrten.

Rechts unter ihnen die großstädtische Betonwüste Nürnberg-Fürth, das Zentrum der Metropolregion.

Zwanzig Minuten noch bis Lichtenfels, schätzte Charly.

Barbara wandte sich plötzlich wieder an ihn: »Denk in seinem Kopf! Was weiß er von dir, wie kann er dich auch symbolisch am meisten verletzen, am meisten demütigen?«

Charly stützte die Ellbogen auf die Knie und vergrub den Kopf in seinen Händen. Er spürte, wie das dumpfe Dröhnen der Rotoren durch den ganzen Körper vibrierte, wie es alle Widerstände systematisch zermalmte. Nach und nach verlor das gleichförmig monotone Wummern seine Bedrohlichkeit, vermittelte stattdessen wachsende Kraft und Ruhe. Unaufhaltsam ging es voran.

Er öffnete die Augen wieder und erkannte draußen den Bamberger Dom.

Der Pilot drehte sich kurz um. »Wir sind gleich da, wollen Sie sofort runter oder erst mal drüber?«

Rechts kam Kutzenberg in Sicht, dann der Staffelberg mit Adelgundiskapelle und Frankenfahne.

»Erst mal drüberfliegen!«, entschied Charly.

Links thronte Kloster Banz, gegenüber ragte Vierzehnheiligen empor. Genau dazwischen hatte die A73 samt Ein- und Ausschleifungen den einstigen »Gottesgarten am Obermain« plattgemacht.

Der Pilot ging tiefer.

Charly erkannte das charakteristische Backsteinrund des Lichtenfelser Wasserturms, den Fernsehumsetzer Burgberg und die Hochhäuser am Breiten Rasen. Das Karl-Fleschutz-Stadion. Den Main.

»Hier!« Charly zeigte auf Barbaras Seite aus dem Fenster. Fünfzehn Meter unter ihnen Baumriesen und eine große Liegewiese am Ufer des Mains. »Das Flussbad.« Danach eine schier endlose Kette großer und kleiner Zelte, Stände, Imbissbuden, Spielflächen, Biergärten und Bühnen, die sich über die frisch gemähte Wiesenfläche entlang des Flusses zogen, unter eine Eisenbahnbrücke hindurch bis zum benachbarten Baggersee.

Frankens größte Boulevardzeitung hatte ganze Arbeit geleistet: Die »Obermain-Beach-and-River-Party«, für zweitausend Radler und Tagesbesucher, erstreckte sich über gut einen Kilometer: »Flusskilometer 428 – Deutschlands geilste Partymeile!«

Über dem Baggersee drehte der Pilot und landete schließlich auf freier Wiese neben dem Veranstaltungsgelände, knapp hinter einem kleinen Sportheimbau aus den Sechzigern, »TV Unterwallenstadt 1900«.

Ein kurzer Handschlag mit Bordwart und Pilot. Draußen standen bereits Ritter, Löhlein, Tom und Walther.

Schwüle Abendwärme schlug ihnen beim Aussteigen entgegen.

Löhlein informierte ihn sofort. »Deine Tochter wurde heute Mittag kurz nach zwölf das letzte Mal gesehen. Handyortung nicht möglich, wahrscheinlich wurde die Karte ausgewechselt. Momentan haben wir hundertzehn Mann im Einsatz und kontrollieren jeden, der hinein oder herauswill. Sämtliche Wochenendhäuschen, die hier im Umkreis so malerisch am Main liegen, werden genauso durchkämmt wie das Veranstaltungsgelände selbst ...«

Ritter hatte inzwischen Tom und Barbara diskret zur Seite genommen, kam jedoch gleich darauf wieder zurück und wandte sich an Charly. »Eins noch, Herrmann, der guten Ordnung halber hier gleich in diesem engsten Führungskreis: Ab sofort wird KHK Löhlein die Leitung der SOKO Franken übernehmen. Kein Misstrauen Ihnen gegenüber, aber ich will und muss Ihnen helfen, Sie stehen schließlich unter unmenschlichem psychischem Druck jetzt – Sie kennen die Spielregeln!«

Mit wachsweichen Knien ließ Charly die Gruppe stehen, um sich hundert Meter weiter unter die Partymeilenbesucher zu mischen.

Ringsherum Trubel, Geschäftigkeit, Musik; es roch nach Bratwurst, Pizza und Döner. Radfahrer aller Alters- und Gewichtsklassen, selbst männliche Bierwampen und weibliche Kartoffelstampfer, waren stolz in knallenge, papageienbunte Trikots gezwängt. Die wenigsten beschäftigten sich noch mit ihrem Rad, fast alle hatten es auf dem eigens eingezäunten Bereich *For bikes only* abgestellt. Ganze Heerscharen verschwitzter Teilnehmer wanderten barfuß oder in Badeschlappen Richtung Flussbad und Baggersee. Etliche ließen sich gleich auf den Bänken zwischen Ausschank und Bühne nieder.

»… da simmer dabei, dat is prima, Viva Colonia …«

Als ob es kein Morgen gäbe …

Tom und Barbara waren plötzlich neben ihm.

»Du bist fei ned aus der SOKO draußen«, sagte Tom leise. »Nur kurz aus der Schusslinie genommen!«

Barbara pflichtete ihm bei. »Es war nicht unsere Idee, und er hat es auch nicht mit uns abgesprochen«, sagte sie. »Mit Vöhringer hat er telefoniert, aber ich weiß nicht, worüber.«

»Wir brauchen dich, Charly«, sagte Tom.

Am nachtblauen Abendhimmel funkelten ein paar Sterne.

Millionen Lichtjahre entfernt.

»Danke, Kollegen«, sagte Charly lahm und flüchtete sich in hilflos-makabere Ironie. »Bis dreiundzwanzig Uhr ist ja nicht mehr lang, dann ist der psychische Druck sicher weg … wir sehen uns!«

Die Tablette des Tourarztes begann zu wirken. Charlys Puls beruhigte sich. Die Angst blieb, doch die alles lähmende Verzweiflung ließ spürbar nach.

Warum dreiundzwanzig Uhr, zermarterte er sich fieberhaft das Hirn, um dreiundzwanzig Uhr ist hier Schluss, da läuft das letzte Lied … Instinktiv folgte er der dröhnenden Musik und lief an Kinderspielflächen, Volleyball- und Badmintonfeldern vorbei Richtung Eisenbahnbrücke. Hinter Schilf und Buschwerk ein Bootshaus auf einem idyllisch gelegenen Ufergrundstück, das ihm aus fernen Jugendtagen noch bestens bekannt war.

Jetzt war es von »Frankens DJ Nr. 1« umfunktioniert zur Open-Air-Tanzfläche, auf der Hunderte von Radlern und Gästen begeistert abrockten:

»Hey, hey, baby – Uh! Ah! I wanna know-ow-ow …«
Von hinten packte jemand seine Schulter, Charly fuhr herum. Bernie Winter.

Klarer Blick, sicherer Stand, nur sein Atem war alkoholgeschwängert. »Freund, was war das für 'ne Sauerei heute Nachmittag? Eine Frechheit, die du dir da geleistet hast!«

Charly packte ihn an seinem bunten Hawaii-Hemd, presste Stirn an Stirn und schrie zurück:

»Es geht um Leben und Tod, Bernie! Er hat Vale, er hat meine Valerie! Sag du mir, wo sie ist!«

Winter riss sich los und starrte Charly mit großen Augen an. »Woher soll ich denn das wissen?« Sein Blick irrlichterte über die Tanzfläche. »Das kann doch nicht sein«, ächzte er. »Das ist doch Wahnsinn. Hab diese Woche erst noch erzählt, was für schicke kleine Sommerfestchen wir hier am Main früher gefeiert haben …« Er schluckte kurz und fuhr in heiserem Flüsterton fort. »Und dass du immer behauptet hast, hier im Bootshaus … deine Tochter gezeugt zu haben.«

»Wem?« Charly packte ihn mit eiserner Faust wieder an seinem Hemd. »Wem hast du das erzählt, Bernie?«

»Nur ein paar pensionierten Kollegen … nach der Tatortbesichtigung im Hofgarten. Wir waren im ›Josias‹-Biergarten am selben Tisch und haben ein paar alte Schwänke ausgetauscht. Ach ja …« Bernie stockte kurz. Unsicher suchte er wieder Blickkontakt. »Es gibt noch einen, der eine Zeitlang mit am Tisch war und zugehört hat …«

»Wer war das?«

»Senger. Ronald Senger.«

Am Rand der Tanzfläche, direkt hinter dem DJ-Podest, ein fensterloses Bootshaus, das zum Schutz vor Hochwasser auf Pfählen stand.

Ruderverein Lichtenfels 1924 e.V.

Ohne Rücksicht auf Verluste wühlte sich Charly mitten durch den *»Mambo No. 5«* über die dicht bevölkerte Tanzfläche. Schweißgebadet erreichte er das Podium und stellte bestürzt fest, dass das Bootshaus dahinter gar nicht in die Partymeile integriert, sondern fest verschlossen war. Auf allen Seiten Sponsorenwerbung, Bratwurstbuden, Souvenirverkauf und »Frankens DJ Nr. 1«: Das Käppi nach hinten gedreht, presste er mit der Linken den Kopfhörer ans Ohr und wühlte mit der Rechten im CD-Koffer. Irgendwo in den Neunzigern stehen geblieben, dachte Charly. Und nicht mehr ganz nüchtern. Er versuchte es trotzdem.

»Servus, Meister!«, schrie er.

»Servus.« Ohne aufzuschauen, zeigte der DJ nach rechts. »Die Wunschkarten.«

»Schon abgegeben! Mich interessiert was ganz andres: Wie komme ich ins Bootshaus rein, warum ist das zu?«

Der DJ zuckte gleichgültig die Schultern. Er roch nach Alkohol und Schweiß, an seiner behaarten Hühnerbrust klapperten Dutzende Ketten mit farbigen Holzperlen. »Musst du den Chef fragen. Ronnie Senger sagt, die haben Angst um ihre Boote und deshalb nur die Wiese vermietet.«

Charly schluckte. »Hat … hat Senger das hier alles gecheckt?«

»*Yo man!* Ronnie ist dreimal alles abgefahren, der überlässt nix dem Zufall.«

Stechender Schmerz durchfuhr Charly. »Ich auch nicht«, stieß er hervor. »Du hast doch sicher nichts dagegen …«, er flankte aus dem Stand über den Tisch, »ich habe da unten was verloren«, und krabbelte unter den Pfahlbau des Bootshauses.

Bohlen, Bretter, Pfosten.

Charly begann, sich systematisch vorzutasten. Eine verrückte, eine wahnsinnige Idee – aber Senger war verrückt! Und wenn er tatsächlich eine Luke, einen Zugang gefunden und Valerie hineingelockt hatte, war dies der sicherste Ort überhaupt. Inmitten der Partymeile, im Auge des Hurrikans.

Endlich, in der letzten Reihe des Bretterfußbodens, wurde er fündig. Eine unscheinbare Luke. Er drückte, erst vorsichtig, dann stärker; stemmte sich schließlich mit aller Kraft dagegen.

Ohne jeden Erfolg. Die Luke war offenbar von innen verriegelt und bewegte sich keinen Millimeter.

»Mist!«, fluchte er und kroch auf allen vieren wieder zurück.

»Was geht hier um elf Uhr ab?«, brüllte er dem DJ ins Ohr. Der schüttelte erstaunt den Kopf.

»Ey, Alter, warst du noch nie dabei? Wie jeden Abend: großes

Abschlussfeuerwerk zu unserer bombastischen Hymne: John Miles mit ›*Music*‹!«

Charlys Puls begann wieder zu hämmern. Sofort zurück in die SOKO, dachte er.

Noch achtzig Minuten.

»Mensch, Heinz-Uwe, wir können das Bootshaus nicht vom SEK stürmen lassen, auch nicht mit Blendgranaten! Der hat das Messer an ihrer Kehle, diese Chance will er sich nicht mehr nehmen lassen. Und bis wir ihn da drin gefunden und überwältigt haben, ist Valerie zehnmal tot!«

»Kein Mensch will stürmen lassen, Charly, wir denken nur laut, wir sind beim Brainstorming!« Löhlein, der Hitze nicht gut vertrug, hatte hektische rote Flecken im Gesicht, sein graublonder Haarkranz klebte am Kopf.

»Scheiß auf Brainstorming, wir haben noch fünfundsechzig Minuten! Wir müssen was tun!«

Walther ging besonnen dazwischen. »Stopp, Kollegen, so kommen wir nicht weiter, das ist reine Zeitverschwendung!« Mit einer Handbewegung brachte er die beiden, die gleichzeitig aufbegehren wollten, zum Schweigen.

»Wir brauchen jetzt erst mal Gewissheit, ob die zwei wirklich da drin sind. Telefone sind ausgeschaltet und nicht zu orten, Fenster gibt's auch keine. Was bleibt uns also?«

Stille.

»Wärmekameras!«, war Charlys Geistesblitz.

»Können die das, Kollege Löhlein?«, fragte Walther. Und wie schnell kriegen wir so was her?«

Wortlos griff Löhlein zum Telefon.

Vor dem Bootshaus tobte der Bär. »Deutschlands größte Partymeile – präsentiert von der fz« stand Kopf. »*Marmor, Stein und Eisen bricht*«, grölte die Menge, »*aber unsere Liebe nicht; alles, alles geht vorbei …*«

»*… doch wir sind uns treu!*«, summte er und musterte das rotgesichtige, verschnürte und verklebte Bündel auf dem Stuhl neben sich. Er nahm einen tiefen Zug aus der Wasserflasche. Alles lief planmäßig, nur die Backofenhitze in dem fensterlosen Bootshaus war nicht einkalkuliert. Über seinen nackten Oberkörper rannen Schweißperlen. Das Ritual hatte seinen Preis, doch es war jede Anstrengung wert.

Welcher andere Künstler hatte es je geschafft, seinen Verfolger auf derart elegante Art und Weise in den Wahnsinn, ja, vielleicht sogar in den Selbstmord zu treiben?

Die Musik draußen wurde plötzlich von dröhnendem Lärm übertönt. Er horchte auf: Hubschrauber? Um diese Zeit noch? Was für ein blindwütiger Aktionismus dieser verbeamteten Dummköpfe ... Sein Blick fuhr wieder an seinem Opfer entlang, verweilte an ihrem straffen, jungen Bauch. Was für ein wundervoller Nabel ... die perfekte Trophäe eines historischen Erfolges! Doch warum immer bis zum Schluss mit der Trophäe warten, überlegte er. Gerade der Nabel, Symbol pulsierenden Lebens, verdiente eine Vorzugsbehandlung ... heute würde er die Zeremonie damit beginnen!

»Mobile Wärmebildkamera!« Der pausbäckige Techniker im zivilen blauen Overall, mit schlichtem Namensschild »Öttl«, war sichtlich stolz auf sein Baby. »Neueste Generation, hochauflösend und extrem temperaturempfindlich.«

Löhlein ging gleich in die Vollen. »Zielobjekt: das Bootshaus dort drüben, hinter dem DJ-Podest. Es ist fensterlos, verschlossen und steht auf Pfählen. Vermutlich versteckt sich der Täter darin mit seiner Geisel, die in höchster Lebensgefahr schwebt. Auftrag: Finden Sie schnellstmöglich heraus, wo sich die zwei genau befinden!«

Öttl blickte ihn aus blauen Schweinsäuglein verständnislos an. »Ja, wie ... Soll ich vielleicht die Wand durchleuchten? Kollegen, das ist eine Wärmebildkamera, kein Röntgenapparat! Ich komm durch Nebel, Rauch, Dunkelheit und Laub, aber doch nicht durch feste Wände!«

Entsetzte Stille.

»Aber der Fußboden«, sagte Charly schließlich mit belegter Stimme, »der Pfahlbau hat doch nur einen Bretterboden, mit Spalten und Ritzen dazwischen!«

Öttl zog eine Schnute und überlegte.

»Wär möglich«, sagte er schließlich. »Probier mers halt amoll aus.«

»Dann nix wie los!«, drängte Charly. »Wir haben noch vierundzwanzig Minuten, dann ist alles zu spät!«

Die Kollegen vom mittleren Dienst hatten ganze Arbeit geleistet, dachte Charly dankbar. Unter dem Vorwand »Mehr Saft für den DJ!« war es in kürzester Zeit gelungen, am Rand der Tanzfläche einen schmalen Korridor bis zum Bootshaus abzusperren, der jetzt von einer einsamen Kabelrollen-Attrappe belegt war.

»Hier durch!« Charly eilte voran; Öttl, mit Nachtsichtgerät, Headset und Wärmebildkamera, bemühte sich, nicht den Anschluss zu verlieren. Schwer atmend kroch er unter die Stelzen und aktivierte die Nachtsichtfunktion. Daumen hoch, alles okay.

Charly schlug den Rückweg ein und bemühte sich, nicht auf die Uhr zu schauen. Vergeblich.

»Noch zwanzig Minuten!«, brüllte der DJ. »Noch zwanzig Minuten bis zu unserem megageilen Abschlussfeuerwerk! *Are you ready …*«

»… are you ready to rock?«, dröhnte es bis in das improvisierte Lagezentrum im Sportheim, *»let's gooo …!«*, als Charly zur Tür hereinkam.

Wie gebannt schauten alle auf den Laptop, auf den Öttls Bilder übertragen wurden. Unregelmäßig zerfließende, hell umrandete, dunkelblaue und dunkelbraune Flecken. Dazu über Lautsprecher der keuchende Atem von Öttl, der unüberhörbar alles gab, sich in Rücklage unter dem Pfahlbau durchschob und dabei die Ritzen des Bretterbodens filmte.

Keiner sagte etwas.

»Los, weiter, weiter, weiter!« Charly klatschte wie ein überdrehter Fußballtorwart wütend in die Hände. »Wie geht's weiter, Heinz? Was sollen die SEK-Leute im Hubschrauber dahinten, wir waren uns doch einig, dass wir kein SEK brauchen?«

»Wir halten uns sämtliche Optionen offen, solange es geht!«, keilte Löhlein zurück.

»Tausend Hintertürchen offen halten, aber nix entscheiden, das war schon immer dein Prob…« Abrupt wurde er unterbrochen, weil Tom ihm die Hand auf den Mund legte und ihn beschützend auf die Seite zog. »Hör auf, der schmeißt dich sonst raus, und alles dauert noch länger! Wir brauchen dich hier!«

Schnauzer gab über Funk durch, dass der Vorstand des Rudervereins endlich gefunden worden war und die Schlüssel für das Bootshaus übergeben hatte. Dazwischen platzte plötzlich Öttls aufgeregte Flüsterstimme: »Ja, hier! Roger.«

Auf dem Bildschirm waberten jetzt orangerote Flecken. »Und Nummer zwei! Roger!«

Charly schluckte und ballte die Faust.

Noch elfeinhalb Minuten.

Löhlein schaltete auf Barbaras Rat hin Hellebrand dazu, der bereits bei der Tatortführung im Hofgarten erfolgreich mitgewirkt hatte.

»… nein, da gebe ich der Kollegin Antlkofer hundertprozentig recht, ein gewaltsamer Zugriff durch das SEK ist bei dieser Täterstruktur und unter diesen Rahmenbedingungen lebensgefährlich für die Geisel. Da hilft auch der Schlüssel nichts, wenn Geisel und Täter mit gezücktem Messer zehn Meter entfernt am anderen Ende sitzen … Vergessen Sie auch nicht, dass er so lang wartet, um seine Allmacht, seine Größe und Überlegenheit nicht nur zu zeigen, sondern vor allem selbst zu empfinden und intensiv zu erleben … dafür braucht er diesen pompösen, weihevollen Rahmen, es ist definitiv kein Zufall, wenn der angekündigte Beginn der Ermordung drinnen zeitlich zusammenfällt mit großem Feuerwerk und Hymne draußen.«

»Wir könnten Feuerwerk und Schlusslied zeitlich hinausschieben«, schlug Löhlein vor.

»Das bringt Ihnen gar nichts. Eingreifen müssen Sie so oder so. Im Gegenteil, er hat ja eine Uhr und wird deshalb sofort Lunte riechen und umso aggressiver reagieren.«

»Also Plan B«, rief Charly ungeduldig dazwischen, »sind Sie für Plan B, Hellebrand?«

Löhlein starrte ihn böse an.

»Ja«, sagte Hellebrand ohne zu zögern. »Ich unterstütze Ihren Vorschlag B, Herr Herrmann, genau wie meine Vorrednerin!«

Charly machte abrupt kehrt und stürzte wieder hinaus in die sternenklare, sterbensschöne Sommernacht am Main.

»Wie viel Saft braucht denn der DJ noch?«, nörgelte ein sichtlich Angetrunkener neben der Absperrung, als eine Handvoll Techniker im Eiltempo weitere Schläuche und Kabel durch den Korridor zum Bootshaus legte.

»Nix DJ, gehört alles zum Feuerwerk!«, parierte Charly.

Er horchte auf, saß plötzlich kerzengerade auf seinem Stuhl.

»Buddy, you're an old man …«

Queen mit *»We will rock you«*, traditionell das drittletzte Lied vor dem großen Feuerwerk.

Der Countdown begann.

Er dehnte und streckte sich; spürte, wie lustvolle Vorfreude in ihm aufwallte und sich das triumphale Gefühl grenzenloser Macht ausbreitete. Macht über Leben und Tod. Ich steuere Polizei, Politik und Medien – ich steuere ein ganzes Volk! »Schau her, Kleine!«

Auf den staubigen Stuhl neben Valerie zeichnete er mit dem Finger blitzschnell ein Nikolaushaus und gleich daneben, in rascher Folge, vier weitere Versionen. Gab es ein schöneres Symbol für haushohe intellektuelle Überlegenheit als diese uralte Demonstration kreativer, spielerischer Leichtigkeit? Immer einen Zug voraus, ständig neue überraschende Wendungen, jederzeit Herr des Geschehens! Und ich habe diesem Symbol die Unschuld genommen.

»Nie wieder kann man ein Nikolaushaus so unbefangen wie früher zeichnen und betrachten, ewig wird es von mir, meinen Taten und meiner Macht künden!« In Hochstimmung betrachtete er seine sorgfältig manikürten Hände und ließ sämtliche Fingerknöchel knacken. Dann kramte er etwas aus seinem Rucksack hervor. Ein schmales Etui aus hautschmeichelndem, weichem beigefarbenem Kalbsleder. Ganz langsam zog er den feinen schwarzen Reißverschluss auf und öffnete das Mäppchen.

Schwarzer Samt, darauf zwei eher unscheinbare, silberfarbene Instrumente. Kein primitiver Wellenschliff, keine grobe Teilsägezahnung.

Feinste Chirurgenskalpelle.

Ehrfürchtig hielt er das im wahrsten Sinne des Wortes Schärfste, was auf dem Messermarkt erhältlich war, gegen die funzlig-trübe Glühbirne.

Das Bündel zuckte plötzlich.

Überrascht und erfreut sah er ihre krampfhaften Anstrengungen und lauschte ihren verklebten, dumpfen Schreien. Sie wehrte sich aus Leibeskräften, sie gab noch einmal alles. Ein allerletztes Mal.

Er genoss ihn. Den Sturm vor der Ruhe.

Wie hatte sich doch Ahanfouée, dieses kleine afrikanische Energiebündel, immer wieder wild aufgebäumt … nach jedem neuen Stich … bis zum neunten hielt sie tapfer durch und kämpfte. Benker-Geith dagegen war schon beim zweiten Stich erschlafft …

Er beugte sich über Valerie, sog den Geruch ihrer schweißnass verklebten Haare und ihrer uringetränkten Radlerhose ein.

»Wie lange wirst du durchhalten, kleine Kommissarstochter?«, fragte er spöttisch. Direkt vor ihrem Gesicht demonstrierte er ihr die Schärfe des Skalpells: ein sanftes, schnelles Schaben nur an seinem Unterarm, und die Härchen purzelten reihenweise herunter.

Ihre Zuckungen wurden plötzlich schwächer. Gab sie etwa schon auf?

Draußen tobte die Menge: *»We are the champions, my friend …«*

Du darfst jetzt nicht John Miles verpassen und den Feuerwerksbeginn, ermahnte er sich und setzte sich wieder.

Konzentrier dich endlich. Wie sonst auf die Headline … jede gute Headline war wie ein Tritt in die Eier … irgendjemand musste Schmerz und völlige Machtlosigkeit verspüren … damit die Masse sich daran berauschen konnte …

Er umklammerte das Skalpell fester, weil es ihm aus der Hand zu rutschen drohte.

Noch zwei Minuten.

»Stopp!«, knurrte der unrasierte Techniker leise seinem nervösen jungen Kollegen zu, der neben ihm unter dem Pfahlbau kniete und den Hahn der weißen Gasflasche bediente. »Das reicht!«

»Für dieses Raumvolumen? Seid ihr sicher?«, fragte Charly. Der Bärtige brummte nur ärgerlich.

Charly hielt die gebückte, verkrampfte Haltung unter dem

Bootshaus nicht mehr aus. Mit zusammengebissenen Zähnen kroch er wieder darunter hervor.

Alle Muskeln schmerzten, der Kopf dröhnte, sein Magen war ein einziger Klumpen entzündeten Gewebes.

Wo sind die Sterne ... nein, die Uhr, was sagt die Uhr ... noch fünfundvierzig Sekunden ...

»... cause we are the champions ...«

Vor seinem geistigen Auge sah er Messerklingen blitzen, sah die Leichenfotos von Ahanfouée, sah Valerie lachen, sah Tims kleinen weißen Sarg – und blieb stehen; sah plötzlich Barbara neben sich, drückte sie an sich und vergrub seinen Kopf in ihren Haaren, spürte Weichheit und Wärme, während die ersten Feuerwerkskörper krachten und John Miles einsetzte.

»Sie können jetzt rein«, sagte der kleine Techniker.

Unwirklich, wie in einem Traum, sah Charly Männer vom SEK mit schwerem Atemschutz über die leere Tanzfläche anrücken und hörte wie durch Watte den Notarzt, der hinter ihnen im Schritttempo heranrollte. Der DJ glotzte mit offenem Mund. Die Feuerwerksgucker hatten vorher schon die Tanzfläche geräumt und sich beim Ausschank oder in Zeltnähe postiert.

Die SEK-Beamten verschwanden ums Eck auf der Flussseite des Bootshauses, auf der sich die beiden verschlossenen Tore und eine Tür befanden.

Am Himmel zerplatzten farbenfrohe Muster. Charly lauschte in höchster Anspannung dem SEK-Einsatz. Ein Tor wurde aufgesperrt und schwang knarrend auf. Stille.

Immer noch Stille.

Dann, kaum hörbar, unterdrückte, leise Kommandos. Stiefelgetrappel auf Bretterboden, undefinierbare Geräusche im Inneren des Bootshauses. Funkverkehr mit Notarzt und Sanitätern, die daraufhin näher heranfuhren, Atemschutz überstreiften und mit zwei Tragbahren hineinliefen.

Zwei Ewigkeiten später trugen sie die erste Person heraus.

»Valerie!«, schrie Charly und durchbrach, unter Aufbietung allerletzter Adrenalinreserven, die BRK-Absperrung. Valerie lag mit kalkweißem Gesicht reglos in stabiler Seitenlage.

Äußerlich unverletzt.

»Sie lebt«, sagte ein sommersprossiger Sanitäter. »Der andere auch.«

Auf der anderen Bahre, ebenfalls ohnmächtig, aber mit Handschellen vorn gefesselt, lag Ronald Senger. Seine rechte Hand war blutig zerschnitten.

Es war dreiundzwanzig Uhr fünfunddreißig, als die SOKO Franken »Nik the Ripper« gefasst hatte.

Freitag, 09:00 Uhr / Kripo Coburg

»... und so bin ich heute einfach nur stolz, liebe Kollegen: erstens auf die SOKO Franken, zweitens auf die Coburger Polizei und drittens auf den Umstand, dass sogar Innenstaatssekretär Gerd Vöhringer heute Nachmittag persönlich einfliegen wird. Danke, Männer – weiter so!«

Der Applaus und das Getrommel auf den Tischen im Lagerraum zeigten, wie groß die Freude und Erleichterung bei den SOKO-Beamten waren. Die Müdigkeit kommt später, dachte Charly. Er drehte sich zum Fenster, genoss den blauen Himmel über der Veste und das befreiende Gefühl unendlich tiefer Dankbarkeit.

Wie viele SOKOs verlaufen im Sand, werden nach Monaten oder Jahren aufgelöst und hinterlassen erschöpfte, ausgebrannte Kollegen, sinnierte er. In der Nacht war er noch mit ins Krankenhaus gefahren und hatte die Diagnose für Valerie abgewartet (»Tiefe Erschöpfung, vier Wochen Ruhe und Erholung, traumatische Folgen noch nicht absehbar«). Anschließend war Barbara noch mit zu ihm nach Hause gefahren. Bis vier Uhr früh waren sie am Küchentisch gesessen, hatten abwechselnd Kaffee und Rotwein getrunken, geraucht und sich alles von der Seele geredet. Ein Puzzleteilchen griff perfekt ins nächste.

»Senger passt natürlich ins Profil – und wie! Ein sprachgewandter, eiskalter Zyniker. Der für sein Leben gern andere manipuliert – ist doch seine Mission, hat er das nicht selbst gesagt? Macht – Dominanz – Kontrolle! Und sein Interesse an den Ermittlungen, genial getarnt im Vorschlag proaktive Strategie!«

»Auch die Tatortführung war seine Idee ...«

»Herrmann?«

Charly drehte sich um. Ritter winkte ihn in sein Büro und schloss hinter ihm die Tür.

»Heute ist Ihr Glückstag, Herrmann – ich hab noch eine gute Nachricht für Sie!«

Charly wartete gelassen ab. »Wieso – geht der Kopierer endlich wieder?«, fragte er trocken.

Ritter winkte belustigt ab. »Alter Witzbold! Nein, viel besser natürlich: Der Gerd – Sie wissen schon, Gerd Vöhringer – hat eine neue Planstelle bewilligt! Nicht bei uns in Oberfranken, wo denken Sie hin, in München natürlich. Am Ministerium. A 14, Herrmann, A 14! Zuständig für bayernweite Koordinierung der Operativen Fallanalyse und Zusammenarbeit mit dem BKA. Er will Sie, Herrmann; Frau Dr. Antlkofer hat sich auch für Sie starkgemacht! Sie müssen nur noch Ja sagen!«

Charly schwieg. Er trat ans Fenster und betrachtete die Dächer Coburgs im Sonnenlicht. Blickte hinüber zum Fuß des Festungsbergs, wo auf der großen Liegewiese des AQUARIA-Freibads die ersten bunten Handtücher lagen.

»Sie müssen sich natürlich nicht ad hoc entscheiden, Herrmann …«

Und er erinnerte sich an den Anruf, den er heute früh kurz nach acht erhalten hatte. Langsam drehte er sich wieder um.

»Das ehrt mich, Chef. Aber ich habe eine bessere Idee. Heinz-Uwe Löhlein spricht viel von Veränderung und neuer Herausforderung … A 14 in München wäre ein perfektes Angebot für ihn …«

Ritter begann, die Stirn in Falten zu legen; Charly hob sofort die Stimme, »… vorausgesetzt, Sie und … äh, der Gerd machen sich für mich stark … als Löhlein-Nachfolger!«

Der Polizeidirektor überlegte. »Soll das heißen, wenn Löhlein sich darauf einlassen würde, besetzen Sie lieber A 13 in Coburg als A 14 in München?«

»Genau das.«

»Na, dann schau'n mer mal: Sie haben jedenfalls meine volle Unterstützung für diese Konstellation – versprochen!«

14:00 Uhr / Kripo Coburg, Presseraum

Erneut drohte der Presseraum aus allen Nähten zu platzen. Zum letzten Mal, dachte Charly. Entspannt genoss er noch einmal die typische Mischung aus gespannter Neugier und Erwartung.

»Sag bloß, die fz ist gar nicht vertreten heute?«, fragte er flüsternd.

Quax schüttelte langsam den Kopf. »Sieht nicht so aus.« Auf Sengers Stammplatz saß ein rothaariger Pumuckl-Typ, »die Neue von TV Oberfranken«, wusste Quax.

Ritter eröffnete gewohnt souverän und übergab dann an Oberstaatsanwalt Dr. Stein. Der sonst so knochentrockene Jurist glühte regelrecht vor Stolz und Genugtuung. »Ein Fall, der internationales Aufsehen erregt hat ... nicht nur erstklassige Ermittlungsarbeit der SOKO Franken unter Kommissar Herrmann, sondern auch und vor allem die ganz besondere Unterstützung aus München ... bayernweit einmaliges Pilotprojekt ... Frau Dr. Antlkofer und Herr Staatssekretär Dr. Gerd Vöhringer ...«

Blablabla ...

Charlys Gedanken schweiften ab, fast hätte er seinen Einsatz verpasst. Dabei hatte ihm Ritter generös das Zuckerstückchen überlassen, die neueste Information zu verkünden.

»... Ronald Senger ist inzwischen wieder vernehmungsfähig. Er hat vor einer Stunde auch den Mord an Jasmin Keller gestanden, sich regelrecht damit gebrüstet.«

Überraschtes, erregtes Getuschel im Saal.

»Der bisher Tatverdächtige Alexander Derx, dessen Tatverdacht ja auf einer DNA-Spur am Opfer beruhte, ist damit entlastet und wird heute noch aus der U-Haft entlassen ...«

»Eine Frage noch zum Mord in Würzburg, Herr Kommissar.« Eisele von der BILD. »Wie kam Ahanfouée vom Afrika-Festival nach Randersacker?«

»In Sengers Wagen. Nach ihrem furiosen Konzert hat er vermutlich die Gunst der Stunde genutzt und sie zu einem spontanen

Late-Night-Interview irgendwo außerhalb überredet. Mit seinem Presseausweis konnte er ja ungehindert ein- und ausfahren.«

»War Ronald Senger vorbestraft?«

»Nein. Er wurde zwar 1985, als er hier in Coburg beim BGS war, angezeigt wegen eines sexuellen Übergriffs auf dem Parkplatz vor einer Meschenbacher Diskothek. Die Anzeige wurde aber drei Tage später wieder zurückgezogen.«

Nach der Pressekonferenz schlenderte er mit Barbara über den Parkplatz und begleitete sie zu ihrem Polo.

Sie steckte sich die Sonnenbrille ins Haar und gab sich leicht enttäuscht: »Is fei scho schad, dass'd ned wexl'n wuist.«

»Frei statt Bayern! Außerdem duu ich mier midder Sprooch so schwer …«

Sie knuffte ihn in die Seite. »Aber wenn ich jetzt sage: I dad mi g'frein, wenns'd amall zu B'such kimmst – das verstehen Sie sicher gleich, Herr Herrmann?«

»Ja, das ist was ganz anderes«, sagte er gedehnt, legte den Arm um ihre Schultern und flüsterte: »Wir hätten ja schließlich was nachzuholen, oder …?«

Mittlerweile hatten sie den Polo erreicht. Sie entzog sich geschickt seiner Umarmung und streckte ihm gespielt förmlich die Hand hin. »Auf Wiedersehen, Herr Kommissar!«

Charly reagierte überhaupt nicht und betrachtete sie von Kopf bis Fuß und wieder zurück, bis sie irritiert die Hand sinken ließ. Blitzschnell ging er wieder auf Tuchfühlung und presste sie an sich.

»Schön war's«, wisperte er ihr ins Ohr. »Danke für alles – bis bald mal wieder!«

Sie erwiderte seinen Druck. *»Ciao, bello.«*

»Ciao, bella.«

Die Sonne warf schon ein tiefes Orangerot an den Horizont, als Charly mit dem Alfa den Aussichtspunkt Sennigshöhe erreichte. Schwungvoll bog er auf den kleinen Parkplatz ein, wo er den Motor abstellte und erst mal in der offenen Tür sitzen blieb: Immer wieder traumhaft schön war der weite Ausblick über die grünen Wiesen und Wälder des Coburger Landes.

Er zog den Zündschlüssel ab, stieg aus – und trat auf Papier.

Zeitungspapier.

Die Sonderausgabe der fz von heute, Charly kannte sie auswendig.

»Mörder endlich gefasst? … Es soll sich um den Journalisten Ronald S. handeln, der zuletzt auch als Chefreporter für die fz schrieb.«

Daneben, klein: *»In eigener Sache. Wir bedauern zutiefst und verneigen uns in Demut vor den Opfern und ihren Angehörigen. Verlag, Herausgeber und Redaktion der fz.«*

Darunter, groß und fett: *»Deutschlands dümmstes Luder – Nein zu TV-Millionär!«*

Sorgfältig streifte Charly beide Schuhe auf der Zeitung ab und schob sie anschließend mit dem Fuß unter den Wagen.

»Who wants yesterday's papers … Nobody in the world!« Wie zeitlos aktuell doch Jagger/Richards-Lyrics immer noch waren …

Ein paar Schritte weiter setzte er sich ins warme Gras und lehnte sich an einen alten Apfelbaum. Er konnte sich nicht zurückerinnern, wann er zum letzten Mal einen Sonnenuntergang bewusst miterlebt hatte.

Ruhig und friedlich dachte er an den Anruf zurück, der ihn heute früh erreicht hatte.

Aus Kutzenberg.

»Ihre Exfrau spricht sensationell gut auf die neue Medikamention an … Sie fragt nach Ihnen … wir könnten Ihnen einen Besuchstermin anbieten …«

Neue Perspektiven – Löhlein sucht sie in der Fremde, ich finde sie zu Hause.

Daheim in Franken, daheim in Coburg.

Denn die Veste ist nicht alles – aber ohne die Veste ist alles nichts …!

ENDE

Alles, was ist, ist Liebe.

Alles, was nicht Liebe ist,
Ist ein Schrei nach Liebe.

(Unbekannt)

Danksagung

Herrn EPHK a. D. Rainer Prediger und Herrn EKHK Roland Holzheid von der Polizeidirektion Coburg für ihre überaus kompetente und äußerst geduldige Beantwortung unzähliger Fragen. Eventuelle Fehler oder Ungenauigkeiten liegen selbstverständlich in meiner Verantwortung.

Faszinierende Einblicke in die Psyche von Serienmördern und in verschiedene polizeiliche Ermittlungsansätze dazu verdanke ich den herausragenden Werken von Stephan Harbort vom Polizeipräsidium Düsseldorf (»Das Serienmörder-Prinzip«, »Mörderisches Profil – Phänomen Serientäter«, »Das Hannibal-Syndrom«), Paul Britton aus Großbritannien (»Das Profil der Mörder«) und John Douglas/Mark Olshaker aus den USA (»Die Seele des Mörders«). Viele wertvolle Informationen verdanke ich auch dem Bundeskriminalamt (www.bka.de).

Stellvertretend für viele: Den Rolling Stones, Alfa Romeo, der »Partei für Franken«, dem Samba-Festival, der Veste Coburg, dem unbekannten Erfinder der Moleskine-Notizbücher und nicht zuletzt dem Café »M« für Inspirationen vielfältigster Art.

Schließlich meiner Lektorin Frau Dr. Marion Heister und Frau Dr. Christel Steinmetz vom Emons Verlag Köln, ohne die dieses Buch nicht zustande gekommen wäre.